斯卡海文城堡
Scarhaven Keep

[英]约瑟夫·史密斯·弗莱彻 著

伊咏 译

世界经典推理文库 8

人民文学出版社
PEOPLE'S LITERATURE PUBLISHING HOUSE

图书在版编目(CIP)数据

斯卡海文城堡/(英)约瑟夫·史密斯·弗莱彻著;伊咏译. —北京:人民文学出版社,2017
（世界经典推理文库）
ISBN 978-7-02-013464-9

Ⅰ.①斯… Ⅱ.①约… ②伊… Ⅲ.①推理小说-英国-现代 Ⅳ.①I561.45

中国版本图书馆CIP数据核字(2017)第253607号

责任编辑　卜艳冰　张玉贞
封面设计　高静芳

出版发行　人民文学出版社
社　　址　北京市朝内大街166号
邮政编码　100705
网　　址　http://www.RW-cn.com

印　　刷　山东临沂新华印刷物流集团有限责任公司
经　　销　全国新华书店等

字　　数　196千字
开　　本　890毫米×1240毫米　1/32
印　　张　9.75
版　　次　2018年6月北京第1版
印　　次　2018年6月第1次印刷

书　　号　978-7-02-013464-9
定　　价　49.00元

如有印装质量问题，请与本社图书销售中心调换。电话:010-65233595

目 录

1	第一章	离奇失踪
10	第二章	海岸探寻
21	第三章	知情者
31	第四章	庄园经纪人
40	第五章	格瑞利家族
50	第六章	主角演员
59	第七章	城堡戒备
70	第八章	通行权
80	第九章	霍布金山洞
90	第十章	冒牌牧师
100	第十一章	蔓藤网下
110	第十二章	听证会
120	第十三章	丹尼先生
129	第十四章	私人协议
140	第十五章	纽约来电
150	第十六章	事实与真相
160	第十七章	演出海报
170	第十八章	墓碑之谜
179	第十九章	神秘游轮

190	第二十章	谦恭的船长
202	第二十一章	被困孤岛
211	第二十二章	老谋深算
222	第二十三章	游轮返回
231	第二十四章	鱼雷驱逐舰
240	第二十五章	真假庄园主
249	第二十六章	金甲虫峡谷
259	第二十七章	寨堡塔
269	第二十八章	女人脚印
277	第二十九章	斯卡维尔航道
286	第三十章	失窃的黄金
298	第三十一章	特别女使者

第一章　离奇失踪

杰里米在诺卡斯特皇家大剧院做后台入口看门人已有三十个年头了。对他来说，每个周一早晨都是一次次与老朋友重逢的时间。在这三十年间，每年五十二周中有四十六周诺卡斯特皇家大剧院都在不间断地迎来送往不同的演出剧团。一个剧团只要在某一年四月的第一周公开演出，那么几乎可以肯定在第二年同样时间它还会再来。偶尔也会有一些新面孔，但是通常备受欢迎的老面孔总会连续出现多年。每个来到诺卡斯特的男女演员也都认识杰里米，他们每次上班时遇到的第一个办公人员就是杰里米。负责分发一捆捆信件和文件的是他，与之交换第一声问候的也是他；他们可以向他咨询一些实际的问题，他也总能够准确提供诸如租房和房东的信息。从周一中午开始，也就是剧团抵达剧院的时间，如往常一样剧团一般在一点钟在剧院集合开始排练时，杰里米总能听到人们在谈论着他，如看起来丝毫未老，还是一如既往地活力充沛，并且在接下来的三十年里肯定仍会永葆青春；还比如在接待大牌演员时，杰里米总能获得他们真诚友好的握手问候。当然，这些大腕总是在最后以派头十足的样子出现在人潮中，并且排练时常常迟到，尽管排练时间是他们自己定的。

这是十月份一个风和日丽的一天，周一下午一点一刻，杰里米斜倚在他门卫室的半高木门上和一个神色焦灼的男人谈话。此人行为十分奇怪，已经在剧院后门口焦躁不安地徘徊了十分钟。他的眼神沿着街道来来回回环顾了十多次，不时掏出他的怀表和邻近教堂的挂钟对时间。有好几次他顺着通往化妆间的黑黢黢的走廊走上去，不一会儿又以更加坐立不安的样子折回来。事实上，他是著名的演员巴西特·奥利弗先生的经纪人。巴西特·奥利弗先生最近的演出取得了不菲的成绩，这周他将在诺卡斯特大剧院公开演出，然而他好像并不是很满意在一点一刻这个特定时间进行所谓的特殊彩排。参加彩排的所有演职人员都已经到位，彩排工作一切准备就绪，而这个大人物自己却还没有到。正如每个和巴西特·奥利弗先生合作过的人所知，他不是一个违背规矩不守时的人；恰恰相反，他十分守纪律，因为他敬畏规则、追求精确并且尊重制度；此外，他期望剧团所有演职人员做到的，他也都会以身作则地去做到。因此，预定的彩排时间已经过了半个小时他却尚未到场，一切看起来都分外不同寻常。

"之前从未听说他会迟到——从来没有！"经纪人斯塔福德先生喊道，第二十次无奈地掏出他的怀表。"以我和他相处整整十年的经验来看，这种事从来没有发生过——一次都没有。"

"我问你，你今天早晨应该见过他吧，斯塔福德先生？"杰里米问道，"当然，他应该已经在诺卡斯特镇了吧？"

"我想他已经在诺卡斯特了，"斯塔福德先生回答道，"或许他正待在老地方——安琪儿酒店,但是我并没有看见他,罗斯维尔也没有看见他……我们之前都太忙了,根本没有打电话过去问一下他到没到场。我以为他昨天就已经从诺斯伯勒过来住到安琪儿酒店了。"

杰里米打开门卫室的半高门,来到走廊的尽头,仔细观察着街道上的情况。

"拐角处有辆的士正在开过来,"没一会儿他高声叫道,"而且车速很快——我猜是奥利弗来了。"

的士在门口停下车来时,经纪人也心急火燎地从里边冲出门走上前去。然而,车门打开,出现在眼前的不是帅气的巴西特·奥利弗,而是一个年轻的小伙子,看起来像是一位身材魁梧的军旅副官,又像是一个热爱板球或足球的大学生,脸上还带着几分羞涩,相当地紧张。他身着粗花呢外套,装束十分精心。一看到站在入口处人行道上的两位男士,这个年轻小伙子立马掏出一个名片盒。

"哪位是巴西特·奥利弗先生?"他试探地问道,"他在这里吗?我……我和他约好了在一点见面,但是我很抱歉我迟到了……是我的火车……"

"奥利弗先生还没来,"斯塔福德打断他说道,"他也迟到了,不过他可是从来不迟到的。你刚刚是说,约好了见面?"

他在说话的时候仔细打量着这个陌生小伙子,他想当然地把眼前的陌生青年当作一个怀揣着舞台梦、希望通过说服好脾气的名演员给予他一次面谈机会的年轻人。但是,当斯塔福德的眼神扫过这个年轻男子递上来的名片时,他的表情变了,他立刻展露出一丝笑意,微笑着伸出了手。

"噢!科普尔斯通先生?"他惊呼道,"您最近好吗?我叫斯塔福德,是奥利弗先生的经纪人。他和您约了见面,但他……您是说在这里?今天?现在?当然,他和您见面是想和您讨论您的剧本。"

他再次微笑着并饶有兴致地看着这个陌生来者,暗自思忖着,正是眼前的这个非常年轻而朴实的小伙子,写出了让巴西特·奥利弗非常喜欢、并且打算亲自参与演出的一个好剧本,要知道,奥利弗可是一个尖刻的戏剧批评家,一向吹毛求疵,可不是那么轻易被取悦的。从外表上来看,理查德·科普尔斯通先生确实非常年轻,并且一点也不像专业剧作家的模样。事实上,看到他斯塔福德便会联想到正在运动场上运动的帅气阳刚的小伙子,并且绝不会联想到他会舞文弄墨。科普尔斯通先生一直紧张地站在那里,斯塔福德从他男孩气的装扮以及从褐色脸颊上透出的红晕看出来,他并不是非常习惯于与外界接触。

"昨天,也就是周日,我收到了奥利弗先生的电报,"科普尔斯通先生回答道,"本来我昨天上午就应该收到的,但是我外出了一天,你懂的……一大早就出去了。所以直到我晚上很晚回到住处,才看到电报。我立马去国王十字车站搭上最近的一班火车,不过还是迟到了。"

"这么说你整晚都在旅途中?"斯塔福德问道,"好吧,奥利弗先生还没有来,这对他来说极其不同寻常,我不知道问题出在哪里……"

就在这时，有人沿着从化妆间到门口的过道匆匆走过来，边走边呼唤经纪人的名字。

"我说，斯塔福德！"当他出现在临街的门口时，他呼喊道，"这真是一件奇怪的事情！我肯定有哪里不对。我刚刚打电话给安琪儿酒店了，奥利弗根本就没在那里出现！和往常一样，昨晚他的房间一切准备就绪，但是他根本没有住进去，也没有人看见或听说他。你昨天看见他了吗？"

"没有！"斯塔福德回答说，"我没有，从上周六在诺斯伯勒镇分手之后就没再见过他。他把排练预定在一点钟……不，一点一刻，就在这里，就在今天。但是昨天肯定有人见过他。他的化妆师呢？哈克特在哪儿？"

"哈克特在里面，"那男人回应道，"自周六晚上后，他也没再看见过奥利弗。哈克特有朋友就住在附近，他昨天很早就从诺斯伯勒出发去看望他们了，他也是刚赶到这里。所以他并没有看见奥利弗，也不知道关于他的任何情况。当然，他本以为在这里可以看见奥利弗的。"

斯塔福德转身朝科普尔斯通招招手。

"这位先生也没见到他，"他说，"科普尔斯通先生，这位是罗斯维尔先生，我们的舞台监督。罗斯维尔，这是理查德·科普尔斯通先生，是奥利弗先生打算下个月演出的新剧的作者。科普尔斯通先生昨天接到奥利弗的电报，让他今天一点到这里，他颠簸了一整晚刚到。"

"电报是从哪里发出的?"罗斯维尔问道。他有着一双锐利的眼眸,看起来十分机敏,并且和斯塔福德一样,他显然也对这个有男孩子气外貌的新剧作者十分感兴趣。他接着又问道:"还有,电报是什么时候发的?"

科普尔斯通从手提包里掏出一沓信件和文件,从中挑出一张。"就是这个,"他说,"就是这封电报——噢,是在昨天,也就是周日上午九点半从诺斯伯勒发出的。"

"好的,那么在那个时候奥利弗还是待在诺斯伯勒的,"罗斯维尔分析道,"听我说,斯塔福德,我们最好打电话去他在诺斯伯勒住的酒店。金苹果酒店,是叫这个名字吧?"

"不行,"斯塔福德摇摇头回答道,"金苹果是个老式酒店,没有电话,我们最好还是发电报。"

"太慢了,"罗斯维尔说道,"我们可以打电话去当地的剧院,然后让他们登门去查询一下。赶紧吧!我们立刻行动!"

他又心急火燎地跑了进去。这时斯塔福德目光转向科普尔斯通。

"科普尔斯通先生,要不你先把行李从出租车里拿下来,然后进来与我们一起等消息吧,"他说,"让杰里米把你的行李拿到他的门卫室去,他会一直帮你照看的,你走的时候再过来取……我觉得,等会奥利弗来了,你们可以一起入住安琪儿酒店。"他转向出租车司机继续说:"喂!请你在这儿稍微等一等——我可能会需要车,不管怎么说,等个十来分钟吧。请进来吧,科普尔斯通先生。"

科普尔斯通跟着经纪人沿着走道往上来到化妆间，里面有个身材瘦小的中老年人正忙于开箱整理储物箱和衣物箱。他抬头期待地看向脚步声传来的地方，但没有看到期待的人，然后又低下头去继续静静地忙着手里的工作。

"这是哈克特，奥利弗先生的化妆师，"斯塔福德说道，"他一直待在奥利弗身边为他服务……多久了，哈克特？"

"到年底正好二十年，斯塔福德先生。"化妆师悄声回答道。

"你知道以前奥利弗先生有过迟到的情况吗？就像今天这样？"斯塔福德问道。

"从来没有，先生！事情有点不对劲，"哈克特回答道，"我确定，我感觉是出问题了！你们应该派些人去找找他。"

"去哪里找？"斯塔福德问道，"我们根本不知道关于他的任何消息。昨晚他也没有按原计划出现在安琪儿酒店。我相信你是最后一个看见他的人，哈克特，到目前为止，是不是这样？"

"我在周六晚上十二点的时候在诺斯伯勒的金苹果酒店见过他，先生，"哈克特答道，"我在那里帮他把行李箱提进了房间，他那时候好好的。他知道我第二天早上第一件事就是出发去看我的一个叔叔——他是一个农夫，居住在离这里不远通向诺斯伯勒半路的海岸上。并且奥利弗先生告诉我他到今天一点才会需要我。所以，我直接来到了剧院，整个上午都没有打电话去安琪儿酒店。"

"他昨天有说过任何关于他活动的安排吗？"斯塔福德问道，"他有没有跟你提起过他要去什么地方？"

"一个字都没说,斯塔福德先生,"哈克特回答说,"但是,我和你一样,我们都知道他的习惯。"

"确实如此,"斯塔福德赞同道,他转向科普尔斯通并且继续说道,"奥利弗先生,他是一个十足的户外运动爱好者。当我们周日从一个城镇出发去另一个城镇演出时,他总喜欢骑摩托来完成这个旅行——独自一人。在两个城镇相距不远的情况下,他会依照惯例去看看两城之间有没有特别的景点或名胜古迹,然后整个周日都待在那里。我敢说这就是他昨天做的事情。你知道,上周整整一周我们都待在诺斯伯勒镇,而诺卡斯特是一个海岸城镇,它们之间相隔五十五英里。如果和往常一样,他很可能租了一辆电动小汽车沿着海岸行驶,并且如果到了一个特别感兴趣的地方,他就会停在那里。但是……按正常来说,他昨晚应该住在给他预定的安琪儿酒店的房间中。但他没有……并且他今天也没有出现在这里。那么他会在哪里呢?"

"你问过剧团的其他人了吗,斯塔福德先生?"哈克特问道,"他们绝大多数人也会在周日散散步,他们或许有人见过他。"

"好主意!"斯塔福德响应道。他示意科普尔斯通跟他往舞台走去,只见剧团成员在那里三五成群、或坐或站,每个人都意识到有不寻常的事情发生了。"这真的是一件非常奇怪、而且可能是严重的事情,"他一边引导着科普尔斯通穿过迷宫般的布景一边耳语道,"如果奥利弗不能出现在这里,我们会陷入一场混乱。当然,他饰演的角色会有替补演员来完成,但是……听我说!"当他们踏上舞台时,他继续说道:"你们中有谁曾在周六晚上之后在什么地方见过奥利弗先生吗?有没有人能告诉我关于他的任何情况吗?——任何情况都行!因为……否认事实也没用……他至今还没有来这里,并且根据目前所知,他根本就没有来这个城镇,所以……"

罗斯维尔急匆匆从舞台的另一侧走上台,忙不迭地穿梭着来到斯塔福德身边,拉着他离开了科普尔斯通一点距离。

"我从诺斯伯勒打听到消息了,"他说,"我打电话给那里的经理沃特斯,让他赶往金苹果酒店询问情况。金苹果酒店的人说奥利弗昨天上午十一点离开那里的。他当时是一个人,酒店的人仅仅是看到他走出了酒店。别的他们就不知道了。"

第二章　海岸探寻

三个男人静静地站在那儿，默默地相互看着。科普尔斯通作为一个陌生人感觉很好奇，暗自揣摩为什么两个经理看起来这么忧虑。对他来说，耽搁了半小时才来赴约应该不是一件多么严重事情，但事实上这两位显然不这么认为。他从未见过巴西特·奥利弗，对奥利弗的行为方式更是一无所知，他是从后来的谈话中才开始慢慢搞清了事情的原委。这时罗斯维尔转向斯塔福德，好像做出了决定。

"我说，你！"他对斯塔福德说，"你最好去诺斯伯勒实地了解一下，看看能不能追寻到他的踪迹。一定是哪儿出错了——也许是完完全全错了。你不明白的，不是吗？科普尔斯通先生？"他用锐利的目光瞥了年轻人一眼，继续说道："你看，我们了解奥利弗先生，我们已经和他在一起共事很多年了。他就像一个机器人，总是那么守时、有规律，诸如此类的。按照他通常的行为惯例，无论他昨天去到哪里，他都应该在晚间回到在安琪儿酒店为他预订好的房间，并且他一定会在今天上午十二点半来到这里准备接下来的彩排。但是事实不是这样，他没有准时到来，为什么呢？嗯？一定发生了不寻常的事。斯塔福德，你最好快点行动起来。"

"稍等一下。"斯塔福德说着，转身走向他身后人群，重复他的问题。

"有人能告诉我点什么吗？"他焦虑地问道，"我们刚刚知道奥利弗先生是在昨天上午离开他在诺斯伯勒所住的宾馆，独自一人步行。有谁能说说他这是要做什么？远足？还是他想做点别的什么？"

一位刚刚和女主角交谈过的年长者走向前来。

"那天，也就是上周五，我跟奥利弗谈到了位于我们这里到诺斯伯勒之间的海岸风光，"他说，"他从来没有到那里观光过，我告诉他我去过，那里确实很美。他说他会在星期日去那里观景，也就是昨天，你知道的，我想说的是，"说到这里，他靠近两位经理人，压低了声音，"这段海岸很原始，很荒凉，并且有一点危险——有尖锐的巨大礁石和陡峭的悬崖。嗯？"

罗斯维尔用手拍了拍斯塔福德的臂膀。

"你确实应该去一趟诺斯伯勒，现在就动身。"他坚定地说。"你一定要找到他的行动踪迹。先去金苹果酒店了解情况。那么，快去车站吧。到那里后打电话或者拍电报给我，我就在这里等消息。当然，这次彩排取消了。至于今晚嘛——哦，嗯，在这之前也许会发生很多事。现在马上走！我相信你可以搭上从这里去往诺斯伯勒的快车，这段区间的快车还是比较频繁的。"

"我会和你一起去——如果可以的话，"科普尔斯通突然说，

"我可能帮不上什么大忙。那辆出租车还在门口,你看,我们是不是赶快去车站?"

"好!"斯塔福德表示同意,"是的,无论如何,我们要先到那儿。"他转身盯了罗斯维尔一会儿。"如果奥利弗来了,你就打诺斯伯勒剧院经理沃特斯的电话通知我,好吗?"他又继续说道,"我们一到那里就展开调查。"

他急忙与科普尔斯通一起乘车去了车站,赶巧有一班开往南方路过诺斯伯勒的快车正要发车。列车启动后,斯塔福德转向他的同伴,脸色凝重地摇了摇头。

"我敢说你还不太明白我们焦虑的原因,"他观察着科普尔斯通说道,"你看,我们了解奥利弗,他喜欢周末一个人到处走走。——这个周末他有这样一个机会。当然,如果在两个城镇之间相距太远,或者他没有机会出去,对他来说那也没什么关系。但是,在当前这种情况下,他已经在一个城镇住了一周,而距离下一站演出的城镇又很近,他一定会去城镇近邻的地方观光,去一些感兴趣的地方,比如一个古老的城堡,或一个被毁的修道院,或是一所著名的古建筑,并在周围游历一番。如果他昨天就在这个海岸探险的话,就像罗斯福德那个家伙说的那样,既荒凉又危险,那会发生什么事、后来又怎样呢?"

"你认为他有可能出了事故——掉下悬崖什么的?"科普尔斯通应声附和说。

"我想不出还有别的什么解释,"斯塔福德回答说,"除非我们能得到一些关于他的确切消息,否则我不会放心的。"

到达诺斯伯勒后的一个半小时内他们没有获得任何关于奥利弗行踪的确切信息。当他们赶到剧院的时候,收到来自罗斯维尔的电话留言——迄今为止没有听说诺卡斯特有失踪的人——无论是在剧院还是旅馆。斯塔福德和科普尔斯通快步走到"金苹果",向酒店经理了解情况;虽然他对这件事非常感兴趣,但也只是提供了巴西特·奥利弗先生已经把他的行李发往了诺卡斯特,并在前天上午十一点离开了房间。他看到奥利弗穿过了市场,向火车站的方向步行而去。除此之外,没有其他重要的信息。但是一个老年领班曾担任了这个著名演员的早餐侍者,提供了一些有价值的信息。他说,奥利弗先生曾和他谈了一会儿关于诺斯伯勒和诺卡斯特镇之间的海岸风光,跟他说这段风景很值得一看。给他的印象是奥利弗先生打算中断旅程,沿海岸走走看看。

"当然,应该是这样的,"斯塔福德说着,就和科普尔斯通开车离去,"他一定去了两个城镇之间的某个地方。但他会去哪里呢?不管怎样,如果有人见到过奥利弗,就不会忘记他,他可是个著名的演员。对了,无论他要去哪里,他都要买票的。因此,去售票处问。"

终于在这里见到了一丝曙光,一个售票处的工作人员给了他们一些信息。他很熟悉巴西特·奥利弗先生,在过去的五年里他都曾看到他有规律地出入车站,就在前一天,他买了开往斯卡海文的头等座单程车票。前往斯卡海文的列车十一点三十五分发车,十二点十分到达。斯卡海文在哪里呢?就在二十英里以外的海岸,与前往诺卡斯特镇的方向基本一致,火车在绳马斯叉道口转轨到斯卡海义。不是有一班列车马上就要前往斯卡海文吗？还有五分钟发车。

斯塔福德和科普尔斯通坐上火车，一开始他们发现自己在原路返回返。二十分钟后就到了分道路口，在那里，他们看到了旁边有一条更窄一些的道轨向大海的方向延伸，有一列小型火车正在窄轨铁路上行进。他们坐上这种小火车，列车穿过一条梦幻般的山谷，这条山谷就隐藏在石楠花植物覆盖的高原荒野之中，他们看不到目的地，也看不到海岸。直到抵达了一个坐落在高高山坡上的小车站，他们才看到海岸和大海就在他们脚下不太远的地方。经过商量后，他们走出了由灰色墙壁围成的车站小院，准备更全面地去感受现场。

"这正是一个吸引奥利弗的地方！"斯塔福德观望了一番四周的风景，然后凝视着科普尔斯通喃喃地说道，"他会陶醉在这里——确实很陶醉！"

科普尔斯通默默地盯着眼前的景色，那是他第一次看到北海岸。向远处伸展的海岸线充满了神奇的魅力和浪漫气息，深深激发了他的文学创作灵感。他发现自己高高地站在一个狭长海湾或溪流的陆地一端，轮廓就像在挪威峡湾一般；海水从高高耸立海中、坡度不大的陡峭礁石之间涌出。通向大海的山坡被茂密的乔木和灌木所覆盖，间或会有巨大的灰色岩石露出。在海湾的两侧离大海很近的地方，是古老的别墅和住家，灰色的墙壁，红色的房顶。建筑的模式和位置是根据个人喜好而建的，也没有分类成组成群，看起来很不整齐；海湾北侧是一个拥有方形塔楼和低中堂的教堂，庄严肃穆；对面高坡上的树林中矗立着的是高大宏伟的诺尔曼式的城堡，一半已经成为废墟；向下一点则是一个风景如画的庄园，看起来就像躺在城堡的脚下。沿着山坡再下去就是原始古朴住户构成的村落，紧接着就是码头依水而建，既简单又古朴；海湾里有挂着红帆的小船，有的依偎在支撑码头、风蚀严重的木结构支撑桩旁，有的徜徉在海湾里，小艇的红色帆挂在高高的桅杆上。在码头和被植物覆盖的海角的尽头，陆地景色就结束了，远处就是北海，海水在十月不太刺眼的阳光照耀下，显得有点冷冰冰、灰蒙蒙和神神秘秘的。靠近岸边，有大量高低不一的灰色礁石露出海面，有的高大挺拔，有的奇形怪状。再向远处望去，有一个小岛在视野的尽头，一些古老的宗教建筑遗迹矗立在小岛的制高点，小岛的侧影映衬着地平线。

"就是这个地方！"斯塔福德又重复了一遍，"他走了二十英里过来看到这一美景一定非常兴奋。现在——我们知道他来过这里了，——接下来我们想知道的是，当他来到这里后，他又做了什么？"

科普尔斯通一直在观察着眼前景色的每一个细节，他关注着山下边距离他们不太远的一幢两侧有山形墙和房顶有多个古怪烟囱的房子，可以看到有一条小水沟从这所房子通向海湾。

"那儿看起来像个旅馆，"他说，"我想我能看清楚一个画在山墙上的符号。我们去那儿问问吧，说不定他在吃午饭的时间到过那儿呢，不是吗？他很可能会在那儿出现过。那里也可能有电话，你可以顺便打个电话给诺卡斯特剧院，看看他们有没有新的消息。"

斯塔福德赞许地微笑着，开始沿着科普尔斯通所说的旅馆方向走去。

"好主意！"他说，"你是一个很有商业头脑的人——这在作家身上可是一件不同寻常的事，不是吗？来吧，这里确实是一个旅馆，我现在可以清楚地看出这个旅馆标识啦！阿德米拉尔旅馆。玛丽·沃勒，她可能是这个旅馆的主人，希望我们能在阿德米拉尔旅馆找到一些有用的信息！"

阿德米拉尔旅馆是一个老式的、宽敞的旅馆，从表面上看旅馆非常有发展前途也非常舒适，它建筑在一个宽阔的伸进海中的大陆架边缘，此处提供了一个很好的视角来审视附近的小村庄和海湾美景。斯塔福德和科普尔斯通从前门转身进入时，发现自己进入了一个很深的、石头铺成的过道。在过道另一端的酒吧窗户后边，有一个面善、身材丰满的漂亮女人，她戴着丝绸围裙和装饰巧妙的帽子，正忙着在那本大账本上记账。一见有陌生人进入，她赶忙跑过来打开一扇门，微笑着邀请他们走进酒吧。他们来到装饰温馨、家具漂亮的酒馆客厅，壁炉炉火正旺。斯塔福德看了他的同伴一眼——这又是一个古典的地方，就是那种会吸引奥利弗的古典质朴，或许他到这里来过。

"我想和您打听点事，不知道行不行啊？"当漂亮的女房东给他们端来饮料时他随即问道，"我想你就是房东太太，沃勒太太吧？好了，现在，沃勒太太，您昨天见到过一位身材高大、英俊、有点白发的绅士在这里吃午饭吗？大约在一点钟？"

房东太太转向斯塔福德,给了他一个理解性的微笑。

"您是说奥利弗先生吧,那个著名的演员?"

"太对了!"斯塔福德感叹道,心情也随之放松了下来,"我说的就是他,幸好您知道他。然后呢?"

"是的,我在诺斯伯勒和诺卡斯特都会经常看他的演出,"沃勒太太回答,"但在这里见到他还是第一次。哦,是的!就在昨天,当他一走进来的时候,我就认出了他。在他出门之前我还跟他聊了一会儿,他说,这些年来虽然他多次来到这个地区,但他从未到过斯卡海文。他说,他通常都在周末在内陆的山区转转。哦,是的,他昨天是在这儿——他在这儿吃的午饭。"

"我们正在找他,"斯塔福德说,直言不讳,"他昨晚应该回到诺卡斯特的安琪儿酒店,今天中午他应该到剧院参加彩排,但是他没有到。我是他的业务经理,沃勒夫人。现在您能告诉我们更多有关他的信息吗?尽管您已经说了很多,我的意思是,我想知道更多,可以吗?"

房东太太的脸随着斯塔福德叙述,展现出了越来越多的关注。但她还是摇了摇头。

"我无能为力!"她回答,"我就知道这些。他在这里待了大概一个小时,然后就走了,他说要去看看周边的地方。我想他在返程去车站的时候会再次路过这里,但他没有。天哪,天哪!我希望他什么事也没有——这么好的一个人,一个能给人带来愉快的人。但是——"

"但是什么?"斯塔福德问道。

"这里的悬崖峭壁和礁石都是很危险的,"沃勒夫人喃喃地说,"我常说,陌生人不应该单独到这儿来。这些悬崖和礁石很不安全。"

斯塔福德放下杯子站了起来。

"请问,你这里有电话吗?"他说,"我需要打个电话,看看他们在诺卡斯特有没有消息,如果他们也没有的话……"

他摇了摇头,走出去打电话,科普尔斯通则望着女主人。

"你说这里的礁石峭壁很危险,"他说,"是特别危险的那种吗?"

"是的,对于不了解这些礁石峭壁的人来说,确实非常危险,"她回答说,"这些峭壁应该设置保护,但是,到这里来观光的游客很少,当然,斯卡海文当地人很熟悉危险地段在哪里,就在海角最南头的那个地方,城堡下方——"

"你说的是那个在树林地里有高高的塔楼的城堡吗?"科普尔斯通问道。

"就是它,那是一个古老的城堡遗迹,塔楼是仅存的完整建筑,"沃勒太太回答,"嗯,从城堡那里下去,有一片礁石区——你从车站下来的时候,不知有没有注意到它们?每个特别的礁石都有一个别具一格的名字,有的叫国王,有的叫王后,还有的叫糖面包,等等。退潮时你可以走到这些礁石跟前。当然,有些人喜欢攀爬。现在我告诉你,它们特别危险!在女王礁石上有一个巨大的洞窟,叫作魔鬼之口,会时不时喷出海水。每个人都想去看看这一景观,你知道,如果一个人独自在那里,他的脚滑了,他摔倒了，那会怎么样？"

斯塔福德走了回来，脸色看上去更加凝重和沮丧。

"他们什么消息也没有，"他大声说，"来吧，我们下去到海边看看，说不定有人能提供点有用的信息。我们过会儿再来拜见您，沃勒太太，也请您同时帮我们做些调查。看这里，"当他和科普尔斯通走出酒馆门外，继续说着，"你从这里向南部海湾的这一边走，我向北走。咱们分别找人问问——见人就问——渔夫、村民，等等。然后我们回到这里碰面，如果我们什么也没打听到——"

他明显无奈地摇了摇头，转过身而去。科普尔斯通走向另一个方向，他觉得经理的失望情绪影响了自己。一个人突然消失，确实不容易解释——除非发生了什么特殊的事情，否则巴西特·奥利弗不会从他工作了一个星期的演出现场消失踪影。一定是发生了意外——这需要点想象力，想象一下他的遭遇，一个太粗心的跨步，或者踩到一块松动的石头，或者太靠近峭壁边缘，又或着踩上碎石土没有站稳，或者发生了岩石滚动——所有这些都可能发生，然后就……但无论发生了什么，都应该会在这阴冷灰暗的大海映衬下留下灰色的痕迹。

他在古城堡丛林下边的古旧农舍小屋、渔寮走访，高高在上的丛林高地中的古老松树和冷杉矗立在憔悴的城堡废墟周围，就像哨兵在为其站岗。他询问了他能见到的人，村舍中的人、钓鱼的人、聚集在码头上的人，还有小船上的人，但谁也提供不出有价值的信息。据他们所说，他们大多数都是在前一天下午才出来的，那天是特别晴朗的一天，星期天，他们都在户外，在码头和岸边，在阳光下，但没有人记得有科普尔斯通所描述的人出现。科普尔斯通的结论是，奥利弗没有选择到海湾的这一边游览。然而，还有一个例外——就他所能判断的，另一边肯定是对他更具吸引力，或许他独自一个人走到海角的尽头——最后，他走向远处的岬角，把码头和村落抛在身后。正如沃勒夫人所说的那样，距他半英里之外有一大片礁石区展现在那里，一个个像大怪物一样从海浪中爬出来。由于刚刚退潮的原因，他和礁石群之间伸展着一片金光闪闪的湿沙砾沙滩。这时，科普尔斯通看见一个亭亭玉立的少女正在走过沙滩向他走来。

第三章　知情者

这不是无聊，更不是好奇。科普尔斯通决定等待女孩走过来是因为附近没有见到其他的人，除了他和她。他急切地想探询一些关于礁石的信息，这些可怕的轮廓在落日后迅速变得越来越模糊。于是，当女孩向他走过来，不断跳跃着躲避因退潮而在棕色沙滩上留下的水坑时，他向前迎上去，抛开他的拘谨和缄默，带着打探秘密的渴望走向女孩。

"抱歉，打扰一下！我想跟你打听点事情。"当他们走近到一起后他开口说话了，"请原谅我冒昧，我在寻找一位失踪的朋友。你能告诉我，昨天下午或傍晚的时候，你有没有在这里看到一个高大英俊的男人？事实上，他是一名演员，也许你听说过他，他是巴西特·奥利弗先生。"

他说话的时候盯着女孩的脸看，她也用一双比普通人更睿智、更具观察力的灰褐色的眼睛望着他。一听到著名演员的名字，一抹淡淡的色彩浮现在她的脸颊。

"巴西特·奥利弗先生！"她用清晰而有涵养的声音大声说道，"我和母亲在上星期五晚上在诺斯伯勒剧院看过他的演出。

你是说奥利弗先生,他怎么啦?"

"我的意思是,明说了吧,巴西特·奥利弗失踪了,"科普尔斯通回答说,"他来到这个地方,就是昨天,星期日上午,说要去四周看看景色;他先是去了阿德米拉尔旅馆吃了午饭,跟房东太太聊天后,他走了出去,此后再也没有人看见过他。他昨晚应该回到诺卡斯特的安琪儿宾馆,今天中午应该到皇家剧院进行彩排,但是他没有到场,他的经理和我追寻他的踪迹找到这里。到目前为止,我还没有找到他的下落。我问过村子里所有的人——这边的——反正没人知道。"

他和女孩仍然相互注视着对方。实际上,科普尔斯通在说话的时候也在静静地观察着她。他估算她是二十一二岁,身高略高于一般女孩,身材苗条,优雅,漂亮,他很快注意到她的整个外表与穿着昭示了她所生活的环境。她戴着渔民常戴的那种帽子,漂亮的头发从针织帽中散落出来;她虽然穿着粗糙的蓝色毛线衫,却掩饰不住那超人的苗条身材;她的裙子是带锁边的蓝色哔叽呢布料,短而实用;她脚上穿的是粗革皮鞋,已被海水打湿并沾满了沙砾,看不到一丝亮光;她的脸颊经历过强大的北风吹拂,且被强烈的阳光晒得黝红;她没戴手套的双手,小而匀称,与沙滩的颜色是一样的。

"我没看见他,也没听说过巴西特·奥利弗先生来这里,"她回答,"昨天下午和傍晚我一直都在外面,但不在海湾这边。你去警察局问过吗?"

"斯塔福德经理可能已经去过警察局了,"科普尔斯通回答说,"他沿着那边的海岸找寻。但我估计他不会得到任何信息或帮助。奥利弗先生一定出了事故。我想问你一个问题——我刚才看到你从这些礁石的方向过来,昨天下午他有可能从那片沙滩上过去到礁石区去吗?"

"从下午三点到晚上是可以的。"女孩说。

"到那片礁石区是不是很危险?"

"确实非常危险,特别是对不熟悉这片礁石群的人来说更是如此。"

"听说有一个叫魔鬼之口的景观?"

"是的,那是一个很深的裂缝,直通大海,能够展示大海深处的翻腾怒吼。哦!想到它就会令人感到恐怖可怕,我希望他没有掉进去。如果他真的掉进去了,那就——"

"嗯?"科普尔斯通焦急地问道,"如果他掉进去会怎么样?"

"一旦掉进去,怎么也出不来,"她回答,"那就像是一个大漩涡,任何东西都会被吸进大海。这里的人们都说这是个无底洞。"

科普尔斯通转过脸看着村庄的方向。

"哦,好吧,"他带着绝望的口气说,"我在这里多留无益,也做不了什么事,现在已是黄昏,我必须回去见经理。"

女孩和他一起转身朝村子里走去。

"我想你是奥利弗先生公司的人吧?"她注意到了,"你们一定都很关心他。"

"大家确实都给予了极大的关注,"科普尔斯通回答说,"但我不属于这个公司。我今天早上去诺卡斯特是为了见奥利弗先生，他准备——或许我应该这样说，他原本打算——下个月拍一部新剧，是我写的剧本，他想和我谈谈关于排练的事。一切都按部就班，但是，当我按照约定在今天中午一点赶到诺卡斯特的时候，奥利弗先生却不在那里，一切就这么停滞了下来。所以我就和斯塔福德——他的业务经理，看看我们能做些什么，如果最后能找到奥利弗先生就万事大吉了。恐怕，我非常担心——"

他停了下来，因为他看到前边的一扇大门突然打开了，一扇用厚厚的树篱围着的花园的大门，到了这里就算是到了这个小村庄。一个男人从门内走出，他看到女孩便停住了脚步，带着点犹豫，然后等待她走近。他是一个身材高大、体格健壮的人，大约三十岁，穿着一条粗花呢灯笼裤套装。由于临近黄昏夜幕开始笼罩，科普尔斯通只能从他的脸上看出这是一个长相一般的人，他直直地望着与他同行而来的女孩。女孩转向他，匆匆地向他介绍。

"这是我的堂兄格瑞利先生，斯卡海文城堡的主人，"她喃喃地说，"也许他能帮上忙。马斯顿！"她提高了声音对那个男人喊道，"你能帮个忙吗？这位先生要——"她停顿了一下，看着科普尔斯通。

"我的名字叫理查德·科普尔斯通。"他说。

"科普尔斯通先生正在寻找巴西特·奥利弗先生，一个著名的演员，"当他们三人走到一起，她继续说，"奥利弗先生神秘失踪了。科普尔斯通先生一直追踪他到斯卡海文——昨天他来到这里，在旅馆吃的午餐——但后来就不知所踪了。你看到过他吗？或者听到过他的任何消息吗？"

马斯顿·格瑞利在昏暗的光线中仔细审视着这个陌生人，勉强地摇了摇头。

"巴西特·奥利弗，一个演员，"他说，"哦，是的，我前几天在诺卡斯特一个酒店的账单上看到过他的名字。他来到这里，已经失踪了，你是这么说的吗？是什么情况？"

科普尔斯通认真听着这位先生说话，特别是他的口音。他先前已经了解了关于斯卡海文庄园的足够的信息，知道这人是个大地主，也就是峭壁上树林边那幢古老庄园和古城堡遗迹的主人。作为一个考古学家，他也知道，斯卡海文的格瑞利家族已经存在了几百年，他了解其家族史。他很好奇，为什么这位格瑞利先生的声音是这么有趣，很有文化气息，他的口音绝对是美国口音。

"也许我最好解释一下，"科普尔斯通说，"我已经把这件事的来龙去脉告诉了这位女士，但如果我告诉你更多的话，你会更全面地了解事情经过。是这样。"他接着介绍了发生的事情，从昨天中午一点开始到现在发生的一切。"你看，就在这里，"他总结道，"我们绝对可以肯定，奥利弗昨天从阿德米拉尔旅馆出来，大约是在两点半，但是，现在他人在哪里？从那一刻起，似乎没有人遇见过他。然而，如果他沿着这条乡村街道到这个码头，一路走来没有人看见，这怎么可能？"

"他不一定要沿着这条直通码头的路走下来到海边去，"女孩打断了他的话，"在客栈的下面还有一条悬崖小路通往城堡。"

"而且，他不一定就是走海湾的这一边，"格瑞利说，"他也可能选择了另一个方向。你不是没有听说他在这边出现过吗，是不是？奥德丽？"

"什么都没有！"女孩回应道，"确实没有。"

马斯顿·格瑞利和他们俩并排一起开始沿着码头朝阿德米拉尔旅馆方向走去。此时，斯塔福德正和一个警察匆匆从一个墙角拐过来，当看到科普尔斯通他们后，加快脚步赶了上来。两组人碰到一起后，这名警察看到庄园主后明显表示出了拘谨和兴趣，并谄媚般地向这位地主乡绅致敬。

"什么线索也没找到！"斯塔福德看着科普尔斯通和他的同伴大声说道，"你那边有消息吗？"

"没有，"科普尔斯通回答说，"一点消息也没有。这位是格瑞利先生，城堡的主人——他也没有见到或是听到什么。这位女士——格瑞利小姐？——她昨天下午就在外边，她以前跟奥利弗见过面，认识他，但她也没有看见他。所以，如果你没有消息——"

马斯顿·格瑞利打断了他，转向警察。

"接下来应该做什么，哈斯科特？"他问道，"你以前不是处理过很多失踪的案件吗？嗯？"

"先生，就目前掌握的情况看，我也没有什么好说的，"警察回答，"不管怎么说，不该是这样的。当然，我们可以分成搜索小组，一组沿着海岸向北搜寻，一组向南，明天我们可以到远处的礁石那边看看，天一亮就去。但是如果那位先生到过那儿，运气不好不幸落入魔鬼之口,唉,那么先生,恐怕我们所有的搜索都是徒劳的。另外一件奇怪的事是,先生们,我仅仅是发表一下个人观点,假如在他离开沃勒夫人后再也没有人见过那位绅士,那似乎表明——"

一个在码头闲步的渔夫从附近农舍的影子里走出。他面对着马斯顿·格瑞利摸了摸自己的帽子以示敬意,并好奇地看着另外两个陌生人。

"这两位先生是在打听一位绅士吗?"他说,"如果是这样的话,我可以说点什么,我昨天下午遇见过他并和他交谈过几句。"

斯塔福德和科普尔斯通急忙转身面向这位新来者——一个普通的、平凡朴素的老人,他回应着两人疑虑的目光,不待他们提出疑问,马上就开口说了起来。

"昨天下午大约两点半,也许快接近三点的样子,"他说,"就在那边远一点的地方,距离这边的阿德米拉尔旅馆大约一百码的距离。我坐在那边的一段木桩上,他过来的时候,我正好没做什么事。他是一个高大、英俊的人。他微笑着朝我点点头,并说这是很美好的一天,我们交谈了一会,都是关于本地风景的,他说他从来没有来过这里。然后他指着上边的大庄园和更远处的古城堡问道:'这是谁的地方?'我说这是本地庄园主的,他问:'主人是谁呢?'我说:'主人是马斯顿·格瑞利先生。'我又补充说:'他最近才搬入这幢房子。''马斯顿·格瑞利!'他尖声说,'哎,太好了,我碰巧认识一个年轻的美国人就叫这个名字。'他说。'太巧了,'我说,'我好像听说过,这位庄园主在到这里之前好像就生活在美国的某个什么地方。'真是太巧了吧！'他说，'我想去拜访一下他。你说怎么上去？'于是我带他看了一条小路，向上穿过种植园一直延伸到城堡所在的山顶，我告诉他，如果他一直沿着小路就会走到那个城堡，中间他还会看到另外一条小路，是通向庄园大门前的。他给了我一个先令让我去喝一杯并祝我健康，他转身就走了，向着我指引的小路走去。你们说这是不是你们现在要找的那位绅士？"

没有人回答这个问题，每个人都看着马斯顿·格瑞利。码头上有三盏煤气灯，虽然光线微弱，却照亮了码头。他们几人就站在其中的一盏气灯的光影之中，在科普尔斯通看来，这位庄园主的脸有点苍白，渔夫的到来打破了他所讲的故事。当大家都把头转向他时，他的脸红了。他笑了笑，显得有点不安。

"他说认识我，在美国？"他叫道，"我不记得在美国见过什么巴西特·奥利弗先生。但是，我确实认识很多英国人，在这个地方或是其他什么地方，或许有人在某个时间把我介绍给了他，或者，反正我不记得了。"

斯塔福德说话了——其实没有必要，并且显得有点莽撞，起码在科普尔斯通看来是这样。

"我认为见过巴西特·奥利弗的人都不会忘记他，"他说，"他现在已经不是那种容易让他人忘记的人——以前也不是——一旦别人遇到了他，都会记住他。不要多说了，昨天下午他到你家里去了吗？这个人说奥利弗要去拜访你的？"

马斯顿·格瑞利挺直了身子，上上下下打量着斯塔福德。然后他对那个女孩做了一个小小的手势，女孩的脸上立即露出了一种不安的表情。

"如果我昨天看到巴西特·奥利弗，先生们，我们现在还在讨论他可能的下落干什么？"格瑞利冷冰冰地说，"你要走吗，奥德丽？"

小女孩犹豫了一下，看了一眼科普尔斯通，然后和她的堂兄一起走开了。斯塔福德轻蔑地吸了吸鼻子。

"狗屁！"他喃喃地说，"他不明白我的意思，奥利弗一定是搞错了，或许他把另一个他认识的格瑞利当成了这个格瑞利。你看他骄傲的！好了，现在，"他继续对渔夫说，"你肯定你刚才所说的事没有出入吗？"

"像板上钉钉一样确定！"提供信息的老者回答，"非常确定，先生。"

"我们现在来梳理一下，警官，"斯塔福德说，"奥利弗先生最后一次露面是他登上了通往城堡的小路，说他打算拜访马斯顿·格瑞利先生。警官，我明天早上再去拜访你。科普尔斯通！"他继续说着，把他的同伴叫过来，"我要回诺卡斯特一趟，我要去那里的警察局，再找一个侦探。这里的事太蹊跷了，一定有什么不对劲，无论多难，我们必须把事情彻底搞清楚！现在，你听我说，你能在这儿过夜吗？就待在这个事发地点。我明天上午就回来，顺便把你的行李带来。我不能再提前了，因为有很多生意上的事要处理一下。你会留下来，太好啦！现在我就去赶火车。科普尔斯通！你要瞪大你的眼睛、竖起你的耳朵，我坚信一点——我不知道为什么——我有种预感,那就是谋杀,谋杀!"

斯塔福德匆匆向建在山上的车站走去,科普尔斯通在原地徘徊了一两分钟后,转身沿着码头向海湾北部走去——循着奥德丽·格瑞利离去的方向。她就在前面,独自一人走着。

第四章　庄园经纪人

实际上科普尔斯通一直关注着马斯顿·格瑞利和他堂妹的离开，他们沿着海岸边的小路一起走了一段，然后在稍远一点的地方分手——男人转向树林的方向，女孩沿码头继续向前走，一直走到村庄的另一端。他加快脚步，紧紧跟着女孩，当走到一条通向古老教堂的小路上时他追上了她。听到他匆忙的脚步声，女孩转过身来面对着他，在一盏农舍的灯光照耀下的她看上去仍然充满困惑和疑虑。

"请原谅我在追赶你，"科普尔斯通走到她跟前说道，"我只是想说，我很抱歉，就是刚才在那边，你知道。你的堂兄误解了斯塔福德先生，斯塔福德的意思是——"

"我明白斯塔福德先生的意思，"她立即打断了他，"对不起，我堂兄也没有把事情搞明白。这是……显而易见的。"

"是这样，斯塔福德确实非常唐突。我们可以开门见山、有话直说吧。"科普尔斯通说，"当然，他对奥利弗的失踪感到非常不安，他没有考虑到他的说话方式和所引起的效果。再说，奥利弗在美国那边认识一个和你堂兄重名的人，真是太奇怪了，不是吗？"

"奥利弗先生在和别人聊天时做出这样的声明后就神秘地消失了，"奥德丽说，"这确实令人很惊讶。"

两人彼此相望，面面相觑，都在探寻着对方眼中流露出的疑问。科普尔斯通明白女孩眼睛中的疑问是无法理解这么一个可疑的情况。

"但毕竟，这可能只是一个巧合，"他赶紧解释说，"我们希望事情很快能够搞清楚。我也期盼奥利弗没有遇到意外，他仅仅是躺在某个我们未知地方，等待有人能帮他脱离困境吧。我今晚要在这里过夜，而且，斯塔福德会在明天上午尽早赶回来，然后展开调查。我想最好在附近启动一个搜索行动。"

他们沿着悬崖边的道路一边慢慢地向上走，一边交谈着，最后女孩在一个小农舍旁停了下来。这个农舍位于教堂院子外的一侧，有树荫遮盖的花园，从小花园中可以眺望海湾。她把手放在门框上，看着科普尔斯通，突然她说话了，声音有点激动。

"你能进来跟我妈妈说说话吗？"她说，"她对奥利弗先生的表演十分赞赏，是他的忠实粉丝——她也认识他，她对他的事情很感兴趣——如果知道他失踪的事，她会很伤心。"

科普尔斯通跟着她走进花园里，然后进入房间。她直接领他来到一个老式的小会客厅，那里有一个头发花白的女人坐在一张写字台边，看得出年轻时候的她一定非常漂亮，她的脸色给客人的感觉似乎是她正在承受着病痛折磨。她吃惊地转过身来，看到她女儿正带着科普尔斯通走进来，她的神态瞬间变得非常镇静自若，奥德丽慢慢向她解释了他是谁，他为什么来在这里。科普尔斯通仔细地审视着她，当奥德丽说到巴西特·奥利弗和老渔民说要去拜会马斯顿·格瑞利时，他能看到她的眼中闪现出了一丝极感兴趣的光亮。但她没有发表评论，而等奥德丽说完这个故事后，她把脸转向科普尔斯通，仿佛她已经对所有事情了如指掌了。

"你知道，我们在这里住了这么久，对这个地方太熟悉了，"她说，"我们可以清楚地推测出奥利弗先生会在这里做些什么。毫无疑问，他走上了通向城堡的那条路。根据马斯顿·格瑞利先生的说法，他也不一定非要去上面的庄园，因为奥利弗还有两个选择，其中之一就是选择那条从城堡通往海滩的小路，到达大礁石的对面，无疑你已经去过那里了。还有另外一条路，从树林中转出来，沿着悬崖上边通向蓝维克村庄的小路，一个大约一英里远的海岸村庄。但是在那个时候，也就是星期日的下午，这两条路都会有人经常光顾。从常识上讲，应该说奥利弗先生不可能离开树林，如果他离开树林走这两条路的其中任何一条，一定会遇到他人，会被人看见。也就是说，他既不可能去海边也不可能沿悬崖走而没有人发现，这是不可能的，绝对不可能！"

她最后特别强调的几句话让科普尔斯通更加不解和疑虑，她的话语向他传达了一种奇怪的声音：拒绝给他更多建议；她好像是在要求他运用自己的常识去面对一个困难的问题。在他思考着如何回应的时候，格瑞利太太又问起了问题。

"你们下一步准备怎么办？"

"确切地说，我也不知道，"科普尔斯通说，"无论如何，我先要在这儿过一夜，看看能不能打听到些什么。斯塔福德要到明天上午回来，他说要找侦探过来帮忙。"

他看起来有点迟疑，说话声音很低，最后几个字就像在咕哝，他又从格瑞利太太的眼睛里看到了异常的兴趣，她的眼睛突然奇怪地亮了一下，如同她刚才说最后一句话所表现的那样。她重重地点了点头。

"这就对啦！这才是要做的正确的事，"她说，"一定有猫腻，必须搞清楚！"

"妈妈！"奥德丽半怀疑地说，"你真的这么认为吗？"

"我想不出什么别的更合理的事情，"格瑞利太太回答，"我确信巴西特·奥利弗不会把自己置于危险的境地，这会导致他丧命的。巴西特·奥利弗肯定没有离开斯卡海文的那片林地！"

科普尔斯通没有对这一直接断言妄加评论。

相反，在短暂的沉默之后，他问了格瑞利太太一个问题。

"你熟悉奥利弗先生吗？你们私人之间——"

"是的，那是在二十五年前，"她回答，"我结婚前就是一名演员。但自从结婚以后我就离开了舞台，再也没有单独和他见过面。当然，我在当地的剧院看戏时见过他多次。"

"你介不介意我问你个问题？"科普尔斯通踌躇地说，"他知不知道你住在这里？"

格瑞利太太笑了，笑容中带有一丝神秘。

"绝对不知道，我现在的名字没有传递给他什么信息，"她回答,"因为他从来不知道我嫁给了谁。否则,如果他在美国遇到了一个叫马斯顿·格瑞利的人,他就会把那个人与我关联起来,并会进一步打听我的信息;如果他知道我住在这里,他就会打电话给我的。奇怪的是,奥德丽,假如你堂兄真的在美国某个什么地方遇到过奥利弗先生,你说,他会忘记吗?因为一个人不容易忘记自己与一个有声望的人会面这样的事情。当然,奥利弗先生就是这样一个出名的人!另一方面,马斯顿·格瑞利不是一个普通的名字,你以前听说过这个名字吗,科普尔斯通先生?"

"知道一点,都是一些与你们的家族相关的事情——我读过斯卡海文的格瑞利家族史,"科普尔斯通回答说,"但是,总的来说,名字叫格瑞利的人并不局限于你们这些生活在这个地方的家庭成员,也应该包括生活在美国的格瑞利家庭。嗯,确实有点令人好奇。"他继续说着并站起身准备离开。"我明天再来告诉你下一步的打算好吗?我确信斯塔福德会想尽一切办法去弄清事情的真相,他极其关注这件事。"

"那就去做吧!"格瑞利夫人坚定地说,"但是明天我们可能要在外边见面了,因为如果没有什么重要的事情的话,我们一般都在户外活动。"

科普尔斯通走了,内心的感觉比以前更困惑。

现在只有他一个人了,他开始回顾梳理发生的事情。从在海滩上见到奥德丽·格瑞利的第一时间开始,他一边向阿德米拉尔旅馆方向走,一边把整个下午了解到的和所发生的事情思考了一遍,中间没有受到任何干扰。巴西特·奥利弗昨天下午遇到了老渔夫，交谈中听渔夫说到斯卡海文这个庄园的主人叫马斯顿·格瑞利，然后他说奥利弗在美国也认识一个人名叫马斯顿·格瑞利，并说要上去到他家里拜访这位乡绅，从此没有了音信。奇怪的事情是，马斯顿·格瑞利先生说没见过他。如果在这里的城堡主人马斯顿·格瑞利就是他在美国认识的马斯顿·格瑞利先生，好像这位庄园主先生完全忘记了与巴西特·奥利弗先生见过面这件事，这难道不奇怪吗？巴西特·奥利弗先生在美国的名望很大，实际上，他在这个国家的名气远比在自己家乡的名气大得多，近几年来他巡回演出的足迹几乎走遍了美国主要的城市和乡镇，和他会面就像是与一个社会名流会面，有谁会忘记呢？难道会有两个都叫马斯顿·格瑞利这个名字的男人吗？

这确实是一个问题——一个与奥利弗的失踪密切相关的事情，其他事情则与奥利弗的消失无关。因此，这引起了理查德·科普尔斯通的兴趣。他是一个富于快速感知和精确观察的年轻人，他机警的眼睛所看到的是，斯卡海文庄园主所处的地位意味着权力和财富。古老城堡下的庄园规模宏大，位置显赫，只有有钱人才能拥有。科普尔斯通望着它的庭院、它的花园、它的大门门房、它周边的环境，无一不显示出居住在此的主人的富有。那么，豪宅主人的社会关系又是什么样的呢？他的堂妹和其母亲的住处却相对朴素，甚至有点寒酸，很明显她们不怎么富裕，起码从物质条件上说是这样，为什么？科普尔斯通具有一眼看穿事物本质的能力，格瑞利太太的客厅布置虽然充满温文尔雅的氛围，但用他那敏锐的充满洞察力的双眼一瞥就可以感受她们正处于一种所谓的优雅贫困中。格瑞利夫人几乎是修女般的黑色装束,显示出她曾做过很长时间的工作;地毯是旧的,磨损很重,缺少一般殷实家庭的精致女人所喜欢的一些精美细节。直觉告诉他,这里的两个女人不得不时时仔细计算自己的花销,对花出去的每一分钱都很谨慎。毫无疑问,她们生活的处境是朴素的、甚至是贫穷的。然而,在这个小海湾的另一边,生活着她们的一个至亲,其每年的地租就可能是成千上万!

还有一个令人的奇怪的情景,和前面提到的问题一起,使他的困惑变成了两个。早在沙滩上遇到奥德丽·格瑞利的时候科普尔斯通就本能地对她进行了一番审视,并被她所吸引,特别是当他走在她的身边走回村庄的时候,这种吸引力更加增强了,触动了他的内心。当他们遇到马斯顿·格瑞利、她向他介绍这是她的堂兄时,他用平静的不冒昧的方式更近地注视着、观察着她,在马斯顿·格瑞利出现时他已经注意到了她的态度发生了莫名奇怪的变化,她变得有点拘谨、有点漠然、有点疏远,又有点冷淡。要知道这不是面对陌生人,这是面对她自己的亲属。在他们几人的对话过程中,他更加确定这种感觉,直到斯塔福德唐突的话语惹恼了格瑞利。当渔夫重述奥利弗所说的关于在美国认识一个叫马斯顿·格瑞利先生时,科普尔斯通看到女孩的眼睛突然惊醒了——这看似一个心灵的急剧唤醒,唤醒了什么呢?是怀疑吗?是担忧吗?他不能确定。但这样的一个眼神后来也发生在她母亲身上,这是他从与她母亲后来对话中看到的同一种眼神。此外,当庄园主生气地转身离开时,把他的堂妹也带走了,当他们到达码头附近时科普尔斯通已经明显注意到他们之间有过交流；他们分手的时候看起来也是没有温情，马斯顿·格瑞利跺了一下脚转身从旁边的小路向上进入自己的庭院，女孩则突然加速步伐向前行进。这一切使科普尔斯通得出一个结论。

"一定是这位大庄园主与住在小屋的女性亲戚之间不怎么联系，并且还有很多爱的缺失，"他若有所思地自语道，"此外，庄园主的身上似乎披了一件神秘的外套，到底是什么呢？这和奥利弗的秘密有什么关系吗？"

他回到旅馆，对房东做了晚间安排并告诉她所发生的事，女房东那时已经对失踪案充满了兴趣和困惑，她没想到这位客人带给她这么多奇奇怪怪的事情。但沃勒太太耳聪目明，注意到科普尔斯通已经困乏和疲倦，她赶紧给他热好晚餐，并推荐了一种特别的葡萄酒，在她看来，这种酒拥有非凡的力量，可以助人回复活力。科普尔斯通已经有好多个小时没有吃一点东西了，欣然接受了她的热情好客，并对她的殷勤表示了感激之情。他在一个古色古香的老式客厅接近壁炉的地方用餐，感觉十分享受，这时沃勒夫人带着一个看起来面容神秘的人走了过来。

"庄园的经纪人现在就在外边，是查特菲尔德先生，他很想和你谈谈，与你现在调查的事情有关。"她说，"要我带他进来吗？他是这样一种人，"她接着说，声音降低了八度像在耳语，"如果说有谁能知道所发生的一切的话，那就是他啦。当然，对你来说可能会有所帮助。皮特·查特菲尔德先生是格瑞利先生的经纪人，在他之前是他的叔叔，所以他是八卦皮特，这里的人都这么称呼他，因为他喜欢打探其他人的事。"

"把他带进来吧。"科普尔斯通说。他没有表示出任何不乐意，沃勒太太的生动描述反而唤醒了他的好奇心。"告诉他我很高兴见到他。"

沃勒夫人领着一个人走了进来。来人的面相富有戏剧感，这让科普尔斯通立即提起了精神。他看到前面来人是一个高大、威猛的人，这人脸庞硕大，布满皱纹，一脸严肃。浓密的眉毛下方藏着一双小眼睛，眼神狡黠、古怪，浓眉上边是圆顶状的高高突起的额头和秃顶连在一起。还有就是，皮特·查特菲尔德先生有一个宽而扁的塌鼻子，咧着一张大嘴，有一双肌肉松垂且胖胖的手；他的衣服在剪裁和着色格调与教友会信徒一般；他穿着老式的立领上衣，下身是宽松肥大的黑色裤子；一只手拿着一个结实的橡木制手杖，另一只手中拿着的是一顶方冠形海狸皮帽子；总之，无论在哪，仅仅是他的外表就会引起他人的注意。科普尔斯通非常高兴地看着像演员一样的他。他站起来，热诚地迎接他的客人，并邀请客人坐在壁炉旁边。庄园经纪人舒服地安顿了他那笨重的身躯，在说话之前仔细地观察了一番对面坐着的陌生年轻人，最后他俯身向前。

"先生！"他低声悄悄地问道，"你认为这是一起谋杀案吗？"

第五章　格瑞利家族

听到查特菲尔德这么严肃、郑重地提出这个问题，科普尔斯通第一个自然反应就是想放声大笑。事实上，他发现很难笑出来。

"现在就下这样的结论是不是早了一点，查特菲尔德先生？"他问道，"显然你是还没有仔细思考就得出自己结论的吧？"查特菲尔德噘起他长长的薄薄的嘴唇，摇了摇头，继续紧紧地注视科普尔斯通。

"可能我考虑得还不够仔细，也可能还没有好好思考，先生，"他最后说道，好像突然放松了，"我问的是，你是怎么考虑的？"

"我没有仔细思考整个事情，还没有想好，"科普尔斯通说，"事情发生得太突然了。请先喝一杯葡萄酒吧。"

"非常感谢，先生，但我的胃正觉得有点冷呢，"来访者回答，"来杯杜松子酒吧，这样对现在的我会更好，你真是太体贴人了。哎呀，无论如何，先生，这是一件非常不幸的事。我感觉很忧虑，真的！"

科普尔斯通按响了呼叫铃,让侍者给查特菲尔德先生上杜松子酒和雪茄来招待他。他匆匆吃完晚餐,拉了一把椅子坐到壁炉的另一边。

"你很担心,查特菲尔德先生?"他说,"那么,担心什么?"

查特菲尔德抿了一口杜松子酒,深深吸了一口雪茄,摆了摆他的胖手。

"噢,是这样的,先生!"他说,"在我们这样一个安静体面的社区里,发生这样的事情真的不是一件令人愉快的事。这个世界上有很多非常邪恶的人,先生,他们不接受管制,是不守规矩的人,他们很会说话。请原谅,说句不客气的话,很明显我的年龄比你大两轮还多,我已经经历了很多也学到很多经验。先生,我的经验是,一个聪明人是不会随便表态的,除非别人请求他发表意见。现在,在我看来,那个出海打鱼为生的人就很不明智,他叫尤班克,他说这个不幸的戏剧演员告诉他,他在美国遇到过我们的庄园主,这很不幸!"

科普尔斯通竖起耳朵。这个地产经纪人就是来告诉他这些的吗?如果是的话,为什么?

"哦!"他说,"你听说过这些事,是吧?那是谁告诉你的,查特菲尔德先生?知道这些事的人并不多。"

"如果你了解我们这个村子,先生,你就会明白我为什么知道这些事的,"查特菲尔德冷静地回答,"你现在所打听到的事情,全村人都知道了。那位警察告诉过我,当然还有那个渔民尤班克也告诉了我,包括他对你和你朋友说的那些话。他会一直在斯卡海文镇的每一个公共场合重复它。当然，这件事非常非常复杂，需要慢慢说明白，先生。"

"怎么啦？"科普尔斯通问道。

"把它留给你自己思考吧，先生，"查特菲尔德回答，"这个不幸的人来到这里，告诉尤班克说他在那个遥远的大陆（美国）就认识格瑞利先生，说他会拜访他，并且走向那个大庄园，除此之外没有看到更多！为什么他要这么说，先生，这是人之常情吗？这人是不是有点邪乎？你明白吗？"

"你说的人之常情指的是什么？我觉得没有什么不正常的？你说呢？"科普尔斯通建议说，"请继续说下去。"

"我所说的，先生，不在这儿，也不在那儿，"经纪人回答，"我说的是有人在乱讲话，在搬弄是非。"

"但他们都没说什么啊？"科普尔斯通说。

"我是说他们说得够多啦，先生，"查特菲尔德回应道，声音怪怪的，"我知道斯卡海文镇上的街谈巷议和流言蜚语，他们谈起庄园主，会抛出大量疑点。"

"你见过格瑞利先生吗？"科普尔斯通问道。他已经确信经纪人是带着目的来的，他想知道他到底想做什么。"他关心这些街谈巷议吗？"

"我见过格瑞利先生，先生，他更关心的是尤班克所说的内容，"查特菲尔德回答，"格瑞利先生径直找到我，先生，我居住在公园内的一个住宅区内。格瑞利先生说他已经不记得在美国见过这个戏剧演员，或许他见过，也或许没见过。但如果见过而不记得他,这貌似不太可能啊!他,一个英国地主,一个绅士,不是很喜欢和演员打交道,更不愿去记住一个做演员的人,不论是今天还是明天!我这么说希望我没有得罪你,先生,也许你自己可能就是个演员。"

"我没有生气。"科普尔斯通回答。他坐在那里盯着他面前的客人看了好大一会儿,当他再次说话时,他的声音也失去了亲切的语调。"好吧,"他说,"你来找我干什么?"

查特菲尔德猛然抬起头来,他注意到了科普尔斯通语气的变化。

"我想告诉你,毫无疑问你是他们的代表,格瑞利先生很乐意用任何可能的方式帮助你,为你调查这件事出力,"他回答说,"他愿意接受任何形式的调查与询问。"

"哦!"科普尔斯通说,"我懂了!但有一点你搞错了,查特菲尔德先生。我不代表任何人,我也不是巴西特·奥利弗先生的亲戚。事实上,我一生中从未见到过奥利弗先生:我从来没有和他说过话。所以,我在这里不是作为哪一方的什么代表或官方意义上的代表。"

查特菲尔德的小眼睛因为疑惑与好奇变得更小了。

"哦?"他表示疑惑,"那么,先生,你这是在这儿干什么呢?"

科普尔斯通站起身并按响了呼叫铃。

"这是我自己的事。"他回答。"对不起,我不能给你更多的时间,"沃勒夫人打开了门,他继续说,"我现在很忙。如果你或者格瑞利先生要见奥利弗先生的朋友，我相信他的兄弟，克莱斯维尔·奥利弗爵士将在明天来到这里。不管怎么说，已经拍电报通知他了。"

查特菲尔德拿起帽子，惊奇地咧开嘴，盯着这个自信的年轻人，仿佛他是一个从未见过的、与众不同的人。

"克莱斯维尔·奥利弗爵士！"他叫道，"是这样吗，先生？"

"我说的就是克莱斯维尔·奥利弗爵士，非常清楚。"科普尔斯通回答。

查特菲尔德的嘴咧得更大了。

"你是想告诉我，一个戏剧演员的兄弟，竟然是一个有爵位的绅士！"他说。

"晚安！"科普尔斯通说，并向客人打手势示意了一下敞开的门口。"我不能再给你时间了，真的。然而，看到你似乎十分焦急的分上就多说几句。巴西特·奥利弗先生是海军少将克莱斯维尔·奥利弗爵士的弟弟，准男爵爵位。我想，克莱斯维尔爵士一定想知道他的弟弟到底是怎么了。所以你最好——还是格瑞利先生最好——和他说清楚。现在再说一次，晚安。"

查特菲尔德走后，科普尔斯通笑了起来，猛地坐上壁炉前的一张安乐椅。当然，愚蠢、无知自负的老傻瓜来探听消息——他和他的主人想知道我们下一步的调查行动，但是为什么呢？为什么他们对巴西特·奥利弗的奇怪失踪好像一无所知却表现得十分焦虑呢？为什么他们要表达愿意提供帮助的意向？无论任何形式的调查与询问都可以接受？没有人指责马斯顿·格瑞利，没人说他跟巴西特·奥利弗奇怪失踪有关——如果说奥利弗的失踪仅仅是一次演出中场退场的话——为什么，然后呢？

"但这是无用的猜测，"他若有所思地想，"我无能为力，我在这里，也无事可做！"

当然，是他自动恳求来帮助寻找的，但一无所获。房间书架上有一套旧书，但他无心去看，也不愿意去看。此时，他双手插在口袋里，懒洋洋地走进大厅。这时的沃勒夫人正站在小客厅门口，正是当天早些时候他和斯塔福德见到她的地方。

"现在这里没有其他客人，先生，"她友好地说，"如果你想抽烟，就在这里抽吧。"

"谢谢你，我会的。"科普尔斯通回答说。"我摆脱了那个老家伙，"他跟着她走进去，坐在她旁边的一张椅子里，仔细地观察着周围，自信地说着，"我想他来的目的是打探消息。"

"这是他一贯的职业习惯，"沃勒夫人说，很有深意地微笑着，"我告诉过你他是八卦皮特。他是那种对每个人的事务都饶有兴趣的人。但是，"她补充说，摇摇头，她可能觉得这样比微笑更好一些，"他不经常来这里。在斯卡海文这个地方，这是唯一不属于格瑞利庄园的建筑。这幢房子和周围的土地属于沃勒家族，其余的地方全部属于格瑞利家族。多年来许多代格瑞利家族的人一直想买下这个地方，结果都被沃勒家族的人拒绝了，将来也是，永不出售！"

"这很有趣，"科普尔斯通说，"现在的这个格瑞利庄园主也想买吗？"

女主人拿起一件尚未做完的针线活坐在椅子上，她坐的位置是有所选择的，从这里既可以看到大厅里的情况，又可以让她看到相邻的在大厅另一边的酒吧间。

"我不知道现在的庄园主是个什么样的人，"她说，"没有人知道。他是新来的，这里的人没有人了解他。你今天下午见到他了吗？"

"我在沙滩上遇到的那个年轻的女士竟然是他的堂妹，我在和她交谈时他来了。"科普尔斯通回答说，"是的，我见过他了。恐怕斯塔福德先生，就是和我一起来的那位，你知道的，他冒犯了他。"他继续说，并向沃勒太太描述了所发生的事情经过。"他很敏感，是个小心眼的人吗？"他推断道。

"我不知道他是什么样的人，"她说，"这里也没有人了解他。你明白，他是一个陌生人：虽然他是格瑞利家的人，但他不是一个斯卡海文人。当然，我知道格瑞利的家族史，因为我是在斯卡海文镇出生和长大的。我经历过三代格瑞利家主，第一代就是现在庄园主的祖父，斯蒂芬·格瑞利老先生：他离世的时候，我还是个十几岁的女孩。他有三个儿子，没有女儿。三个儿子的爱好和志趣各不相同。长子斯蒂芬·琼斯·格瑞利，在他父亲去世后就搬进庄园成为第二任庄园主，他是一个实实在在的宅男——他每次离开斯卡海文镇绝对不会超过一二天的时间，并且很少出门。他一生没有结婚，是一个真正的老光棍。他绝对是一个厌恶女人者。二儿子叫马库斯·格瑞利，去了美国定居在那里，他是现在的庄园主马斯顿·格瑞利先生的父亲。三儿子瓦伦丁·格瑞利先是生活在伦敦，没过几年他回到了斯卡海文，那时的他穷困潦倒，只能与妻子和女儿定居在斯卡海文教堂附近的一所小院子里，他的女儿就是你今天下午见到的女孩奥德丽小姐。再说上一任庄园主斯蒂芬·琼斯·格瑞利，他从来不跟瓦伦丁和他的家人联络，更重要的是，瓦伦丁去世后留下的遗孀和女儿一贫如洗，斯蒂芬·琼斯也从没有接济过他们，我不知道为什么，其他的人也不知道。瓦伦丁死后没几年斯蒂芬·琼斯也去世了，当然，那个时候二儿子马库斯已经在美国去世，所以一切遗产都被现在的马斯顿先生继承。而且，正如我前面所说，他对斯卡海文镇的老乡们来说是一个陌生人，他也不熟悉斯卡海文人的生活方式。事实上，你可能会说英格兰或者和英国的生活方式，因为据我所知，在他来接管这些巨额家庭财产之前从来没有来过英国。"

"和上一代庄园主相比，他对这对母女是不是更友好一点？"科普尔斯通问道，他已经对这个家族的家族史产生了浓厚的兴趣。

沃勒太太缝了几个针脚，一边做针线活一边回答这个直接的问题，说话的声音降低了，并且谨慎地朝四周看了看。

"他对她们母女非常好，他也乐意这么做！"她说，"村里有人说他想娶他的堂妹。但事实是，无论是瓦伦丁·格瑞利夫人还是奥德丽小姐，都不接受他！大家都能看得出来，或许有什么不为人知的原因。从这个年轻人刚来时，她们就对他表现了出令人奇怪的不喜欢，到现在一直还是这样。当然，他们表面上很友好，我知道他偶尔也会去她们的小屋，但她们几乎不去大庄园，很少见到他们在一起。我听说,也是在村子里流传的,他很高兴做一些慷慨大方的事情以博取她们高兴,但她们以她们的贫穷为傲,因而不接受任何人的资助。我相信她们仅够勉强维持生活,不会很宽裕,因为大家都知道瓦伦丁·格瑞利在回到斯卡海文之前就以养鸭子为生,而老斯蒂芬·琼斯只留给她们几百英镑遗产。当然,就是这样。尽管年轻的庄园主想娶他的堂妹,很显然她一般从不和他有什么过多的交流。我曾有一两次机会看到他俩在一起,但是以我个人的观察,我倒是觉得奥德丽小姐根本不喜欢那个年轻人,是那种发自内心的不喜欢!"

"马斯顿·格瑞利先生在这里找到自己想做的事情了吗?"科普尔斯通问道,转移了话题,"如果他是一个有活力的人,他不会碌碌无为、无所事事的。"

"哦,我不知道,"沃勒太太回答,"我认为他很像他的大伯,也就是上一任庄园主,也很宅。很显然,除了驾游轮出海,他几乎不去其他任何地方。他偶尔也会去打猎,或去钓鱼,等等。他更多的时间是和窥探者皮特在一起——窥探者皮特就是查特菲尔德,他是个鳏夫,独自生活,他的女儿偶尔会跑回来看看他。顺便说一句,科普尔斯通先生,他那个女儿,也是个演员。"

"我的天哪!"科普尔斯通说道,"真是令人惊讶!当他跟我说话的时候,她的父亲多次表现出对演员的轻蔑态度,他好像看不起戏剧演员。"

"嗯,他恨演员,连所有与演员有关系的事情都恨!"沃勒太太笑了,"尽管如此,这并没影响到他的女儿,他女儿已经在舞台上表演了五年，我相信她做得很好。她是个灵巧漂亮的姑娘，最近她在这方面干得不错，而且……"

房东太太突然停了下来，她听到了从大厅里传来的轻轻脚步声。她瞥了一眼窗外，然后转向科普尔斯通，脸上挂着微笑。

"刚刚谈到她，你知道的，"她叫道，"说曹操曹操就到，这是艾迪·查特菲尔德亲自来了！"

第六章　主角演员

私人客厅的门被推开了,科普尔斯通饶有兴趣地抬起头,看到一个身材高挑、体态优美的年轻女子连跑带跳、轻盈地冲了进来,看起来好像拥有不同寻常的青春能量与活力。他一眼就对老房地产经纪人的女儿产生了一个很好的印象,他很好奇,查特菲尔德的后代怎么会有一个这样漂亮的女儿。她的脸上镶嵌着一双又黑又亮的眼睛,炯炯有神;一头乌亮浓密的美发,像瀑布倾泻而下;优雅的身材伴着脸上活泼的笑容,充满生机、活力、热情和健康。这样的形象与气质个性鲜明,肯定会受到观众的喜爱与追捧,粉丝超众。科普尔斯通作为一个崭露头角的剧作家,立即产生了要让艾迪·查特菲尔德主演他的剧本中一个重要角色的想法。

她刚一进门就瞥见一个陌生人坐在客厅中,突然停止了脚步,她的眼神充满强烈的好奇,直直地盯着科普尔斯通,直到他从椅子上站起来。

"噢!沃勒太太,我还以为你一个人在呢,"她尖声说道,"你都是一个人在家的,你知道的,我没多想就冲进来了。不好意思啦!"

"进来吧,"房东说,"科普尔斯通先生,你也别走。这是艾迪·查特菲尔德小姐。"然后她又转脸对着艾迪说:"你的父亲刚刚来过这里并和这位先生见过面。艾迪,他大概告诉你了吧?"

艾迪·查特菲尔德在沃勒夫人身边的一把椅子上落座,慢慢地、仔细地看着陌生人。

"不,"她回答,"我父亲没有告诉我,他从不告诉我他自己的事情。在家里他所有的话题都是关于我的事情,他对我从事演艺事业极为不满,絮絮叨叨。"

她说这些话的时候轻轻咬着嘴唇,露出了一排雪白整齐的牙齿,她的眼睛再次迎着科普尔斯通目光,像是接受他的直接挑战。科普尔斯通冷静地看着她,似笑非笑;他年轻气盛又不失纯真,自认为他已经了解这种类型的年轻女人。看到他微笑,艾迪也笑了。

"现在我想知道我父亲过来见你是为什么?"她说,话中带有浓重的个人口音,"看起来你和他不是同一类人啊,他肯定不是你想要结交的那类人,除非你也是个虚伪的人。"

"可能我有点虚伪,"科普尔斯通回应道,"他来见我是想了解巴西特·奥利弗先生神秘失踪的事,就这些。"

女孩一直大胆地盯着科普尔斯通看,目光充满挑战,突然她转移了视线对着沃勒夫人,脸上的表情也柔和了起来。

"我听说过一些,"她说,故意装出一副漠不关心的样子,"碰巧我对巴西特·奥利弗先生有一点了解,我不明白为什么大家对这件事这么小题大做、大惊小怪。我敢说巴西特·奥利弗先生昨天一定经过认真思考去到什么地方处理了一点个人私事，可能现在此时此刻，他已经回到了诺卡斯特，毫发无损地出现在化妆间，或站在舞台上排练。我就是这么想的。"

"我倒是希望事情真是这样，"科普尔斯通回答，"但是，我们马上就会知道结果的，这里就有电话，说实话，我认为你是错的，即使我不打这个电话到诺卡斯特印证。巴西特·奥利弗先生是在这里失踪的，在这里！"

"你是他演艺公司成员吗？"艾迪问道，眼里带着思索的目光重新看着科普尔斯通。

"我根本不是！我只是一个小小的编剧，奥利弗先生要在下个月演出我的剧本，正是由于这个缘故我才去剧院见他。之后就是现在这种状态了。除了与他讨论剧本，我无事可做，所以我就过来帮忙找他，无论是死还是活。"

"哦！"艾迪说，"你是一个作家？"

"我知道你是一个演员，"科普尔斯通回应说，"我很好奇，我们以前在什么地方见过面吗？"

艾迪快速瞥了他一眼，低下了头。

"当然没有！"她反驳道，"或许你不该这么好奇！我是那种别人见过就会忘记的人吗？也可能你是开玩笑吧。你住在伦敦城里吗？"

"我住在伦敦城里，"科普尔斯通慢慢回答，因受她的影响而有点严肃，"我就住在杰明街的单人套房。"

"你是说你已经不记得见过我咯,去年,你没看过《惠女哈洛托普》这部戏?"她大声质问道。

科普尔斯通双手合十指尖相对,转过头仔仔细细地观察着她。

"你演的是什么角色?"他率直地问。

"角色?什么意思?角——色,当然!"她反击了,"天哪!这是怎么啦!我创作的剧!对观众演出二百多场,且场场爆满!"

"哦!"科普尔斯通说,"但是我应该向你坦白,我几乎不看戏。我从来没有看过《惠女哈洛托普》这部戏。实话说,这两年来我没有去过任何一家剧院,也没看过任何一部戏。所以你必须原谅我。但我祝贺你演出取得成功。"

艾迪听到这番解释和称赞露出了一个温和的微笑,但眼中仍然充满惊奇和不解。

"你从来不去看戏吗?但是你还写剧本呢!"她叫道,"这样很奇怪,不是吗?我知道搞创作的人都性格怪异,无论如何,他们确实是有怪癖的。你也一样,看起来根本不像一个作家。沃勒太太,你觉得他像一个作家吗?哦,我知道,他更像是一个谦谦君子般的高级白领,就像刚刚洗漱完,穿戴得整整齐齐的!"

再看房东太太,她叉着胳膊显然饶有兴致地听着他们的对话,投给科普尔斯通一个意味深长的一瞥,笑了笑。

"你什么时候回家的,艾迪?"她轻声问道,"我不知道你又回来了。"

"星期六晚上回来的,"艾迪说,"我到星期三去爱丁堡,在那里有演出，所以我顺道回家，回来看望一下尊敬的父亲。"

"我听到你说你认识巴西特·奥利弗先生？"科普尔斯通问，"你见过他吗？"

"在这个国家和在美国都见到过他，"艾迪平静地回答，"三年前他在那里巡回演出，同样我也是。我们曾经同时在两三个镇上演出碰到一起，当然是在不同的剧院。不过，我在伦敦从未见过他。"

"你昨天有没有看见他，在这里？"科普尔斯通问道。

艾迪瞪大了眼睛，看了看女房东。

"在这儿？"她叫道，"上帝，不！这个星期日我在这里，我躺在床上一整天，或者说大部分时间都在床上。否则，我得和父母一起去参加家庭聚会。我的星期日是休息日！你真的认为他的失踪是一件严重的事吗？"

"奥利弗的经理们对他最了解，他们当然认为这是最严重的事，"科普尔斯通回答说，"他们说除了真正的严重事故外，任何事情都不能使他不去参加规定的彩排。"

"那就推断一下吧！"艾迪说，"假如他在魔鬼之口边的所谓平台上滑倒掉下去了，如果这个平台真的有的话！他到那里去，也有点太大胆了，在边上滑倒掉进去了。无论谁跌进去就没有机会再出来啦！不是吗，沃勒夫人？"

"他们是这么说的。"女房东回答。

"但在我的记忆里从没听说有人在魔鬼之口发生过任何意外。"

"好了，现在有一个了，就这么简单，"艾迪说，"可怜的老巴塞特，我为他难过！好吧，我要走了，晚安。科普尔斯通先生，也许你应该克服你对戏剧演出的厌恶感，你应该到剧院来看看戏，说不定在哪一天会看到我的演出？"

"时候不早了，是不是该让我护送你回家，就是现在？"科普尔斯通建议说，"这样至少可以表明我已经准备好成为你的忠实的观众——"

"应该是粉丝，"艾迪说，"沃勒夫人，你看他是不是不像他长得那样单纯诚实啊。嗯，好吧，你可以陪我到公园的大门，然后，我不敢让你更进一步向前走了，因为公园里很黑，你回来时肯定会迷路的，否则就会出现第二个失踪的人。"

她走出旅馆，笑嘻嘻的，但一出旅馆她突然变得严肃起来，不由自主地用手挽住科普尔斯通的胳膊，一起走下山坡向码头方向走去。

"我说！"她低声说，"我不想在旅馆里面问你问题，但是，奥利弗的事情该怎么办呢？当然你要留下来肯定是要做点什么。做什么呢？"

科普尔斯通迟疑了一会儿才回答这个直截了当的问题。虽然他看不出艾迪·查特菲尔德小姐是一个虚伪和狡黠算计的年轻女人，但她确实是八卦皮特的女儿，那个狡猾的老人，未能从科普尔斯通本人那里得到什么信息，也许是他派她来进一步探听消息，不是没有这个可能。因此他的回答也就含含糊糊了。

"我所处的位置不可能做什么事，"他说，"我既不是他的亲戚，甚至不是他的朋友。我敢说你知道巴西特·奥利弗是，谈到他应该用过去时态吧！他是海军少将克莱斯维尔·奥利弗爵士的弟弟，著名的海军军官的弟弟，你知道吗？"

"我知道他是一个大家族的人，他们的家族是什么我不知道，"她回答，"那是个什么家族？"

"斯塔福德已经电话通知了克莱斯维尔爵士，"科普尔斯通回答说，"他明天一定会到这里，毫无疑问。当然，他会亲自把一切都查个水落石出。"

"他会做什么呢？"她问。

"哦，这我不知道，"科普尔斯通回答说，"会让警察去做吧，我想。他们会调查巴西特·奥利弗去了哪里，他到过哪里，什么时间攀上去城堡的路，在那里他说他要去拜访庄园主，因为他在美国遇到过叫那个名字的人。顺便问问，你说你去过美国，你遇到过与庄园主重名的人吗？"

这时他们正沿着码头前行，在微弱的煤气灯照射下，他转过身来，目光炯炯地看着他的同伴。他以为可以看清楚她回答问题时脸上的表情变化；但这个表情变化太快了，眨眼即逝。她摇了摇头，动作有点故意强调。

"我吗？"她叫道，"从来就没有听说过！这是一个非同寻常的名字。我从来没有听说过有人叫格瑞利，除了在斯卡海文镇的这个。"

"现在这位格瑞利先生就来自美国。"科普尔斯通说。

"我当然知道，"她回答，"但我从来没在其他地方见过格瑞利家族的人。当然，巴西特·奥利弗可能见过。我知道他在很多美国城市巡回演出过，我只去过三个城市——纽约、芝加哥和圣路易斯。"她继续说，转向科普尔斯通，举止很自信。"我想你认为这是一个非常糟糕的事情，就是因为巴西特·奥利弗对尤班克说了那些话后才消失了。"

对科普尔斯通来说，查特菲尔德小姐说的是否实话，这已很明显，她说父亲没有告诉她他去阿德米拉尔旅馆拜访的事，她却对所有的有关奥利弗的秘密都了如指掌，他在怀疑是否她也是来寻求信息的。

"问题不在于我是怎么想的，"他闪烁其词，"我没有参与这件事，我只是个旁观者。我不知道你指的是什么，也许有人会像你所暗示的那样进行推理，他们也可能说这只是一个巧合。"

"但是，你又是怎么想的呢？"她用女性的毅力坚持说，"说吧，现在就我们俩，还要保密吗？"

科普尔斯通笑了。他们来到树木繁茂的公园边上，房地产经纪人的家园就在里边，在公园门前，他停了下来。

"那么，我们还是把想法各自放在心里吧，我不想谈了，一点也不想，"他回答，"我没有进行推理判断。目前我可以说的就是，如果，或者假如，渔夫准确地复述了他所听到的，奥利弗说他在美国遇到过一个也叫马斯顿·格瑞利的人，为什么说他说的就一定是真的？这就是全部。现在，请你快回家吧，我要看着你穿过这片黑暗的树林回家，好吗？"

艾迪道了声再见，快速离开了他。他站在原地注视着，直到她从公园门口灯光照耀的光圈中消失,走进树荫暗处。科普尔斯通已经记住了新环境的地理状况及岔道走向,他也注意到她以为没有人会注意到她,她不是去她父亲的房子,而是转向了通往庄园的路。

第七章　城堡戒备

第二天上午早餐时间之前,斯塔福德回到了斯卡海文,并带来一卷《诺卡斯特日报》,科普尔斯通和沃勒夫人在餐厅门口遇到了他。就在餐厅门口他立即迫不及待地向科普尔斯通和沃勒夫人展示了这些报纸。他自豪地指着报纸上的一个个醒目的标题给他们看。

"我策划的,看看!"他叫道,"我昨晚去报社,把整个事件告诉了报社负责人。在这种情况下没有什么比公之于众效果更好的啦。你们看!

　　巴西特·奥利弗神秘失踪!
　　著名演员在哪儿!
　　巴西特·奥利弗失联!
　　专访最后见到奥利弗的人!

这就是时尚潮流!科普尔斯通,沿着这条海岸的每一个人现在都在看这些新闻!"

"那么昨晚一直没有他的消息喽?"科普尔斯通问。

"昨晚没有消息,今天早上也没有,我的老弟,"斯塔福德回答说,"当然不会有!他从未离开过这里,不是吗?现在,请沃勒夫人为我们端上可口的早餐吧,她肯定已经准备好了,然后我们就投入工作,紧张仔细的调查工作。九点的火车上还有几位警探要过来,我们一起把这件事彻底查清楚。"

"那他的兄弟呢?"科普尔斯通问。

"我昨晚按他在伦敦的地址拍了电报,今天一大早就得到了答复,"斯塔福德说,"他将在早上五点十五分从国王十字站乘车,在中午之前到达这里,因此我想在他到达之前把事情安排好。那么,首先要做的事情就是开始组织实地搜查,去海岸边、悬崖上下、礁石周围,以及这片丛林,还有那个古城堡。我们要立即开始大规模的搜查。"

当他们去镇警察局的路上就发现斯塔福德的创意已经发挥出巨大的效应,这已在预料之中,这位陌生绅士神秘失踪的消息像野火一样从昨晚到现在一直在斯卡海文地区蔓延。黎明时分,成队的渔民已经开始系统地搜索。整个上午,每一队的搜索情况陆续传回,到中午时分搜索队全部回来了。他们搜寻了著名的礁石、悬崖、丛林、公园、城堡以及毗邻的遗迹地、海湾北部和南面更远一些的悬崖和海岸。音信全无,没有任何踪迹,所有搜索到的地方没有发现失踪人的任何信息。在下午一点的时候,斯塔福德和科普尔斯通走到小车站去接克莱斯维尔·奥利弗爵士,他们很失望,没有确切的消息带给他。

克莱斯维尔·奥利弗爵士在几个月前完成了一次航行壮举。在这次航行中，他充分展示了勇敢、自信的个人品质，也使他一举成名。科普尔斯通与生俱来的对文学艺术的特殊爱好，使他很自然地充满对社会名流的崇拜。因此，他怀着极大的兴趣期待着与克莱斯维尔·奥利弗爵士会面。在他的印象里，他所期盼见到的人好像应该是气派十足、高大强壮、老水手式的人物；实际上，他发现自己在与一个老成持重、温文尔雅的年长绅士握手，他更像是一个律师或医生，举止大方，形象令人愉悦。和他在一起的另一位男士，和他差不多的类型，年龄也相仿。他介绍说那是他的家庭律师，佩瑟顿先生。在阿德米拉尔旅馆的一个私人客厅中，斯塔福德作为巴西特·奥利弗的业务代表，和科普尔斯通一起，从昨天到达这里后一直留在事发地，他俩向克莱斯维尔·奥利弗爵士和佩瑟顿律师汇报了著名演员失踪整个事件的过程和寻找调查获得的每一个细节。他们两个都聚精会神静静地听着，所有的事实都已摆在他们面前，他们走到一边讨论了一番，然后回来，克莱斯维尔爵士恳求斯塔福德和科普尔斯通继续给予帮助。

"我想告诉你们，年轻的绅士，我和佩瑟顿先生仔细思考分析了一下，我们觉得下一步最好是，"他用平静和蔼的声音对他们说，这使科普尔斯通感到极为惊讶，"你们在讲述整个事情的时候，我们尽最大的努力边听边分析。你们知道佩瑟顿先生是一个法律工作者，我自己本人，只要有幸没有出海航行任务，也会担任按季开审法庭的主席，所以我习惯听证与分析线索。我们发现，没有任何证据能证明我那可怜的弟弟遇到什么离奇的意外事故而造成了他的失踪。根据你们所说以及你们收集到的所有线索，他可能去了魔鬼之口那个地方，但又没有人见过他真的去了，这似乎是不可能的；他可能因一个致命磕绊跌落悬崖却找不到尸体，这好像也是不可能的。不可能。我们认为他可能是在斯卡海文城堡周围发生了什么事故。但是发生了什么呢？谋杀？太有可能啦！如果是谋杀，为什么？这里有三个重点人物，佩瑟顿先生，我想分别找他们私下谈谈。这三个人是渔夫尤班克、庄园主马斯顿·格瑞利先生和瓦伦丁·格瑞利太太。我们要先听听渔夫尤班克给我们讲什么样的故事，当然，我们一定要拜访庄园主；对于格瑞利夫人，我想单独去拜见。从科普尔斯通先生描述的有关格瑞利夫人的事情中，我觉得我在很多年前就认识她，同样她多年前也应该认识我弟弟巴西特。所以，斯塔福德先生，我们打算去见这三个人。见过他们之后，我，作为我弟弟的代表，会告诉你和科普尔斯通先生，下一步该怎么办。"

随后，两位长者按照他们的计划去做进一步调查，而两个年轻人则在旅馆里焦急地等待着。斯塔福德，从本质上说是个充满活力的人，他在推测为什么克莱斯维尔·奥利弗爵士要特别强调去拜见这三个人；同时，科普尔斯通也在思考他是否应该在今晚以适当的理由再次访问格瑞利夫人的小屋。接近黄昏时，两个表情平静的年长绅士回来了，他们与两位年轻人展开了第二次讨论。他们还是和离开时那样矜持、和蔼，老水手克莱斯维尔·奥利弗爵士在和他们交谈时声音总是温文尔雅、和蔼可亲。

"好吧，先生们，"他说，"我们已经去拜访过他们了，我想我最好马上告诉你们调查的结果。我们虽然不笨，但距离发现真相还是那么遥远，调查没有任何进展。老渔民尤班克重复着他的故事；马斯顿·格瑞利先生说他不记得跟我兄弟在美国见过面，他确定我弟弟也没有在周日去拜访过他；瓦伦丁·格瑞利夫人很多年没有见过巴西特了。现在，好像案件搁浅了。当然，我们不能休息，必须进一步深入调查。今晚佩瑟顿先生和我要去诺卡斯特，我们将发起悬赏调查，对提供有关我弟弟准确行踪信息的人奉上非常可观的奖励，这可能会对我们的调查有极大的帮助，也可能没有。斯塔福德先生，至于我弟弟的演出安排，我将与你进一步研究，明天吧，在诺卡斯特。现在，科普尔斯通先生，我们是不是私下里谈谈？"

科普尔斯通跟着克莱斯维尔爵士走到大厅一个安静的角落，克莱斯维尔转身看着他，脸上带着一个会心的微笑。

"我明白，"他说，"你是个自由职业的年轻绅士，你可以按照任何你喜欢方式思考问题或采取行动，嗯？"

"是的，你可以把这当作理所当然。"科普尔斯通回答，他想知道接下来他会说什么。

"不是什么大不了的事情，我想你该不会介意是不是一定要在杰明街搞创作吧，或者也可以考虑试试在其他地方写作，嗯？"克莱斯维尔爵士带着幽默的微笑问。

"实际上，我不介意。"科普尔斯通回答道。

克莱斯维尔爵士拍拍他的肩膀。

"我想请你帮我一个忙，"他说，"如果你愿意，我会把它当作一种客气。我还不想谈论我和佩瑟顿对这次事件的某些想法，对你也是一样。但是，我们今天下午确实有了一些想法。现在，你觉得你能设法在这儿待一两个星期吗？"

"在这儿？"科普尔斯通轻声喊道。

"这里看起来很舒服，"克莱斯维尔说，并向四周环顾了一番，"女房东是一个优雅的、充满母爱的人；她给我做了很好的午餐；客房也很安静，你可以在这里继续你的写作，是吗？"

"当然，我可以留在这里，"科普尔斯通说，但对这个建议充满迷惑不解，"但是，我不知道为什么和以什么身份留在这里？"

"用你的眼睛去看、用你的耳朵去听，"克莱斯维尔爵士说，"不要让人觉得你是在做调查。事实上，你什么也不要做，不要做任何调查。什么也别做！我不想让你做私人侦探工作！就在这里留下来住几天，自娱自乐，写写剧本，读读书，静静地看看周围发生的事情。别纠结生气，你知道，就当我是倚老卖老吧。你只要把账单寄给我就行了。"

"哦，很好，谢谢！"科普尔斯通赶忙说，"我对这里的一切都很满意。"

"我知道你居住在杰明街，那里的生活开销并不便宜，所以我猜想你需要更多的收入。"克莱斯维尔说，狡猾地一笑，"你在这里的所有开支都由我来买单，好吗？你知道，这很公平。"

"好的，当然，如果你愿意付钱的话，"科普尔斯通同意，"仅仅做个悠闲的旁观者。你相信我吗？我向你保证我是值得信赖的。你是在怀疑某人！难道你还不告诉我你的怀疑吗？我不会泄露秘密的。我这样说，绝对不是夸张。我不会告诉任何一个人！"

克莱斯维尔爵士犹豫了片刻，静静地看着科普尔斯通，然后他拍了拍年轻人的肩膀。

"好吧，我的孩子，"他说，"你说得对！我们确实是在怀疑某人，他就是马斯顿·格瑞利！现在你知道了。"

"我猜就是这样，"科普尔斯通回答说，"好的，先生。我接下来要做的，就是按你说的做。"

"我刚刚说过，"克莱斯维尔爵士赞同地说，"你继续睁大眼睛、竖起耳朵，没有什么大惊小怪的，保持安静、不引人注意，默默地观察。同时，佩瑟顿将推进所有工作。我说，如果你想找个伴，你知道，你可以去海湾那里，格瑞利太太的家就在那里。嗯？"

"我昨晚就在她那里，"科普尔斯通说，"我非常喜欢她们母女。我认为你很早以前就认识格瑞利夫人，你和你的兄弟都认识她，是吗？"

"我们确实认识！"克莱斯维尔爵士说着，叹了一口气，"嗯！事实上，当时巴西特和我都爱上了她，她却嫁给了另一个男人，就是这样！"

他用胳膊肘轻轻碰了碰科普尔斯通，微笑着走到站在弓形窗下正和斯塔福德交谈的律师跟前。十分钟后，他们三人动身去了诺卡斯特。科普尔斯通独自一人，反复思考着这突如其来的、迄今为止他人生中遇到的最诡异的事件的每一个进程。仅在二十四个小时以前，他还在一直关注着巴西特·奥利弗和自己的剧本；而此时此地，他却像生活在一个真实的生活剧中，巴西特·奥利弗是剧中的主要人物，故事的情节曲折离奇不知向何处发展，故事的结局尚未露出端倪，而他已经深陷剧中，不知要在其中扮演什么角色。

现在，其他人都走了，科普尔斯通开始感受到一种怪怪的孤独。他接受了克莱斯维尔·奥利弗爵士的委托，因为他对这一事件有足够大的兴趣，他也隐隐感觉到自己非常高兴有机会进一步与奥德丽·格瑞利拉近关系，加强了解。现在他在静静地思考着，他开始发现自己的位置和扮演的角色可能有点尴尬，既是一个令人好奇又可能是令人反感的人。他要去看，又要装作似乎不看，但又要看出点门道；他要去听，看起来似乎没有听，但又要理出有价值的信息。一切都不能引人注意，这项任务将是困难的，也许是不愉快的。他很肯定，马斯顿·格瑞利会怨恨他出现在村里；查特菲尔德也会怀疑他为什么要留在这里，作为这一事件之外的一个完完全全的陌生人，为什么要留下来，住在阿德米拉尔旅馆为什么呢？旅游旺季早就结束了，深秋已经到来，海岸的秋天，天气已不适合游玩，大多数南方人已经返回自己的家园。当然，人们会说，他留在这里是在监视和窥探，他们都会知道庄园主是目标，是怀疑对象。这样也很好，他会告诉沃勒夫人，他是一个闲散的人，他看中了斯卡海文这个地方，并将留在她的旅馆住上几周；而且，沃勒太太像其他人一样，会看穿他的目的。然而，既然已经承诺了，他会遵守诺言，实实在在地履行诺言。他不会主动去做任何调查或者与之相关的事情，他要做的就是等待和观察事情发生，如果真的会发生什么事的话。

在第二个夜晚来临之前，科普尔斯通就已经坚决打定主意，他不再做什么伪装或者找什么借口，他要直接去找奥德丽·格瑞利和她妈妈。他昨天来过她们家待了五分钟，利用她们欢迎他再到家里拜访的说辞，又一次来到她们的小院，直截了当地告诉她们，他要在斯卡海文住一段时间，以便能够了解更多有关巴西特·奥利弗的消息。

"这，"他的脸上带着一个无奈的微笑，"看起来就好像我是一个打探小道消息的人一样。其实我只是关心巴西特·奥利弗而已！"

"你知不知道，"格瑞利太太说，"听说要发布悬赏广告来寻找破案线索，不是吗？"

"你认为那样做会有多大作用呢？"科普尔斯通问。

"这取决于赏金有多少，"格瑞利太太回答，"我们认识并且了解这里的人。他们表面上是关系密切的，一般情况下会对案件的调查保持缄默，以免引起邻里矛盾——但没有人可以把秘密永远隐藏下去。众所周知，这个村里肯定有人知道其他人不知的事情，在目前情况下他们可能会觉得聪明的做法就是把秘密放在心里。但是，如果有钱可拿，如果是很多赏金，接下来的问题……哈哈！"

"特别是如果把信息秘密地提供出去，"奥德丽说，"斯卡海文人喜欢秘密，秘密就是他们的生命之盐：这种喜好在他们的血液里流淌,查特菲尔德是极好的范例。当他发现你要留在这儿的时候,他会盯着你,就像猫盯着老鼠一样。"

"我做什么都是公开的,"科普尔斯通说,"我不会主动去做任何秘密调查。我的意思就是要好好看看周围的地方,比如古城堡,现在行吗?我可以在城堡四周看看吗?"

"有一条小路直通古城堡的塔楼附近,从那里向外边看你就可以看到四周的美丽景色,"奥德丽回答,"但是,塔楼和周围的古城堡都在私人领地上,不能随意进去。"

"但是你有一把钥匙,奥德丽,你可以把科普尔斯通先生带到那里去。"格瑞利太太说,"你带他好好看看,这比他自己瞎转悠要好得多,"她转向科普尔斯通继续说,"奥德丽知道城堡的每一寸的地方,对城堡里的任何东西都了如指掌。"

科普尔斯通对这个建议流露出毫不掩饰的喜悦。他转身面对着女孩,脸上充满了几乎孩子气般的渴望。

"你愿意吗?"他叫道,"肯定愿意!我们什么时候去?"

"明天早上吧,如果你很想去的话,"奥德丽回答,"十点左右,我在南码头等你。"

第二天上午十点,科普尔斯通离开酒店向下边的码头走去,一路走下来他就感觉到,很多渔民已经聚拢到海岸边,好像在那儿对什么东西十分感兴趣。走近一看,他发现一个人正在干劲十足地张贴着海报,墙壁上、门上到处都是。显然,克莱斯维尔爵士和他的律师没有浪费时间,他们昨晚一回到诺卡斯特就立即安排一个印刷厂印刷海报。海报就在那里,无声地向世人宣布,对提供能够最终找到巴西特·奥利弗的信息提供者给予一千英镑的奖励，不管找到的巴西特·奥利弗是活还是死。

科普尔斯通尽量躲避着人群，人们对海报充满了浓厚兴趣，男男女女，三五成群，热切地讨论着这一大事。他漫步在码头，等待着奥德丽。最后，奥德丽带着高深莫测的微笑出现在码头上。

"我们的特别旅行流产了，科普尔斯通先生，"她说，"好像发生了什么不寻常的事。查特菲尔德先生一个小时前到我家去，把我的钥匙拿走了，并郑重地告诉我们，斯卡海文城堡被封闭了，不能进去，直至有另行通知！"

第八章　通行权

听到这样一个突然的消息，科普尔斯通简直惊呆了，脸上木然的表情显得很夸张，这让他的同伴兴高采烈地大笑起来。她示意他跟她走，转身朝着树林方向走去。

"尽管如此，"她说，"我知道如何潜进去，和查特菲尔德逆向而行。来吧！不会让你失望的。"

"你堂哥知道封闭城堡的事吗？"科普尔斯通问，"那是他下的命令吗？"

奥德丽噘了噘嘴，接着又笑了起来，但这一次的笑声是玩世不恭的。

"我认为堂哥知不知道无关紧要，"她说，"名义上他是斯卡海文的庄园主，但每个人都知道真正做主的是皮特·查特菲尔德。在庄园里什么事都由皮特·查特菲尔德做主——任何事。再说了，他恨我！今天上午当他跑到我家把我的钥匙拿走、并警告我离远点时，他显得有点兴奋，很长一段时间以来他一直没有过这样愉快的时刻。"

"可是他为什么恨你呢？"科普尔斯通问。

"哦，皮特难以让人琢磨！"她说，"皮特，毫无疑问，他知道你昨晚来看我们，他也知道发生在斯卡海文的所有事情。他把这些事情放在一起考虑，就会推测出我会充当你的向导带你到古城堡遗迹和塔楼去，所以就这样做啦！"

"他为什么要反对我去参观那个地方？"科普尔斯通提出疑问。

"那很明显，他认为你是间谍，"奥德丽回答，"也许，他有理由不希望你出现在古城堡和塔楼附近。但是，我们要到那里去，无论如何都要去的，如果你不介意打破规则、挑战皮特的话。"

"我不怕！"科普尔斯通说，"让皮特见鬼去吧！"

"有人认为皮特·查特菲尔德早就应该被绞死了，"她冷冷地说，"我就是其中之一。查特菲尔德是一个很坏的糟老头，糟透了！但无论如何我会智取他，我知道如何进入城堡，不管他在不在，大门有没有锁。城堡四周围着很高大的围墙，二十英尺高，但我知道某个地方有一个隐藏在灌木丛后的墙洞，我们就从那里进入城堡。来吧！"

她带他上走到一条穿过树林的小路。根据尤班克的描述，巴西特·奥利弗就是走上了这条小路。沿着小路穿过杉树和松树林立的树林，他们一直来到一个地势较高的平原地带，从这里可以看到斯卡海文城堡坐落在平原中央，四周是不规则的围墙，围墙拐角处建有塔楼，底部四周进行了加固；还有一条路显然是通向庄园的，就在那条路的尽头，站着一个人，他正是查特菲尔德，愤怒地站在那里。除他之外，每隔一段距离就站着一个人，所有通往这个高地平原的道路上每隔一段距离就有一个人，他们显然都是在庄园里工作的工人，他们似乎在为城堡禁区进行守卫。

"接下来一定会有一场争吵！我和查特菲尔德之间，"奥德丽喃喃地说，"你就做个观众，一个字也不要说。让我来吧，我们有沿着这条路走路的权利。不要理会皮特。"

这时查特菲尔德已经冲向他们，阴沉的脸因为不满显得更黑了。在距离他们还有十几码远的时候，他提高嗓门喊了起来。

"我以为我告诉过你，你就不会再到这个古城堡附近来了！"他颐指气使，他对奥德丽的说话方式使科普尔斯通手指发痒，很想立即冲上去夺下这个经纪人手中的橡木拐杖，狠狠地揍他一顿。"我的命令可是不折不扣的！我下达的命令，人人都必须服从，没有例外。小姐，从哪里来就从哪里回去吧，今后按我说的去做，现在你听明白了吗？"

"如果你希望我对这样的事情保持冷静或者装聋作哑，"科普尔斯通轻轻地弯腰低头低声对奥德丽说，"你完全错了，我不是这样的人！我会在下一秒给这个家伙一个教训，如果——"

"好吧，再等一分钟，然后，"奥德丽说着继续向前走，镇定地面对着经纪人的威胁，"先听我说几句吧——我喜欢和他争论。你是在和我说话吗，查特菲尔德先生？"她用她最甜美的腔调说话。"我听见你在说话，但我不知道你是否在对我说话。如果是的话，你也不必大喊大叫。"

"你很清楚我是在和谁说话,"查特菲尔德咆哮着,"我告诉过你,你不应该到这个古城堡附近来。我有命令,这里禁止进入。你走吧,把这个年轻人也带走,我们不想有间谍在这附近出现!"

"如果你再那样对我说话,我就把你打倒在地!"科普尔斯通喊道,在奥德丽能够出手阻止他之前他已迈步向前。"对这位女士这样说话也不行。站一边去,快点!"

查特菲尔德以惊人的敏捷速度转身,不是靠边站,而是向稀稀拉拉站在他身后站岗的人挥动自己的手臂。

"你们都到这儿来!"他喊道,"到这儿来,这边,你们所有人!这家伙在威胁我想动手打我。你要是敢碰我,你这个年轻暴躁的人,我在十分钟内就会把你关起来。你们!过来,站在我们两人之间,他想要把我击倒。现在还想吗?"当这些所谓的保镖站在他和科普尔斯通之间后,他说道:"快走吧,离开这个地方,你们俩快走!这里没人会违抗我的命令,不论是女孩还是男孩,男人还是女人。你们走吧,否则你们将被赶出去。"

但奥德丽继续向前走,静静地看着经纪人。"你犯了一个错误,查特菲尔德先生,"她平静地说,"你已经看到,科普尔斯通先生和我走的这条道路,你很清楚,这是一条公共步行道,从古至今,用适当的法律术语来说就是公共道路通行权。你不能把我们赶走,你知道的,否则,你会受到指控或惩罚。你的这些人也要明白,"她转向这些工人,用她戏谑的口吻继续说,"你们都知道这是一个公共人行道,所以别挡我们的路,否则我就让法庭传唤你们每一个人！"

最后一句话是那么有力量，充满决心，站在路上的三个工人不由自主地移动到路的一边。但查特菲尔德急忙去阻挡奥德丽的脚步，自己就站在一个边门门前的小路中央，轻蔑地笑着。

"你能到哪里弄钱去换传票呢？"他轻蔑地说，"我认为你和你母亲应该用你们那点可怜的钱去做点其他事吧，这要比指控别人好。现在，别说太多没用的话！转身走！"

科普尔斯通的脾气在这几分钟里又逐渐升腾起来，现在，在这个经纪人不断的嘲讽声中，他已无法控制地爆发出来。还没等查特菲尔德和他的工人们看清楚并明白过来，他已跳上了经纪人那肥大的身体上，一手抓住他的脖子，一手把他的橡木手杖扭夺过来，迅速把他按倒在草地上，举起夺来的手杖威胁着他。

"现在！"他说，"请求格瑞利小姐的原谅，立刻。否则我会把你这颗邪恶的老脑袋砸开花。快点，我是认真的！"

查特菲尔德不断发出呻吟和悲啼，在他发声求饶之前，马斯顿·格瑞利从古城堡的一个角落走了出来，脸色苍白而激动。

"这是怎么了，你们这是干什么？"他开口说道。"哎，这位先生，你拿着棍子在做什么！你要干什么？"

"我要惩罚你的经纪人，因为他要无赖怠慢你堂妹。"科普尔斯通反驳道，他的决心令人发愣，"现在，老兄，快祈求原谅吧！我一向言出必行！"

"科普尔斯通先生，把手杖给马斯顿·格瑞利先生吧，"奥德丽用非常严肃的态度说，"我相信他会用力杖击查特菲尔德的，如果他知道皮特对我说过的话,我是他的堂妹。"

"谢谢你,但我必须控制着他。"科普尔斯通冷冰冰地说道,"马斯顿·格瑞利先生,你过来再给他几脚,我已经揍了他一顿了。现在,你还不请求格瑞利小姐原谅吗,你这个老家伙?"

"到底是怎么回事?"格瑞利喊道,很伤心也很害怕,"查特菲尔德,你到底说了什么?走开,你们这些人,你们所有人,立刻走。科普尔斯通先生,别打他了。奥德丽,这是为什么?见鬼!我似乎什么都不知道,只有瞎操心。真是令人心烦。我说,到底是怎么回事?"

"是这样的,马斯顿,你的经纪人不让科普尔斯通先生和我从这条公共步行道通过,试图把我们赶走,他出言不逊、用各种恶毒的语言侮辱嘲弄我,还可耻地嘲笑我母亲的贫困,"奥德丽回答说,"这就是全部!如果是你,算了,当时你不在这里。科普尔斯通先生立即冲上去把他打翻在地。现在,是科普尔斯通先生惩罚了他,换作你,你会吗?"

科普尔斯通盯着不断发出呻吟并且气急败坏的经纪人,同时用眼角的余光瞅一瞅站在墙角的马斯顿·格瑞利。那短暂的一瞥使他看出了很多内容,庄园主很担心他的经纪人,这是确定无疑的。在这里的人都肯定这一点。他站在那里,一副苦恼和彷徨的样子,眼睛偷偷瞅着查特菲尔德,然后又看看奥德丽,很显然他讨厌被要求表明立场。

"该死,查特菲尔德!"他突然爆发了,"你为什么不好好考虑一下你该说什么?现在好了,活该。奥德丽,你不应该到这里来，特别是与陌生人一起。事实上，我对奥利弗事件感到非常不安，我要彻底搜查古城堡和周围的地区，当然了，我们在搜查的时候不能让其他人在这里，你应该听从查特菲尔德的命令。"

"什么时候有这么一条规矩，一个斯卡海文格瑞利家族的人还要听从一个仆人的命令？"奥德丽打断了他的话，冷笑了一声，这让庄园主的血往上涌，闹了个大红脸。"从未有过这样的事！现在却实实在在发生了，让我想想，命令，确实不可思议！经纪人下的命令！我不知道过去的斯卡海文庄园主会这样行事吗？科普尔斯通先生，你已经痛快地惩罚了那个坏老头。请你替我开门好吗？我们继续走我们的路。"

女孩说得非常坚定，科普尔斯通放开了查特菲尔德。他挣扎着站起来，咕咕哝哝说着什么，听起来很像在诅咒。

"我要让警察来办你！"他咆哮着，对科普尔斯通挥舞着拳头，"等着吧，就在今天，我要让警察来办你！"

"好啊，越快越好，"科普尔斯通反驳道，"我会非常高兴有这么个机会，我会跟本地的治安官说一说你是怎么侮辱嘲弄你主人的女性亲戚的。你知道去哪里可以找到我，就在那里，"他把一张名片丢在经纪人的脚下，补充说道，"在那里你会找到我的永久地址。"

"把我的手杖给我！"查特菲尔德喊道。

"不，这是我的！"科普尔斯通叫道，"这是我的，老兄，它是我的战利品。你可以让法院传唤我，或者逮捕我，如果你愿意，你还可以把它偷回去。"

他为奥德丽打开那个小侧门,他们一起沿着残垣断壁的围墙穿过古城堡的一角,走进地势更高一点的树林中。又一次,女孩大笑了。

"现在又该有一场大吵架了!"她说,"这一次是庄园主和他的经纪人。"

"我想不是!"科普尔斯通强调说,看起来有点不同寻常,"因为庄园主害怕那个男人。"

"噢!但是谁是主人,谁又是下人呢?"奥德丽低声问。

科普尔斯通停了下来,仔细打量着她。

"哦?"他平静地说,"你没看出来吗?"

"不需要更多观察吗?"她回答,"我和我的母亲已经了解到他们这种状态有好长一段时间了,马斯顿·格瑞利完全是在皮特·查特菲尔德的控制之中,他不敢自作主张去做任何事情,除非经过查特菲尔德的许可。"

科普尔斯通向前走了几码,又返回来。

"为什么会这样!"

"我们怎么知道?"奥德丽回应道。

"好的,如果是那样一种状态,"科普尔斯通说,"这通常意味着一个人有什么把柄落在别人手中。查特菲尔德能有你堂兄的什么把柄吗?我知道马斯顿·格瑞利先生是从美国直接过来继承遗产的,那么查特菲尔德怎么会知道他以前的事,能让他抓住什么把柄?"

"哦,我不知道,我也不在乎,我知道的也不多。"奥德丽回答。他们走出了树林来到向海中突出的陆地最顶端。"不要再考虑这些事啦,看看这里的海和无尽的天空,去他的查特菲尔德,去他的马斯顿!我们看不成古城堡,就享受大自然的美景吧。下一步我们做什么?"

"你是导游,你是领队,你是大老板!"科普尔斯通回答,"不过,如果要我说的话,我倒是建议来点特别实用的,嗯?那么,我们沿着这些悬崖向前走,到附近找一个村子,说不定在那里我们可以找到一家不错的老客栈,吃点简单的午餐怎么样?"

"那当然是太实用太现实了,"奥德丽笑着说,"我们可以去……看那里,沿着这条小路向南走,就去蓝维克小村。所以,来吧,再也不提庄园主和经纪人了。我有一个非凡的能力,就是能快速忘掉那些不愉快的事情。"

"这真是一个伟大的才能,我会努力向你学习,"科普尔斯通说,"所以,今天是我们自己的,嗯?是这样吗?"

"是这样,我们有半个下午,"奥德丽回答,"别忘了我家里还有个妈妈。"

下午刚过了一半,他们俩回到斯卡海文,很开心也很满足。他们谈论了很多话题,唯独没再提起马斯顿·格瑞利或皮特·查特菲尔德,还有是上午发生的事。科普尔斯通忽然觉得有点内疚,他把他的注意力全部放在了同伴奥德丽身上,他几乎忘记了奥利弗失踪之谜。在他走进阿德米拉尔旅馆的时候,才从刚才的思绪中走出来。沃勒夫人面容姣好、脸上带着神秘的微笑,从她的会客厅走过来。

"科普尔斯通先生，有你的一封书信，"她说，"我也不知道是谁留在这里的，一小时前我们的一个女服务员在大厅的餐桌上发现了它。"她递给科普尔斯通一个多次使用过、外表脏兮兮、盖了很重封印的信封。

第九章　霍布金山洞

科普尔斯通拿着这封怪模怪样的信件走进他的私人起居室，在打开之前，他前前后后仔细检查了一番。信封是最便宜的那种，用红蜡封口，红蜡大斑点用拇指压平，从而留下了纹理粗糙的指纹；地址，非常明显，是用一支坏了的钢笔书写的，每写三四个字母就要沾一次墨水，字体很不规则。信封上是这样写的：

住在阿德米拉尔旅馆的年轻绅士收——私信

信封里装着一片从小额现金出纳簿上撕下来的小纸片，此外没有其他任何东西。纸片上只有寥寥几行字，不是用墨水笔写成的，字迹也很潦草。信的内容是用一种擦不掉的铅笔写成，写信人似乎时不时地就用舌头湿润笔尖，一些字母显得比其他字母更宽更黑。这个信息，如果说是神秘的话，那就太直截了当了。信的内容是：**先生，如果你想从掌握秘密的人那里获得你想要的信息的话，明天早晨就到霍布金山洞来吧，那里有你想要的。敬**

启——我只能言尽于此。

像大多数年轻人一样，科普尔斯通倒也具备了成年男子的阳刚之气和处事能力（指男子年龄到二十一岁就是成年人），有自己的一套道德标准与行为准则，知道权衡利弊去认真规划自己的行动，也知道哪些事情一定要做，哪些事情不应去做。他下意识地认为当前一定不应做的一件事就是不要关注这一封匿名信。但就是这一封匿名信，给他带来矛盾，那就是他的行为原则和探奇心理之间的冲突。每天必须面对的日常生活就像是已经编好的程序，有点枯燥乏味；而应急的权宜之计是人类存在的重要组成部分，有符合其道德价值观层面的因素。他认真思考了五分钟后做出了最后决定，用简单的语言来说，他决心第二天去拜访霍布金山洞，找出谁是这封匿名信的始作俑者。

他有点想去那个农家小院，把这件涂鸦般的古怪匿名信展示给奥德丽·格瑞利看，因为今天早些时候他和她在一起度过了极其愉快的六个小时，他现在已经开始想她了，他觉得他不能一直从自己这方面来考虑问题，也应该从奥德丽的角度审视一下，或者与她商量一下。但他还是太年轻，还不能甩掉自身的腼腆，他暂时还不想继续拉近他们的关系。再次，他觉得这封匿名信是在用一种微妙的方式传递信息，暗示这件事是神圣和秘密的，这让科普尔斯通有了一种强烈的自豪感。他知道沃勒夫人是一位颇具女性气质的人，她肯定对这封匿名信充满好奇，肯定也很想知道信里所说的秘密。他必须小心，不要向她提起这件事。他悄悄地研究了一番这个地区的军用地图，这张地图就装在镶有玻璃的大相框里，高高地悬挂在酒店大厅的墙上。他发现霍布金山洞那里标着个记号，可能表示这个地方很特别或者别的什么吧，山洞位于内陆方向，距离斯卡海文镇大约一两英里远的地方。在次日上午早餐后，他动身出发了，没和任何人说他要去的地方。为了一路上有所依仗，他还带着从皮特·查特菲尔德手里夺来的那根橡木手杖，用它可以击破任何人的脑壳，必要时这就是防御工具，能起到防身作用。

科普尔斯通走出山村，沿着山洞方向的道路前行。这条路崎岖不平一直通向广袤荒凉的山野腹地。他一会儿爬坡上山，一会儿下坡急行，一路在大海边的山丛中蜿蜒前行。很快斯卡海文镇也消失在身后不见了踪影，自己已身处荒野的孤独之中。他的周围是长满石南花和金雀花的广阔区域，偶尔有巨大的岩石冲破茂密的植被耸立在路的一边，他环顾四周，看不到任何人类居住的迹象，只听见匆忙穿越荒野的风声和山那边振翅飞翔到农田找食的海鸟发出的悲怨的鸣叫。从他所在的那个位置，他看不到任何瀑布或盆地等陆地景观，说明他要找的地方不在这里。他继续向前，在下一转弯处到了一个狭窄的山谷口，这条峡谷像刀劈似的深深地切进山的中央，里边又黑又暗，有可能这是他要找的地方，也不知里边有没有危险。峡谷前边有条湍流喧闹的溪流，上面架了小桥，小溪对岸边有一条印迹不太明显的小道通向山谷深处，路上虽有人类经过的痕迹，但更像是山羊踩踏出来的。这条路被狭窄的山谷两侧的矮小栎树和桤木组成的灌木丛遮蔽，变得越来越模糊不清，里边非常幽静，一点小小的声音都会让那些胆怯的或多疑的小动物迅速离去。但科普尔斯通既不胆怯也不多疑，他已经对这次探险旅程充满好奇与期待；所以，他把皮特·查特菲尔德的橡木手杖牢牢地握在右手，跳跃着穿过小桥，沿着狭窄的小路进入了树木遮盖的阴暗山谷之中。

很快，随着他的深入，山谷也变成了狭窄、岩石嶙峋的峡谷。溪流，开始还是很平缓的，再向上就看到它通过巨石间的空隙翻滚下来，小道也在这里消失了。石灰石岩石构成的悬崖从山谷两侧的矮小栎树和桤木组成的灌木丛中高高耸立。这个上午异常灰暗，即使在十月，树叶已经开始干枯变成棕黄色，仍然还茂密地挂在树上。科普尔斯通感觉四周异常昏暗，这样的环境一定会让一个神经质的人吓得胆战心惊。他也发现他的脚步越来越难移动，可以说举步维艰。终于他来到了一片很高的悬崖下边，高高的悬崖挡住了去路，好像从小溪的那一边已经到了尽头再也走不过去了，他不得不停了下来。正当他在矮橡树的树枝下四处张望、举足不定时，突然听到空中传来一个声音，是那么出其不意，他被吓得差点魂都丢了。

"阁下！"

科普尔斯通环顾四周，什么也没看见。接着上边又传来低低的笑声，好像隐身在暗处的人对他制造的这种既让人惊悚又使人困惑的效果很满足。

"抬头向上看，阁下，"那声音说，"抬头看！"

科普尔斯通抬头仰望，马上看见一个男人的头和脸从悬崖中间的一小片灌木丛中露出来，就像是一幅风景画嵌在石灰石悬崖上。他头上戴着一个破旧的毛皮帽，深棕色的脸上有深深的皱巴巴的皱纹，嘴上叼着一只短小、油光黑亮的陶制烟斗，一缕青烟袅袅上升，像是一个点缀，使得这幅画面有了生机。科普尔斯通已经习惯了周围的黑暗，他看到一双敏锐的、闪烁的眼睛和一口非常洁白的牙齿闪着微光，像藏在灌木丛中蓄势待发随时准备捕食的一头猛兽。

"喂！"科普尔斯通喊道，"出来吧！"

洁白的牙齿显得更加充实，牙齿的主人又笑了起来。

"你上来吧，阁下，"他说，"拐角处有一个天然的爬梯。上来吧，不要紧张。我这里有一个很好的小客厅，我还有点东西可以提提神。"

"不，我还没看清你是什么样呢，"科普尔斯通说，"我要搞清楚我是在和谁打交道。站出来吧，现在！"

隐身人又笑了起来，他走出灌木丛，站在岩石的边缘展示着自己。科普尔斯通发现自己看见的是一个古怪的人物——一个身材短小、貌似老得出奇的人站在那里，身上穿着满是灰尘的棉绒衣服，可能曾经是红色的马甲，皮革短裤和长筒橡胶靴，既像个偷猎者，又像个游戏管理员，还像一个旅馆马夫，或者是三者的复合。但是比身材和服装更奇怪的是男人的脸——一张多疤瘤的、饱经风霜的、被海水和海风侵蚀的脸。在科普尔斯通看来，这张脸诚实十足，却丝毫没有幽默感的迹象。

科普尔斯通立即相信了这个人。他通过岩石的角落和缝隙攀爬上去，在悬崖中间的一个狭窄平台边上与那人相聚。

"嗯？"他说，"你就是那个给我写信的人吗？为什么呢？"

"请这边来，阁下，"棕黄脸的人回答，"我们找个舒服点的地方聊吧，比如，我的客厅。请这边走！"

他带着科普尔斯通沿着灌木丛后面的山脊，来到一个悬在石灰岩悬崖上的天然山洞，大多数地方是天然的，也有一小部分有人工雕琢的痕迹；从洞口可以看到洞里边有简陋的石座，上面铺上了口袋布；还有一两个盒子，里面一定是餐具和食物；旁边有一个架子，上边放着一个瓶酒并用柳条盖着，旁边还有一排瓶装啤酒。

这位幽居的主人向他热情友好地挥手致意，请他进入。

"您不会拒绝一个可怜人的热情好客吧，先生？"他礼貌地说，"如果你想喝一杯朗姆酒的话，我可以给你一只干净的玻璃杯，还可以用小溪里取来的新鲜的泉水勾兑一下，就像你在英国能找到的一样好。或者，也许，时间还太早，您更喜欢啤酒，怎么样？说吧，您要什么？"

"嗯，来一瓶啤酒吧，谢谢你。"科普尔斯通回答，他遇到的是一个自然的、毫不做作的人，他不希望表现出冷漠。"请问我是在和谁一起把盏喝酒呢？"

那人小心地拔掉酒瓶的软木塞，用酒保特有的动作把里面的酒倒入玻璃杯，然后鞠躬把酒杯递到客人面前；他自己则倒了一杯朗姆酒，又向他鞠了一躬，然后喝了一口杯中的酒。

"向您致敬，阁下，"他说，"很高兴在霍布金山洞与您相会，在这个山洞,一个奇怪的地方,两位君子约在这里见面很奇怪,不是吗?你在跟谁说话,你说呢?我的名字嘛,阁下,我是附近著名的扎卡里·斯珀治!"

"是你昨晚给我留的那封信?"科普尔斯通问道,并且坐下来喝了一大口啤酒。"你是怎么做到没被人发现的?"

"我有个堂弟是在阿德米拉尔旅馆干杂活,"斯珀治说,"他把我偷偷放进去的,你可能在那里见过他,阁下,一个独眼的家伙,长相古怪,但值得信任,像我一样!彻头彻尾的诚实可信。"

"你想见我是为了什么?"科普尔斯通问,"还是你有什么消息要告诉我?"

扎卡里·斯珀治把一只手伸进天鹅绒夹克衫,拿出一大叠皱巴巴的报纸,展开,那是一张悬赏告示,为巴西特·奥利弗事件提供确切信息者奖赏现金的悬赏告示。他举着它放到客人面前。

"先看看这个!"他说,"一千英镑可是非常可观的巨大的一笔钱,阁下!现在,如果我告诉你我掌握的一些线索,我想知道,我是不是有机会得到这些钱?"

"那得看情况,"科普尔斯通回答说,"奖励是要给的,但你看公告的措辞,你能提供那种有用的信息吗?"

"我可以提供一条非常确定的信息,阁下,"扎卡里·斯珀治说,"根据我的信息是否会最后找到那位绅士我不敢说,但我确实知道关于他的信息,相当肯定!"

科普尔斯通思考了一会儿。

"我告诉你，斯珀治，"他说，"我可以答应给你赏金。如果你真能提供确切信息，我会向你保证，不管你所说的信息价值是多还是少，你都将得到丰厚的报酬。怎么样？"

"就这么定了，阁下，"斯珀治说，"我把你的话当作君子协定啦！好了，现在，秘密在这里。你看到的我就是实实在在的我，在这个山洞里，就像是在远古时候的一个老隐士隐居在一个山洞里修行。为什么我要在这里！因为现在我这张脸还不适合在斯卡海文露面，我是个被通缉的偷猎者，阁下。这是事实！隐居在这里才是安全的选择。如果有人跟踪我来到这里，我可以从这个山洞的后面跑掉，这里有一条通道，不等追踪我的人爬上那块岩石之前我就可以从这里跑掉了。然而，没有人怀疑我会在这里。他们都认为，比如那个魔鬼查特菲尔德，还有警察，他们认为我会出海逃到某个小岛上。然而，我就在这里。上星期日下午，像以前一样很普通的一天，但那时碰巧我就在斯卡海文！我就隐藏在那片树丛中，阁下，在城堡后面。别管我在做什么，我就在那儿。就在差十分钟到三点的时候，我看到了巴西特·奥利弗。"

"你是怎么认识他的？"科普尔斯通追问。

"因为我在诺斯伯勒剧院和诺卡斯特剧院有很多次看到他的演出海报，"斯珀治回答，"我也见过他很多次，对他很了解也很熟悉，即使在远处，我也能把他从人群里认出来。好吧，当时他从南码头的小路走上来，离我大约几十码，我就在他对面的灌木丛中隐藏着。他走到那个开在古城堡围墙上的大门口，用他的手杖顶端推门,因为门是虚掩的,一推就开了。于是他走了进去。一会就看不见他了,阁下!我猜测我是最后一个看到他活着的人!除非,除非——"

"除非?除非什么?"科普尔斯通急忙问道。

"除非从那以后还有一个人看见他,"斯珀治表情严肃地说,"因为那里边还有另外一个人,阁下。就是庄园主格瑞利!"

科普尔斯通盯着斯珀治看;斯珀治回过神来也凝视着他,使劲把头点了两三次。

"以上帝的名义,这都是真的!"他说,"我为什么会在那里,我有自己的理由。可能有八分钟左右的时间,肯定不足十分钟,从巴西特·奥利弗走进去到庄园主格瑞利走出来。匆匆忙忙,先生,他出来时走得很快,他看起来也有点怪异。茫然?很像。你知道人的闪念有多快?先生,在某些特殊情况下,我想应该是快如闪电。我对自己说'庄园主一定是看到了什么人或经历了什么事,并深深刺激到了他!'为什么,你可以在他脸上读到这些!就像是印在脸上,清清楚楚。就在那个时间、那个地方!"

"是吗?"科普尔斯通说,"后来呢?"

"后来,"斯珀治继续说,"后来他停下来站了一两秒钟,左右前后看了看,没有发现一个人影!空无一人!然后,他偷偷溜走了,就如同狐狸偷偷离开农场。他沿着古城堡周围的高墙走,遮遮掩掩尽量不让人注意,一直走到这面城堡墙的尽头拐角处,然后急忙冲进树丛中,也就是古城堡和庄园之间的林地里。再后来,当然,他就从我的视线中消失啦。"

"还有，奥利弗先生呢？"科普尔斯通说，"你后来再也没有看见他吗？"

斯珀治喝了一口掺过水的朗姆酒，并点燃他的烟斗。

"没有，"他回答，"我在那儿一直等到三点十五分，然后我就走了。到我走的时候，一直都没有看见奥利弗从那扇门里出来。"

第十章 冒牌牧师

斯珀治和他的访客坐在那里彼此盯着对方沉默了几分钟，最终还是科普尔斯通打破了沉默。

"当然，"他若有所思地说，"如果奥利弗先生是在参观这些古堡遗址，半个小时很快就不知不觉过去了。"

"是的，"斯珀治附和道，"他可以花上一个小时。如果他是一个对古文物研究感兴趣的人，并且喜欢在这样的古遗迹中游历的话，他甚至可以花上两三个小时，前提必须是像赚大钱一样喜欢。他应该会最后走出来，但现在的所有证据是，先生，他没有走出来过！即使我现在躺在这里，或者我没有去过那个地方，根据大家提供的线索，我也能推测出事情发展的经过。巴西特·奥利弗走上那条通往古城堡的小路，也就是在他遇到尤班克之后，再也没有人看见过他，除了我，可能还有格瑞利庄园主。他们或许单独打过照面或者发生过什么，就像我和先生您一样，这就是我的逻辑。大家应该好好想一想这些，认真地思考一下。我认为B.O.，也就是奥利弗，没有从来的原路返回，否则，一定会有人遇到他；他也没有继续向前或者穿过树林去到海岬，否则，他同样会被人看到；他也没有走下去到海岸边，否则，他也会被人看见。你我两人私下说说，阁下，我觉得奥利弗死了，尸体一定就在城堡里！"

"你在暗示什么吗？"科普尔斯通问。

"没什么，先生。除此之外没有其他的了，"斯珀治回答说，"我没有提出任何结论，也没有针对任何人的指控。我一生中已经经历了太多无奈，没什么可大惊小怪的。我知道有很多无辜的人被绞死在诺卡斯特监狱，尽管他们言之凿凿有所谓的间接证据。表面上看好像一切顺理成章，但在某种程度上说表象对一个活生生的人来说未必真实，他也可能是无辜的，像一个新生婴儿一样清白！不，我没有提出任何结论。对于这里发生的事，毫无疑问，就发生在你身边，或是说发生在奥利弗的兄弟身上。如果我是那位失踪的绅士的朋友，我也想知道更多！我想知道更多是什么意思呢，就是奥利弗对尤班克说他在美国认识一个叫马斯顿·格瑞利的人，这个名字可不是普通常见的名字，是不是，阁下。"

科普尔斯通没有对这些言论做出回应。他自己的思路和这个山洞主人的想法有点相似，现在他转向另一个疑点。

"那天下午你确实没看见其他人在那里？"他问。

"绝对没有，阁下。"斯珀治回答。

"你离开那个地方后去了哪里？"科普尔斯通问道。

"实话告诉你吧，阁下，我在那里等我的堂弟，就是把信给你送去的人，"斯珀治回答说，"那是我们之间的一个约定，我们约定那天三点左右在那儿碰面。如果他不去那里，或者说到三点十五分之前见不到他，就说明他无法脱身前来赴约。因为他没来，我就溜回林地，然后又回到这里，回到这个荒山野岭之中。"

"你打算一直住在这个地方吗？"科普尔斯通问。

"估计还要住一段时间，阁下，要看下一步事情的发展再说，"斯珀治回答，"就像我说过的，我被通缉了，查特菲尔德很早就想把刀子插到我身上。所以，如果有更重要的事情吸引了他的注意力，他可能会把我的事放到一边。你还想问什么，先生？"

"我想知道如果我们需要你提供你见到过奥利弗先生的证据，我该去哪里找你，"科普尔斯通回答说，"你的证言可是很关键的。"

"我考虑好了，"斯珀治说，"你认识在阿德米拉尔工作的我的那位堂弟，他一直与我保持联系，如果事情发展到需要我出面的时候，我应该到诺卡斯特露面了。我已经在那里隐姓埋名好长时间了。你完全可以相信我的堂弟，吉姆·斯珀治，那是他的名字，一只眼，不会把他认错的。他总是在沃勒太太的院子里工作。"

"好的，"科普尔斯通说，"如果我需要你，我会告诉他。顺便问一下，这些信息你告诉过别人吗？"

"没有和任何人说过，"斯珀治回答说，"甚至吉姆，我也没告诉他。没有，我一直保守着这个秘密，直到今天看见你。当然，你还有很多事要做，你走吧。"

不久，科普尔斯通慢慢走回到斯卡海文，一路苦思冥想他所看的和听到的事情。他认为没有理由怀疑扎卡里·斯珀治的故事，事情的经过充满了可信度。但它到底意味着什么？斯珀治从城堡门口外边的某个位置看到巴西特·奥利弗进入了城堡遗址，几分钟后，他又看见马斯顿·格瑞利在相同的地方离开，明显表情相当不安，并且是鬼鬼祟祟、偷偷摸摸离开的，这表明了他在担心或是害怕什么。他是非常可疑的，至少可以说，他与奥利弗的失踪事件有直接的关系。但这只是怀疑，还没有直接证据。这些确实是好线索，他可以写一个报告，把他和斯珀治的谈话内容告诉克莱斯维尔·奥利弗爵士。他决定当天下午就写，把事情的来龙去脉说清楚，写完立刻用挂号信寄出去。

正当他忙于写这个报告的时候，沃勒夫人来到他的客厅，布置桌子准备午饭。科普尔斯通从她的脸上马上看出她有什么新闻要说。

"下雨了，瓢泼大雨！"她笑着说，"不过，可以肯定的是，它不是大暴雨，只是阵雨罢了。哎，我这里又来了一位客人，科普尔斯通先生。"

"哦？"科普尔斯通回应，表现得不是特别感兴趣，"真的！"

"一个从伦敦来的年轻牧师，纪灵牧师，"房东太太继续说道，"听说他病了一段时间，他的医生建议他去北方海岸，换个环境疗养一下，所以他来到这里，说要在这里住几天，看看这里的环境和气候是不是适合他。"

"我认为北海岸天气冷，风也有点大，对身体虚弱的人并不太好，"科普尔斯通说，"我身体不弱，但我觉得这里的风对我来说够大的了。"

"我敢说这是孤注一掷的办法了,"沃勒太太回答,"病根好像是胸部的毛病,我觉得他应该掂量掂量。这位年轻绅士看起来并不是多么虚弱娇嫩,他告诉我,胃口很好,医生说如果他尽量多吃一些的话他会活得很好。"

那天下午,科普尔斯通在旅馆的大厅见到了和他同住一家旅馆的客人,他赞同女房东的观点,一点也看不出这人有什么病态的迹象。他是典型的传统的教区牧师形象,脸色有点苍白,带有一点幽默感,穿着圆领衣服、头戴宽檐帽子。他友好地瞥了一眼科普尔斯通,眼中写满了好奇和疑问。科普尔斯通出于友好,停下脚步和他打招呼。

"沃勒太太告诉我你来这里疗养,"他说,"这个地区的风非常强烈!"

"哦,没关系!"新来的客人说,"斯卡海文的空气对我有好处,这正是我想要的。"他看了科普尔斯通一眼,然后瞥了一眼他手里的信。"你要去邮局吗?"他问道,"我可以和你一起去吗?我也想去那儿。"

两个年轻人一起走出了客栈,科普尔斯通给他带路,顺着小路向下往北朝码头方向走去。出门不久就听不见阿德米拉尔旅馆里的声音了,回头望去只能看见有两三人懒洋洋地靠在旅馆墙根前面。这时,牧师诡秘地看了一眼他的同伴。

"当然,你一定是科普尔斯通先生喽?"他说,"你不可能是别人,因为,我听到房东这么叫你。"

"是的，"科普尔斯通回答说，显然对他的行为方式感到困惑，"有什么事吗？"

牧师轻轻地笑了，并把他的手插进他那厚厚的大衣口袋，拿出一张卡片递了过来。

"我的证件！"他说。

科普尔斯通瞥了一眼卡片，上面写着"克莱斯维尔·奥利弗爵士"，他好奇地转向他的同行者，看着他，那人又笑了起来。

"克莱斯维尔爵士告诉我尽快交给你，不要不引人注意，"他说，"事实上，我不是什么牧师，那不是我！我是一个私家侦探，是克莱斯维尔爵士和佩瑟顿安排我到这里来的。明白了吗？"

科普尔斯通盯着那宽边帽子、圆领衣服之间特有牧师形象的脸，然后突然大笑起来。"我祝贺你完美的化妆，无论如何！"他叫道，"这就是侦探的水平！"

"哦，我一直是个演员，"私人侦探回答，"我有一手很好的化妆本领，可以把自己化妆成任何类型的人；此外，我演过传统的牧师多次。是的，我认为没有人会看穿我，但我也要很特别注意，避免和神职人员接触。"

"你离开舞台了，为这件事？"科普尔斯通问，"为什么，现在？"

"报酬更好啊，很高的报酬，"那人平静地回答，"此外，它更刺激、更令人兴奋，有更多的变化和挑战。好了，现在你知道我是谁了，我的名字是纪灵，顺便说一句，虽然我不是瑞沃润德·纪灵，但沃勒太太会叫我这个名字。所以，我已经把我的事情交代清楚了，这次事件发展到什么程度了，到现在为止？"

科普尔斯通摇了摇头。

"我得到的指令，"他意味深长地说，"是——不对任何人提及案情进展。"

"除了我，"纪灵说，"克莱斯维尔·奥利弗爵士的名片就是我的身份证明。你什么都可以告诉我。"

"你先告诉我，"科普尔斯通回答说，"你到这里来到底要干什么？如果要我跟你私下讨论案情进展，你必须以同样的方式对我开诚布公。"

科普尔斯通在一个废弃的码头平台上停了下来，靠在墙上，墙的外面就是沙滩，他向纪灵示意停下来。

"如果我们之间需要进行一次平和的对话的话，"他继续说，"最好就是现在，周围没有人。如果有人在远处看到我们，他们也只会认为，我们看起来好像是什么？偶然相识。现在说吧，你的工作是什么？"

纪灵看着他，然后坐到矮墙上。

"秘密跟踪马斯顿·格瑞利。"他回答道。

"他们怀疑他？"科普尔斯通问。

"毫无疑问！"

"克莱斯维尔·奥利弗先生和我说了很多，但不是更多。他们对你说得更多吗？"

"怀疑似乎起源于佩瑟顿。佩瑟顿，你不要被他那谦和的、刻板的外表所迷惑，实际上在伦敦他是一个充满智慧像老鹰一样的人物！他立即抓住了案件的重点，那就是巴西特·奥利弗对渔夫尤班克所说的话。一个嗅觉敏锐的鼻子，佩瑟顿就有！他决心要搞清楚巴西特·奥利弗在美国遇到的名叫马斯顿·格瑞利的人到底是谁。他已经使机器运转起来了，同时，我来盯梢这个庄园主，我要盯紧他！"

"为什么要特别调查他？"

"要摸清他是不是要去什么未知的地方，或者，如果他离开了，那就跟随他的行踪。不能让他离开我们的视线，直到这个神秘事件彻底查清楚。因为，他的身上肯定有秘密。"

科普尔斯通默默地考虑了片刻，决定不向纪灵透露扎卡里·斯珀治的故事，起码是暂时不提。当然，他也提供了一些案件进展情况，这样不会伤害感情，方便进一步沟通。

"马斯顿·格瑞利，"他接着话题继续说，"或者他的经纪人，皮特·查特菲尔德，或他们两者已经达成共同的协议，他们已经开始行动，说是要解开这个谜：到目前为止，只有格瑞利庄园与事件相关。他们关闭了城堡，甚至以前有资格可以随时进入城堡的人也被排除在外，限制他人进入，他们正在安排进行一次彻底的搜索，当然，名义上说是为了寻找巴西特·奥利弗。"

纪灵做了个鬼脸。

"当然！"他说，一副玩世不恭的样子，"做做样子呗！我倒是希望有这么一次搜查。这是一个聪明的计划。"

"我不明白你的意思，"科普尔斯通说，"怎么说呢，一个聪明的计划？"

"掩饰!"纪灵回答,"纯粹的掩饰!你认为格瑞利和查特菲尔德是傻瓜吗?我应该说他们一点都不傻,从我听到的关于他们的事我就知道这一点。那么,他们很清楚马斯顿·格瑞利已经被怀疑了,对吧?那好,他们想把他从被怀疑对象中摘出来,所以他们关闭了他们的城堡古迹,组织进行一次搜索——私下搜索。请你注意,最后他们再宣布没有发现任何东西。那么,就是这样!而且,如果他们确实发现了一些东西,假设他们发现了巴西特·奥利弗的尸体,你看到什么啦?"看到科普尔斯通紧盯着沙滩对面的码头,他突然问道。"发生什么事了?"

"哎呀,天哪!我相信一定发生了什么事!"科普尔斯通叫道,"看那儿,有人从山坡上的城堡方向跑下来。你再听,他们在呼喊那边码头上的人。来吧,我们去看看!如果你快跑的话,不会破坏你的伪装露相吧?"

纪灵用行动回答了这个问题,略微有点夸张地跳下围墙落到沙滩上。

"反正我要伪装的不是腿。"他回答。由于刚刚退潮,沙滩上留下很多小水坑,他们溅着水向前跑去。"哎呀,确实是啊!我相信一定发生了什么!看那些人,都从家里跑出来了!"

沿着南码头,渔夫们、男人、女人和孩子们都急切地向路口聚集,就是巴西特·奥利弗遇到老渔民尤班克然后向城堡走的那条路的路口。当科普尔斯通和他的同伴到了南码头,爬上码头的围墙,来到路口,随着人群拥向林地,人人都在大声讲话,议论着什么。科普尔斯通突然认出尤班克就在人群的一边,正在向他打着手势并喊叫着。

"这是怎么啦?"他喊道,"发生什么事了?"

尤班克,不慌不忙地移动着身体,然后停下来等着两个年轻人赶上来。在他们接近的时候,他把烟斗从嘴里拿出来,把头朝着城堡方向努了努。

"听说那里发现了一些东西,"他回答,"我不知道是什么。但查特菲尔德派了两个人来村里。一个去找警察和医生,另一个去了阿德米拉尔旅馆说是找你。有人在找你,你是特殊人物!"

第十一章　蔓藤网下

　　科普尔斯通和假牧师纪灵终于来到了古城堡遗迹前开阔的空地上，这里人头攒动，似乎斯卡海文镇一半人口都聚集在了这里。男人、妇女和儿童，蜂拥至嵌在高高的围墙之中的大门口，人人脸上都露出一种热切的渴望，希望能进到里边一探究竟。但大门被严格把守着，人群被挡在门外。查特菲尔德，手执一条新的橡木手杖站在那里，一副主人派头十足却有点愁眉苦脸的样子；在他身后是几个庄园里的保镖和工人，都在阻挡着拥来的人群，力劝大家回去。马斯顿·格瑞利则站在门口里边，显然相当烦躁和不安，时不时望着外面骚动不安的民众，各种猜测和流言四起并快速在人群中传开。忽然，他看到了科普尔斯通，他马上与查特菲尔德交谈了几句，然后立即派出一位保镖穿过人群向科普尔斯通走过去。

　　"格瑞利先生请你到前边去，先生？"那人说，"如果你愿意的话，你的朋友也可以一起进去。"

　　"你这个乔装打扮的假牧师也被邀请了。"科普尔斯通低声说道，他和纪灵挤过人群来到了门口。"但为什么突然这么有礼貌呢?"

"哦,那很容易理解啊,"纪灵说,"我看穿了他们的鬼把戏。他们需要人来见证什么事或者别的什么,既要让人信服无话可说,又要大量的人证。这个大块头、满身是赘肉的男人一定是查特菲尔德了,对吧?"

"那就是查特菲尔德,"科普尔斯通说,"他下面要干什么?"

当这两个年轻人走过来,经纪人立刻转身几步走到大门口对看守说了几句话,意思是让看守站在一边,让科普尔斯通和牧师进入院内。马斯顿·格瑞利走上前,面对着他俩,用锐利的眼光看着纪灵,像是要看出点什么,然后又把目光转向科普尔斯通。

"你能进来吗?"他问,不仅没有任何不礼貌,而是带有一种请求与渴望的态度。"实际上,我希望你能在这里。这位先生是你的朋友吗?"

"刚认识一个小时的熟人,"纪灵插嘴说,有点打趣,"我只是刚到旅馆住下。为了健康,过来疗养。"

"也许,能请你们屈驾过来陪我们勘查现场吗?"格瑞利说,"事实上,科普尔斯通先生,我们已经找到了巴西特·奥利弗的尸体。"

"我已经想到会是这样的。"科普尔斯通说道。

"警察马上就要来了,"格瑞利继续说,"我想让你们看到尸体所在的准确位置,没有人触碰过它,没有人靠近它。当然,他已经死了!"

他紧张地举起手做了一个手势,另外两人紧紧地看着他,只见他的手颤抖得很厉害，脸色很苍白。

"死了！当然，"他接着说，"他一定是因为意外的坠楼摔死的。一两分钟后你们就会看到尸体，你们也就会明白为什么在此之前或者说第一次搜索时，尸体没有被发现。这是很简单的，事实是——"

在墙门口外边突然传来一阵喧闹，两名警察出现在入口处，庄园主走上前去迎接他们。好像是警察的出现把他从担惊受怕的状态中拉了回来，他的态度与行为立刻变成了一个坚定自信的指挥者。

"现在，查特菲尔德先生！"他喊道，"把这些人都赶远点！关上门，不要让任何人进入，不管是谁也不管有什么借口。你就待在那里，确保我们的行动不受干扰。现在，各位请走这边。"他继续对警察和两个请来见证者说。

"那么，你们是找到他了，先生？"格瑞利领着一干人穿过草地来到城堡古塔跟前，高级警官低声问，"我猜测这位可怜的先生已经死了吧，是不是？噢，医生还没来，应该赶快让医生过来！"

"巴西特·奥利弗先生已经死了。"格瑞利打断了他的话，话说得很生硬。"医生来了也无能为力。现在，看这里，"他突然让他们停下脚步，然后继续说，"我希望大家都特别注意一下这个古老的塔楼——城堡的塔楼。我相信你们之前从没到过这里，科普尔斯通先生，你不是一直对这个地方特别感兴趣吗？现在你看到的就是城堡塔楼，就在这片城堡遗迹的中央，这一片院落就是古城堡的遗迹。塔楼是一个方形的塔楼,塔楼楼梯就在一角。

"那个塔楼的楼梯保存完好,一直处于一个相对较好的可用状态,事实上,很容易从楼梯爬到塔顶。站在塔顶视线很好,可以看到周围的陆地和大海的景色:城堡塔楼大约有近一百英尺高。现在的塔楼内部几乎完全被毁掉了,你们马上就可以看到,有五六层楼板已经没有了,以前应该是有的。我很抱歉地告诉各位,楼顶的保护装置很少,只有一道非常窄的栏杆和非常低的护墙,而且很多地方严重破损。因此,任何爬上塔顶的人都必须非常小心谨慎,否则就有可能从塔楼边缘滑下来,跌到塔底。现在我认为这正是星期日下午发生的事情。奥利弗显然是来到了这里,爬上楼梯站在塔顶欣赏风景,不小心从护墙边坠了下去。那么为什么他的尸体之前没有被发现呢,我现在就展示给你们看。"

他领着大家走到塔楼脚跟下,这里有一个低矮的拱形门,门口站着几个庄园的工人,其中一个提着一盏灯,这个人给庄园主做了一个请的手势。

"你在前边带路。"他低声说。

那人转过身来,穿过拱形门向下走过几阶磨损严重和苔藓覆盖的石头台阶,进入一个黑黑的、像地窖一样的地方,里边散发着强烈的潮湿和年久的味道。格瑞利提醒大家注意入口处一堆由土和垃圾组成的土堆。

"我们必须做些清理工作,然后才能进入这里,"他说,"这条拱道很多年没有打开过了。当然，这是建在塔楼最底层的城堡储藏室，一半位于地面以下。它的屋顶已经烂掉了，就像其他东西一样，但是正如你们看到的，原来的屋顶除了大梁以外已经没有什么东西啦。把你的灯笼举高点，马里斯！"

其他人在庄园主的指引下抬头向上看，可以看出储藏室建在塔的一侧，在距离他们所站的储藏室地面之上高度约十五或二十英尺的地方，房顶已经不知所踪，取而代之的是茂密的绿色植物蔓藤遮住了天空，自然形成了天花板样的绿色顶棚。刺藤、常春藤和其他攀援蔓藤植物，经过多年日积月累的生长，在储藏室四周的墙壁之上构成了一个完整的蔓藤网络。有些地方很厚，从下边看密不透光；有些地方却很薄，可以看清天空中隐约闪现的光线。透过植物顶棚枝叶间的空隙可以看到古塔像一条隧道一样伸向空中。在靠近古塔墙壁的蔓藤编织的顶棚上，有一个明显的缺口，锯齿状很不规则，如同有什么重物从高空中跌落下来把这片蔓藤植物网络冲开一个洞。顺着这个洞再向下看，就可以惊奇地看到地板上有一具尸体，躺在一堆石土堆旁边，静静的，明显已经死亡。

"你们应该明白了事情是怎么发生的吧，"格瑞利低声说，他们弯腰向死去的人致哀，"他一定是从塔楼最顶上坠下来的。应该说，就从顶部的护栏处坠下，下坠过程中撞到上方的这片绿色蔓藤。如果他坠到那片厚厚的蔓藤区域，就那儿，说不定就会接住他，或阻止他的下坠。但是，你们看，他偏偏坠到最稀疏的地方，他又是一个高大强壮的男人，当然，结果就是他穿过了蔓藤。当然，在星期一的早上当我们检查塔楼时，我们没有注意到蔓藤下边，也就是这里会有什么不一样。如果你们通过楼梯登上塔楼顶，从上向下望就会看到这片蔓藤网的顶部，但也看不出被破坏的痕迹，几乎没有迹象表明，他是从塔顶摔下来，穿过蔓藤网，最后跌到地面上的。但是，事实就这样发生了，他死了！"

"谁最先在这儿找到他的？"科普尔斯通问。

"查特菲尔德，"庄园主答道，"是查特菲尔德。我和他上到塔顶，他突然猜测，奥利弗有没有可能从塔顶矮护墙处坠楼，正好就落到那片绿色植物下面。那时我们还不知道，甚至查特菲尔德也没意识到那片绿色植物下面还有这个空间。但当我们走到这里，立刻发现了这个坍塌的空储藏室。于是我们清除了拱道中的所有碎石和垃圾，最后发现了他的尸体。"

"先生，先把尸体抬走吧，"警官低声说，"把它抬到下边的旅馆，等待死因调查听证会。"

马斯顿·格瑞利开始说话了。

"死因调查听证会！"他说，"哦！一定要举行死因调查听证会吗？应该吧。那么，我们只有等到医生来了，不是吗？我派人去找他了。"

就在这时，医生来了。在查特菲尔德的陪同下，医生来到阴暗的地下储藏室，查特菲尔德则立即退了出去。医生是一个上了年纪、行为老派、穿着有点讲究的人，他显然对活生生的庄园主远比对这个死去的人更加重视，他以十分崇敬的态度听完了马斯顿·格瑞利的解释和推理，没有提出丝毫的异议。"嗯，是的，肯定是这样的!"他敷衍了事地检查了一下尸体之后说道,"这件事情很容易解释。庄园主,正是如您所说,这个不幸的人显然是爬上了塔顶,足未踏稳头朝外摔了下来。那些稀疏的藤蔓枝叶没有起到缓冲作用。你们看,他是这么一个大体重的人,我估计大约有十四或十五英石重①。嗯,瞬间死亡,这毋庸置疑!好了,好了,毫无疑问!好了,好了,这些警察一定会监督尸体搬运,我们必须让我的朋友,死因调查裁判官了解事情经过。他明天将主持死因调查听证会,毫无疑问。下面仅仅是走走形式啦,尊敬的先生!整个事件是明摆着的嘛!这个失踪谜案就这么圆满破解了,大家可以解脱啦。"

走出阴暗的地下室,呼吸到外边新鲜的空气,科普尔斯通转身面对着医生。

"你是说,死因调查听证会将在明天进行吗?"他问。医生上上下下打量着发问者,心中暗问,这个人是谁,他为什么要问这样一个表示怀疑的问题。

"这是正常的程序。"他机械地回答。

"是这样,有必要打电话通知死者的哥哥克莱斯维尔·奥利弗爵士和他的律师佩瑟顿先生,他们在伦敦,"科普尔斯通转向格瑞利说,"我会尽快和他们联系。我想我们是不是到塔顶看看?"他继续说,格瑞利点头同意了。"我想看看楼梯和塔顶栏杆。"

---

① 一英石大约等于十四磅。

格瑞利看起来有一点怀疑和不安。

"好吧,我的意思是,在事情没有完全调查清楚之前任何人都不应该上去,"他回答说,"我不想再发生意外了。你会小心吗?"

"我们都很年轻,行动很灵活的。"科普尔斯通回应道。

"没有必要提醒。纪灵先生,你要不要一起去?"

伪装牧师欣然接受邀请,他和科普尔斯通进入塔楼。他们爬了大约有一半高度时,科普尔斯通开口说话了。

"哎!"他低声说,"对这件事你怎么看?"

"这可能是个意外,"纪灵自言自语地说,"它,也可能不是。"

"你认为他会不会是……被推下去的?"

"可能是出其不意被抓住,然后被推了出去。不管怎样,让我们看看上面有什么发现。"

塔楼的楼梯,虽然有点破败,但相对还是安全的,透过观察口和射箭狭缝的光线起到照明作用,楼梯的终点是一个较低的拱形门出口,通过这个出口就是护墙,环绕着塔楼的内壁,护墙在任何地方都不超过一码宽,四周是防护栏杆,有些地方的护栏已经完全消失。只是短短的一瞥,就足以表明,只有非常冷静、非常稳健的人才能穿越它。科普尔斯通从拱门口进行了一番检查,他低头向下一瞥,立刻明白从这么高的地方掉下去就意味着确定无疑的死亡:他也看到了远在下边的类似顶棚的蔓藤枝叶,也觉得格瑞利说得很对,奥利弗的身体突然意外跌下塔楼,落到这层蔓藤枝叶上，未受到有效阻挡穿了过去，摔在地上。从表面上也看不出这片蔓藤枝叶有什么异样。现在，从他所看到的一切，他似乎觉得事实的真相可能就用一个词表示，那就是：意外。

"要不要沿着护栏走一遭？"纪灵直直地盯着他问道。

"不！"科普尔斯通回答，"我不敢从高处往下看，我感觉头晕目眩，我不敢。你敢走吗？"

"当然！"纪灵回答说。他脱下厚重的大衣递给同伴。"给我拿着好吗？"他问道，"我想好好地实地调研一下奥利弗掉下去的确切位置。那里有个裂口，就像以前就有，从这里看不太清楚，不是吗？下边的绿色植物，在下边那一片，似乎是有个裂口。那么，就这里，他一定是在这里啦，就在这护栏上面。我的天哪！这里太狭窄了，真的很危险啊。就这里，我要言出必行，过去看看！"

科普尔斯通看着他的同伴小心翼翼地向前探着脚步，亲自去探寻并找出奥利弗跌落的地方，取得非常确凿的证据。纪灵走得很慢，仔细检查每一块被苔藓覆盖的石头。有一次他了停下来，好像对此处护栏特别关注。当他到达所谓的正确地点，便立即对科普尔斯通呼喊。

"毫无疑问，他一定是从这里掉下去的！"他说，"在这个护栏的边缘部分的砌体有松动的痕迹。我一碰就晃动。"

"那你要小心啊，"科普尔斯通回答说，"别踩在那块砖石上！"

纪灵平静地继续行进，慢慢向前移动着脚步，最后完成了绕塔一圈的探险，从另一侧回到同伴身边，默默地穿上他的大衣。

"毫无疑问,是掉下去的。"他们沿着楼梯往下走,他说道。"接下来的事情是,坠楼是偶然的吗?"

"而且考虑到这一点,下一步该怎么办?"科普尔斯通问道。

"那很容易。我们必须马上回去,打电话给克莱斯维尔爵士和老佩瑟顿律师,"纪灵回答说,"现在是四点半。如果他们在国王十字车站搭上一班晚间快车,他们明天一早就能到这儿。如果他们喜欢开车从诺卡斯特过来,他们还可以提前几个小时。但是,他们必须到这里参加死因调查听证会。"

当他们走出塔楼的时候,格瑞利和查特菲尔德等人在塔楼下交谈着。经纪人傲慢无礼地走开,而庄园主则看着这两个人,眼里明白无误地充满了一种渴望。

"毫无疑问,奥利弗确实是从护栏上掉下来的,"科普尔斯通说,"上边有一个坠落的痕迹,相当明显。"

格瑞利点了点头,但没有说什么。两个年轻人穿过人群,穿过那些渴望探听新消息的人群,向村里的邮局走去。一路上,两人都在思考着同一件事:为什么马斯顿·格瑞利有明显的焦虑和不安?

第十二章　听证会

科普尔斯通几乎折腾一夜。晚上七点收到来自克莱斯维尔·奥利弗爵士的电报，电报说他和佩瑟顿先生马上启程，将在午夜时分到达诺卡斯特，然后立即开车赶往斯卡海文。科普尔斯通为他们的到来做了所有的安排，抓紧时间睡了一二个小时，他们就到了。凌晨两点克莱斯维尔爵士、老律师和纪灵先生走进他们的客厅，听他讲述扎卡里·斯珀治和他的故事。

"我们必须让这个人站出来，出庭作证，"佩瑟顿说，"无论付出多少，我们一定要他出来作证！就这么简单！"

"你觉得这样做明智吗？"克莱斯维尔爵士问，"现在就让他出面会不会有点早？等到我们了解更多后再让他出来作证是不是更好一些？"

"不，我们必须让他出具证词，"佩瑟顿坚定地说，"这样会使调查更加公开深入。此外，这次调查将会延期，我将申请调查延期。不行，斯珀治必须站出来。"

"斯珀治一旦出现在斯卡海文，"科普尔斯通说，"他立即就会被警方拘捕，他们控告他偷猎正在通缉他呢。"

"调查程序结束后他们可以逮捕他，"老律师冷冰冰地反驳说，"当他出庭作证的时候他们不敢碰他，我们想要的就是他给的证据。会不会他不敢来？哦，他会来的，如果我们给他机会让他觉得此行值得。在诺卡斯特监狱待一个月一点也不算什么大事，如果他知道出狱后会有一个拿到大额赏金的机会，或者能获得足够的实实在在的物质利益的话，他会站出来的。你必须再到他隐匿的地方去，把他带过来，我们必须让他过来作证，你最好早一点去。"

"我现在就去，"科普尔斯通说，"趁天黑去要比天亮了再去更好。"他让其他三人到床上休息一下，自己则悄悄地从一楼的一扇窗户溜出旅馆，进入黎明前的黑暗之中，走向斯珀治的藏身之处。他一路磕磕碰碰，不时有岩石碰触到他的小腿，也不时有枝藤蒺藜刮伤他的手和脸，最后他爬上荆棘遮盖的霍布金山洞找到了偷猎者，把相关讯息传达给他。

灰暗微弱的烛光摇摇晃晃、时明时暗，斯珀治错愕地看着科普尔斯通摇了摇头。

"我要去，先生，"他说，"当然，我要去。我相信我会侥幸逃脱不会被逮住，我不管幸运之门是否再次对我大开。到昨天为止我已经在诺卡斯特隐匿了一个月了，如果你坚持认为要我出来作证，我露一下脸也不是什么大事。但是，先生，那个老律师犯了一个错误！事情进展到这个阶段你不应该让我出来作证，时机还有点早，你们应该把案件搞得更清楚一点。就是这样，先生，现在时机还有点早，目前这种情况下让我站出来太早了。你们应该先把所有环节的事实搞得更清楚明白。因为你知道，先生，没人会相信我的话，特别是针对格瑞利庄园主。这次听证调查只会是一场热热闹闹的闹剧！相信我！你不是本地人，但我是。你认为斯卡海文的陪审团会去质疑本地最大的乡绅和地主？没有这回事！我说，先生，所有的调查听证纯粹是彻头彻尾的闹剧！记住我说的话！"

"即便是这样，你确定会来吗？"科普尔斯通问道，同时他对斯珀治的见解也表示暗暗赞同，"从长远来利益看，你不会损失什么的。"

"嗯，我会到那里，"斯珀治说，"没有别的事，只是为了避免怀疑我要说一下，听证调查会开始时，你们可能在第一时间看不到我，但是，别着急，让那个从伦敦来的律师直接叫我的名字好了，扎卡里·斯珀治，我就会走出来作证的。"

那天上午十点，调查死因的听证会在斯卡海文镇学校的校舍进行。扎卡里·斯珀治的面孔并没有出现在这里，却有五六个像他那样的本地人。科普尔斯通看到，在这个空间不大的地方已经坐满了人，角角落落也站满了人，可以说是人满为患，再也不能挤进更多的人了。这时主审裁判官，他是当地的一个律师，在他的座位上坐下来，神情怪异地审视着拥挤的人群，显然他表现得很不耐烦、有点急躁、非常的妄自尊大，好像还有点听力障碍。科普尔斯通也看到村里的警察、查特菲尔德、马斯顿·格瑞利的律师等在交头接耳地交谈着。他开始觉得斯珀治的精明言论是多么正确。当然，人们更关心的还是保守秘密和保护隐私，斯卡海文的实权人物们不希望把公众的注意力引到这个平静的小村镇。但是也有很多外地人，比如，斯塔福德和巴西特·奥利弗公司的几个成员已经开车从诺卡斯特赶来，并在这里占到不错的位置；很多记者也从诺卡斯特或者诺斯伯勒赶来；还有从这两个城镇过来帮忙维护治安的便衣警察。当然还有附近的有头有脸的人物、格瑞利太太和她的女儿奥德丽。在距离奥德丽不远处站着的是艾迪·查特菲尔德，脸上带着警觉和感兴趣的神情。

任何一个旁观者，只要是有点洞察力或观察力的，都会明白事态会如何发展。依据旧时的法律规定，听证会要有十二个忠诚可靠的所谓好人组成一个陪审团，他们或是斯卡海文商人，或是斯卡海文居民，或是斯卡海文的普通劳动者。科普尔斯通已经知道陪审团主席是管家查特菲尔德，陪审团成员依次坐在陪审团主席旁边，从他们脸上的表情可以看出，他们认为整个事情已经明了，现在只是履行一下必要的程序和手续罢了，实际上他们早已做好了准备可以随时给出裁定。这个印象从主审裁判官的开场白进一步证实了，在他看来，整个事件，他甚至不认为是不幸的，很容易解释和理解，可以快速得出结论。这个死者曾到村子附近游览，就在星期日那天，不知何故他未经许可就走进塔楼，严格来说这片古迹属于私人领地，并不对外开放，无论出于何种原因他都无权在周日进入这个地方。他放任他的好奇心，私自进入并爬到古老塔楼的楼顶，由于疏忽，不小心跌下塔楼，从高空坠落下来摔断了脖子。所有必要的程序就是让陪审团听到这些证据、证明这些事实，然后他们根据所听到的进行裁决。很幸运，事实很清楚，没有必要召集更多证人。

克莱斯维尔·奥利弗爵士转向坐在他一边的科普尔斯通，而佩瑟顿坐在他的另一边。

"不知你注意到没有，格瑞利不在这里？"他低声地说，"在我看来，他不打算出现在这里！我们都明白他为什么这么做！"

当然，庄园主没有出现在听证会现场。很快就有迹象表明，那些参与并控制听证会进程的人认为他在不在这里作证都无关紧要。出庭作证的证人只有寥寥几人，询问也是敷衍了事，他们进入临时围成的证人席不一会就出来了。克莱斯维尔·奥利弗爵士出庭正式确认死者的身份；沃勒夫人证明死者来到过她的酒馆；一个庄园的工头证明庄园主在寻找失踪之人付出了努力，并组织进行仔细的搜查；另一名庄园工人的证言是如何发现死者尸体的；那么医生，毫无疑问，证明死者是因为摔断了脖子导致死亡的。

死因裁判官，一个老年人，对听证调查的进程显然很满意。他摘下老花眼镜，转向了陪审团。

"诸位都听到了，先生们，"他说，"就像我在这次死因调查听证会开始所说的那样，案情是非常简单的。你们将毫无困难地判定死者是因为个人的意外因素导致了死亡，至于你们的裁决的确切措辞，你们最好这样说：死者巴西特·奥利弗的死亡是由于——"

佩瑟顿注意到了死因裁判官有耳背的毛病，因此提早就设法坐到了靠近他的办公椅旁边。他不声不响地站起身来。

"在陪审团做出裁决之前,"他用响亮的声音说,"我请求,让其他相关证人出庭作证,也好让陪审团的诸位先生们能够听到更多更确凿的证据。首先,请马斯顿·格瑞利先生出庭,他在这间屋子里吗?"

裁判官皱起了眉头,而庄园主的律师转头看着佩瑟顿。

"格瑞利先生不在这里,"庄园主的律师说,"他也没有必要在这里,这里不需要他出来作证,他没有证据可以提供。"

"如果你不能让格瑞利先生立刻到这里出庭,"佩瑟顿平静地说,"我有权提出申请,推迟这次听证会,你最好派人去叫他到庭,否则我会让当局这么做的。在他到庭之前的这段时间,我们可以请出另外两位证人,先请丹尼尔·尤班克出庭!现在开始吧。"

格瑞利的律师和裁判官明显露出焦虑的神情,他们相互进行了简短的磋商讨论,佩瑟顿黑着脸看着他们。最后陪审团团长阴沉着脸说话了。

"我们不想听什么尤班克的证词!"他说,"我们已经对案件很清楚了,包括坐在这里的所有人。我们的裁决是——"

"你们必须听尤班克和我找的其他证人的证词,我的好先生们,"佩瑟顿平静地反驳道,"我比你更熟悉法律。"他转向裁判官。"我警告你今天上午必须让尤班克出庭,"他说,"现在,他在哪里?"

短暂的寂静之后,一个尖锐的声音从人群后面传来。

"他看到留在这里也毫无意义,丹尼尔·尤班克确实是这样认为的，先生！他走了！"

"很好，或者很糟糕，对某些人来说，"佩瑟顿安静地说，"那么，在马斯顿·格瑞利先生到来之前，我们还有一位证人，请扎卡里·斯珀治出庭。"

像是从天而降，斯珀治突然出现在房间的最拥挤的一个角落，拥挤的人群中立即传出哄堂大笑声，包括陪审团成员在内，几乎所有人都带着嘲弄的神情跟着大伙大笑起来。斯珀治走到证人席开始出具证词时，科普尔斯通立即很明显地注意到，无论这位偷猎者说什么，大家都没有重视他说的内容。当斯珀治结束质询的时候，笑声再次响起而且声音更大。佩瑟顿向裁判官求助，而他假装没有听见。笑声却被陪审团主席又一次发言打断了。

"我们不想听这种人提供什么证言！"他说，"让这样的家伙站在我们面前就是对我们的一种侮辱。我们不相信他说的每一句话，我们不相信他在星期日下午就在古遗迹周围，这是一个骗局！"

佩瑟顿将身体凑向在场的记者。

"我希望你们这些记者先生们把这些听证过程完完全全记录下来，"他温和地说，"你们无论如何都不要有偏袒或偏见，要如实报道这次听证过程。"

裁判官尽管有些耳背，但他听到了这些话，脸色变成了紫色。

"先生！"他叫道，"他刚才的那番言语确实很不合时宜！这反映了我的处境，我不能左右他们，先生，我的心是公正的。"

"裁判官先生，"佩瑟顿向他探探身说道，"我要起草一个全面的报告，把关于你主持这次的听证行为和过程写成完整的报告，明天报到内政部。如果你试图干涉我履行职责，对你来说更糟。现在，斯珀治，你先下来吧，我看到格瑞利先生已经到了。请马斯顿·格瑞利作证！"

庄园主是在斯珀治发表证词的时候来到这里的。他听到了斯珀治对他的怀疑指控，他走进听证席时脸色很苍白，充满愤怒和不安，他看向克莱斯维尔·奥利弗爵士和他的同伴的目光显得极为不满。

"先发誓吧！"佩瑟顿吩咐道，"现在，格瑞利先生——"

但格瑞利的私人律师站起来，他坚持要问第一个问题，也不管佩瑟顿答不答应，他开始提问。

"你听到上一位证人的证词了吗？斯珀治的证词，他说的是真的吗？"

马斯顿·格瑞利，他看上去很不舒服，伸出舌头湿润了一下嘴唇。

"一句真话都没有！"他回答，"全是谎言！"

私人律师的眼睛洋洋得意地从裁判官到陪审团成员环视了一圈，人群中也不断传出窃窃私语表示赞同，没人阻止下边人的议论。再一次，陪审团主席想停止听证过程直接进入裁决环节。

"我们认为这一切对格瑞利先生来说是非常粗鲁的行为，"他生气地说，"我们不认为他与——"

"主席先生！"佩瑟顿说，"你是个愚蠢的人，你在妨碍正义。理应受到警告！如果主审裁判官不警告你，我警告你。格瑞利先生,我必须问你一些问题。上星期日你看到已故的巴西特·奥利弗了吗?"

"没有。"

"不需要我提醒你,你已经宣过誓了。你以前曾经遇到过死者吗?"

"从没见过他。"

"也就是说你在美国从没有见过他喽?"

"我也许见过他,但我记不起来了。如果我真的遇到过他而完全不记得他,这也应该是一件很平常的事。"

"很好,请记住,你发过誓。在你继承这个庄园之前,你在美国住哪里?"

庄园主的私人律师介入了。

"别回答那个问题!"他严厉地说,"不要回答任何问题。我抗议提出这样的问题。"他生气地转向佩瑟顿继续说:"我要求主审裁判官保护证人。"

"我完全同意,"主审裁判官说,"这些问题与本案绝对无关。你下来吧。"他转向庄园主继续说:"我认为没有必要继续下去了,出现问题我来承担全部责任!"

"后果很严重,裁判官先生,"佩瑟顿从容回答,"那就是,我现在正式提出要求,死因调查听证会延期进行,无限期延期。"

"理由是什么,先生?"裁判官进一步问道。

"来自美国的证据尚未到达,"佩瑟顿回答说,顺便侧眼看了马斯顿·格瑞利一眼,"证据已经准备好了。"

裁判官犹豫了，看看格瑞利的私人律师，然后又快速转向陪审团。

"我拒绝延期申请！"他说，"你们已听清楚我所说的话，先生们，"他接着说，"你们可以回到你们的裁决上来。"

佩瑟顿静静地收拾起他的文件，示意他的朋友与他一起向校舍外走去，在门口听到了陪审团团长宣读"意外死亡"的裁决，他们走到大街上的时候也听到了为庄园主欢呼的声音，他们对今天的听证调查结果发出无奈的叹息。

"多么滑稽可笑的正义！"克莱斯维尔爵士大声说道，"那个叫斯珀治的家伙是正确的，你看，科普尔斯通先生，真希望我们没有把他带到危险境地。"

科普尔斯通突然笑了，他拍了拍克莱斯维尔的手臂，指着学校院外的一片沼泽地，在沼泽地一边有个人影一闪，斯珀治就在一瞬间从那儿消失了。

第十三章　丹尼先生

从诺卡斯特赶到这里旁听死因调查听证会的男女演员们目睹了整个调查听证过程，他们表情平静但内心充满关切，都想弄明白他们的演出经理是怎么死的。在他们中间坐着一位上了年纪的绅士，双手交叠放在他的手杖上头，下巴顶在手背上。他是那种能给人留下深刻印象的老绅士，身材高大、器宇轩昂、端庄稳健，充满个性的脸上皱纹很深，在他的满头银发的映衬下显得更加突出。他也是一个睿智的老先生，合身的穿着，严谨的打扮和刻意斜带的蓝色鸟眼花纹围巾，让人觉得他是一个喜好运动的人，而不像是泰斯庇斯①的追随者。他的奥利弗公司的同事们似乎特别关注他，在听证调查过程中不时向他低声提出问题，并不时和他耳语，交流问题和看法，好像他具有公认的权威。

调查听证会离奇结束之后，人们有的喃喃私语，有的甚至质疑辩论着。那位老绅士没有随着拥挤的人群向外走，而是离开他的同伴走向刚刚站起身准备动身回家的格瑞利太太和她的女儿。

---

① 公元前六世纪古希腊人，被认为是古希腊最早的演员。

奥德丽吃惊地看到两位长辈沉默地互相对望着，手握在一起，从他们的脸上可以看到明显的关心与激动。

"我们可是有二十五年未曾见面了，不是吗？"老绅士好像在自言自语，"但我还是一眼就认出了你，我想知道你还记得我吗？"

"当然记得，怎么会忘记呢，"格瑞利夫人回答，"因为，我比你更有机会，我见过你，你知道吗？好几次呢，就在诺卡斯特。我们偶尔去那里看戏。奥德丽，这位是丹尼先生，你也见过他的。"

"那就是在舞台上见过了，舞台上！"老演员和女孩握手时喃喃地说，"嗯！我是想说我们之中又有哪一个不像是在舞台上呢！比如这个案件，你不就是一个戏中人嘛！顺便说一句，这个年轻的庄园主，他是你的亲属，是吗？"

"我的侄子，奥德丽的堂兄。"格瑞利太太回答。丹尼先生与她们母女一起向她们的小院走着，在一个清静的码头延伸处停了下来，若有所思地看着奥德丽。

"那么这位小姐，"他说，"你就是那边的格瑞利庄园的后位继承人吗？我知道现任的庄园主现在还没结婚，因此——"

"哦，你这么说毫无意义，"格瑞利太太匆忙回答，"不要有这样的想法，不要把这样的概念灌输到我女儿的头脑里。此外，丹尼先生，格瑞利的庄园地产不需要继承人，你知道的，现在的主人可以为所欲为，而且他也一定会结婚的。"

"都是一回事，"丹尼先生观察着她们，冷静地说，"如果这个年轻人不在了，这个女孩子就成为继承人了，是不是？"

"理论上是这样，但你为要什么这么说？"格瑞利太太有点不耐烦地反问道，"而且，我的老朋友，你这么说有什么意义呢？现在是这个年轻人拥有整个庄园，就是这样！"

"你喜欢那个年轻人吗？"丹尼先生问，"我的问题这么直接，就算我倚老卖老吧，你回答我，虽然我们这么些年没见面了，你想要说的可能很多。"

"不，我们不喜欢他，"格瑞利太太回答，"也说不上为什么，我们就是不喜欢，我们女人就这样感性，没有原因。尽管我们是亲戚，但我们很少见面。"

丹尼先生没有再说什么。他在奥德丽身边走着，显然陷入了沉思，突然他转头看着她的母亲。

"在这件非同寻常的案件中，你觉得巴西特·奥利弗会在美国的什么地方遇到过马斯顿·格瑞利吗？"他突然问道，"这里的人们对这件事怎么看？"

"因为我们的身份和所处环境，很难知道其他人对这件事怎么想，"格瑞利太太回答，"我认为，如果马斯顿·格瑞利曾经遇到过巴西特·奥利弗这样一个非常著名和引人注目的人的话，他要是不记得才是件非常奇怪的事呢！"

丹尼先生轻轻地笑了。

"当然，当然！"他说，"但是——难道你不认为我们这个行业的人有点夸大自己的重要性吗？你说'天哪，怎么可能有人会忘记曾被介绍给巴西特·奥利弗认识呢！'但我们必须记住，对某些人来说，即便是一个著名的演员也不一定比其他人更容易被记住，说不定还不如一个受人尊敬的杂货店老板呢！马斯顿·格瑞利可能就是其中的一个，很有可能他被引见给奥利弗先生时，形式比较随便，比如在某个俱乐部、一个小聚会或其他的什么场合，介绍不充分，也很不正式，所以他完全忘记了这一切。很有可能，我想。"

"我同意你说的可能性，但我们肯定不能只考虑这一种可能性，"格瑞利太太干巴巴地说，"巴西特·奥利弗是那种没有人会忘记的人。现在，我们到家了，这是我们的小家——请进来坐一会吧，丹尼先生？"

"好啊，我很想去您家里坐一会，亲爱的女士，"老演员说着，掏出他的手表看了看，"我们的人很快就要回去，我必须和他们在车站会合。"

"我会给你一杯上好的陈年红酒，"格瑞利太太说着，他们一起走进小屋，"我有一些我老爸当年收藏的陈年红酒，就是老庄园主。你应该尝尝——回忆一下旧时光。"

丹尼先生跟着奥德丽小姐走进小客厅，格瑞利太太则去了另一间屋子。这时只有他们俩，他拍拍女孩的肩膀，奇怪地用警示的眼光看了她一眼。

"嘘，别声张，亲爱的！"他低声说，"我说的话不要让你妈妈知道，一句也别说出去！听着，你有没有你堂兄的任何物件，比如信函什么的，你堂兄的，有他的笔迹吗？只要是有他的笔迹的东西。你有吗？把它给我，别对你妈妈说什么。等到明天早上,我会再回来见你,大约在中午时分。这很重要,但需要保密!"

奥德丽迷惑不解,她不理解老人的意思。她打开一张书桌抽屉,找出两封信,选了其中一封递给了丹尼先生。他急忙把它放起来以免让格瑞利夫人回来看见,然后又给了奥德丽一个警告。

"这正是我想要的!"他神秘地说,"我在听证会上就想过。你先不要问为什么,明天就知道了。"

他在房间里只逗留了几分钟,和女主人聊了一些旧时的话题,小口喝完老庄园主收藏的著名波特红酒,然后起身离开。当他到达小车站时,斯塔福德和他的男女演员同伴已经等在那里。他们一起乘车返回了诺卡斯特。抵达车站后丹尼先生和同伴们告别,直奔自己安静的住所。这个公寓住所有好几个房间,他已经在这里连续住了好多年,即使去外地演出也一直租用着。他安全地返回公寓,便立即拖出一个古老样式的箱子,这是他自少年时代就开始使用,跟随他在两个大陆之间走南闯北装运行李的箱子,走到哪里带到哪里。他打开箱子,里边井然有序地摆放着各种物品,他从中找出一个棕色的纸包,纸包用绿丝带整齐地捆绑着。他从这个包裹里取出薄薄的一小包打印的东西和两封信,他把打印的材料放到一边,然后打开那两封信放在桌子上。他从口袋里掏出奥德丽·格瑞利给他的那封信,与从箱子里取出并已经展开在桌子上的两封信并排放在一起。粗略地看了看这三封信,然后丹尼先生把打印材料和三封信收起来放进一个整洁的小包里,再把小包放回到大行李箱中,锁好箱子放回原处。最后,他休息了大约两个小时,这是他的习惯,他总是要在晚上去剧院工作之前休息一下。

他是在第二天上午十一点左右再次回到斯卡海文的,胳膊下夹着那个整洁的小包。当奥德丽为他打开小屋的门时,他把小包明显地举在手里。

"有东西给你看,"他走进来时带着平静的微笑说,"给你和你的母亲看看。"他刚踏进小客厅的门槛就停下来了,只见科普尔斯通正和格瑞利太太交谈着什么。"哦!"他说,明显有点失望,"我想单独和你们谈谈,你们先谈,我等一会儿。"

格瑞利夫人向他介绍了科普尔斯通,丹尼先生脸色马上亮了起来。"当然,当然!"他解释道,"我知道你!很高兴见到你,科普尔斯通先生。你不认识我,但我知道你——或者你的工作——太好了。是我读了你的剧本并推荐给我们那位可怜的朋友的。这是一个小秘密,你知道,"丹尼先生继续说着,并把他的包放在桌子上,"我作为巴西特·奥利弗的文学顾问为他工作了许多年,你可能会说是剧本审阅人。你知道,他收到很多戏剧的剧本,当然,他是一个非常忙碌的人,他习惯在第一时间把收到的剧本先交给我看,评阅一下。你知道,如果剧本是我喜欢的口味,然后他才会自己尝试大吃一口,认真考虑剧本。你们明白吗?这就是我为什么特别关注这个案件的原因。亲爱的女士们,亲爱的年轻绅士,我今天上午特地来斯卡海文与各位进一步讨论一下案情。这确实是一件非常非常严肃的事情,"他一边解开包,一边继续说,"我担心这只是一件更严重的案件的开始。请你们随我到餐桌这边来,你们都过来。"

其他三人分别坐到了椅子里,每一个人都好奇地想知道接下来会是什么。老演员戴上他的老花镜,很显然他要开始他的演讲了。

"现在,我希望你们都全神贯注认真听我讲,"他说,"我得详细解释一下,你们很快就会明白我的意思了。正如你们已经知道的,多年来我一直是巴西特·奥利弗的一位私人朋友,已经连续在他的公司工作了八年,中间没有间断过。我陪巴西特·奥利弗去了两次美国,所以,几年以前最后一次去美国也是我陪着他。

"听我继续说。那次我们在芝加哥,有一天,巴西特·奥利弗先生带着一叠打印的独幕剧剧本来找我,他告诉我,这个剧本的通信作者是一个名叫马斯顿·格瑞利的人。马斯顿·格瑞利在剧本的附信中说,他出生于一个古老的英国家庭,剧本的内容涉及一段家族历史,主要情节是一个有历史意义的、罗曼蒂克的故事。他说他认为剧本的主要角色最适合巴西特,所以请求他考虑出演这个剧本。巴西特让我先看看剧本,就这样我拿走了剧本,同样把那封附信也一起拿走了。但是那段时间我们很忙,一直没有腾出时间去阅读,就把剧本束之高阁了。后来,我们去了圣路易斯,当然,在那里巴西特像往常一样,有很多形式的宴会要出席,他还要经常出去应酬,比如和某某人一起吃个午饭什么的,等等。有一天,他过来对我说,'顺便和你说一下,丹尼!我今天见过马斯顿·格瑞利先生了,就是给我寄那部浪漫独幕剧剧本的人。他问我是否读过剧本，我不得不承认它在你手中。你看了吗？'我也不得不承认'我没有'。'好吧，'他说，'你读读这个剧本，然后告诉我你的想法——看看对我合适吗？'接下来的一周我一有空就读这个剧本，然后告诉巴西特，我认为剧本不适合他，但我明确告诉他剧本可能更适合蒙塔古·盖恩斯，他一直饰演这类角色。于是，巴西特写信给作者，把我的意思，也就是剧本真正的读者的意见，反馈给了作者，并在信中诚恳地提供帮助，说他和盖恩斯关系密切，只要他一回到英国就会把这个剧本推荐给他。这个马斯顿·格瑞利先生回信说，感谢巴西特并热情地接受他的好意。因此，就这样我带着剧本回到英国。然而，蒙塔古·盖恩斯那时刚刚踏上了澳大利亚巡演之旅，两年的巡演。因此，剧本和作者的两封信一直保留在我的身边，而且这些材料就在这里！"

丹尼先生很优雅地把他的手放在他的包包上，意味深长地看看他的听众，继续他的故事。

"如今，当我在昨天的听证会上了解了整个案情，"他说，"我自然就想到还在我手里的那两封信，毫无疑问这两封信是那个叫马斯顿·格瑞利的年轻人写给巴西特·奥利弗的，毫无疑问！他们曾在圣路易斯会过面。所以当审讯结束后，科普尔斯通先生，我想起住在这里的格瑞利太太，我们很多年前就相识，我和她以及她那迷人的女儿一起回到她们家，然后——别生气，格瑞利夫人——你好心好意用好酒来款待我，趁妈妈转身去倒酒的时候。我就利用短暂的时间说服女儿，当然是秘密地借给我一封由现在的斯卡海文庄园主写的信件。有了这些，我回到诺卡斯特我的住处，把美国的马斯顿·格瑞利写的信与庄园主格瑞利写的信进行了比对。然后，你们看，这就是结果！"

老先生先拿出那两封美国信，放在桌上，然后把奥德丽给他的信放在它们旁边。

"现在，大家自己看吧！"他说。三个人急切地倾身向前，低头仔细看着桌子上的这些展品。"仔细看看这三封信。它们都有相同的签名，马斯顿·格瑞利，但这两封信的字迹和另一封信的字迹是截然不同的！"

第十四章　私人协议

这三个饶有兴趣的听众根本不需要仔细观察这些信的笔迹，只要匆匆瞄上一眼就足以看出端倪，其中一封信的笔迹与另外两封信具有明显的区别，肯定不是同一人所为。奥德丽偷偷拿给丹尼先生的那封信，其写作风格是通常被称之为商业信函的写作模式——简简单单，平平淡淡，没有任何特色，既缺乏足够的想象力，更谈不上有什么修辞和文采，书写模式就像我们每天在商店、办公室和银行里碰到的商业往来信函那样——整篇信中没有出现任何笔迹上挑或笔锋下冲的现象，就是一封普普通通、平平常常的信。但观其另外两封信，显然是由一个富有文学和艺术修养的人所写，充满想象力和文学艺术风格，很有感染力。所以，根本不需要笔迹鉴定就可以断定，这些信出自两个完全不同人之手。

"那么，接下来，"丹尼先生打破沉默，把每个人心中隐隐约约的感觉与大致的猜想说了出来，"接下来的问题是，这一切到底意味着什么呢？首先，马斯顿·格瑞利不是一个非常普普通通常见的名字，可能会有两个人同时叫这个名字吗？无论怎么说，这是第一件让我震惊的事情。"

"对我来说这可不是第一件使我惊奇的事。"格瑞利夫人说着，拿起老演员带来的剧本打印稿，并指着剧本标题页上的标题给他看。"这才是第一件让我震惊的事！"她叫道，"根据你讲的故事，那个马斯顿·格瑞利把剧本寄给了巴西特·奥利弗，说他出生在英格兰一个很古老的家族，剧本是根据一段有历史记载的浪漫故事作为主要情节改编的。现在，除了这里的格瑞利家族以外根本没有其他名叫格瑞利的古老家族，因此，这个剧本中的故事情节源自一段著名的传奇爱情故事，当然，那就是鲁珀特王子寻求避难，住在那边的城堡里并与女主人产生爱情的浪漫故事。是这样吗，丹尼先生？"

"不错，夫人，非常正确，"老演员回答说，"是这样的，你猜得对及了！"

"很好，那么，在美国的那个马斯顿·格瑞利写了这个剧本、写了这些信，他见过巴西特·奥利弗。毫无疑问，这个人就是很多年前去了美国并在那里生活的马库斯·格瑞利的儿子，他才是真的名叫马斯顿·格瑞利的人，他的父亲死了，当然他就成了他的叔叔斯蒂芬·约翰·格瑞利的财产继承人，这似乎是确定无疑的事。如果真是这样的话，"格瑞利太太认真严肃地看着大家，眼光从一个脸上又转到另一个人脸上，"如果真是这样的话，现在就在斯卡海文城堡被称之为庄园主的人又是谁呢？"

小屋立马陷入一片沉寂。奥德丽突然被妈妈这个尖锐的、极为重要的问题惊呆了，脸色因为激动而发红；丹尼先生坐得笔直，从他的老式的盒子取出一小撮鼻烟放进鼻烟壶；科普尔斯通则站起身，推开椅子在房间里踱步；格瑞利太太继续盯着每一个人，瞅瞅这个，看看那个，好像在要求大家尽快对她的问题给予答复。

"妈妈！"奥德丽低声说，"你是不是在暗示——"

"啊哈！"丹尼先生打断了她，"等一下，亲爱的。这没什么不好说的，我相信，"他继续说，带着那么一丝玄妙深奥，"我们应该开诚布公，我们都是朋友，我们有共同的愿望，那就是正义！也许正义要求我们尽最大努力，不仅是为了我们已故的朋友巴西特·奥利弗，同样也是为了……这个年轻女士的利益。所以——"

"我希望你不要这么说，丹尼先生！"奥德丽喊道，"我一点也不喜欢这样。请不要再这么说！"

她转过身来，几乎是本能地在寻求科普尔斯通的帮助，让他阻止老人继续说下去。但是科普尔斯通站在窗边，凝视着窗外的花园和远处被风吹拂的码头，神情变幻不定。丹尼先生摆了摆拿着鼻烟壶的手，继续说下去。

"就算我倚老卖老吧！"他说，"为了你的利益，亲爱的。请允许我这么说。"他又转过身来面向格瑞利太太。"简单地说，夫人，你是不是也在怀疑现在的这个庄园主的真实身份是真是假，对不对？嗯？"

"我确实怀疑！"格瑞利夫人回答，眼中充满明显的挑战和坚定。"现在真相马上就要揭开了，他一来到这里我就开始怀疑他了。就是这样！"

"为什么怀疑他，母亲？"奥德丽问道，心中充满了好奇。

"因为他不具备格瑞利家族的气质，"格瑞利太太回答，很干脆，"我很清楚，我和瓦伦丁·格瑞利结婚这么多年，我也熟悉斯蒂芬·约翰，我在他们身上看到了很多东西，他们从父辈继承下来的东西，那就是格瑞利家族的气质。小马库斯在他移居到美国之前我发现他也具备这种气质。但这个男人却一点也不具备格瑞利家族遗传的气质！"

丹尼先生伸出手从嘴里拿下鼻烟壶，手指轻轻敲打着桌子，用眼角瞅着背对着他们、一直盯着窗外的科普尔斯通。

"那么，"丹尼先生轻轻地说，"那么，呃，我的好朋友科普尔斯通先生，你有什么可说的吗？"

科普尔斯通立刻转过身，快速瞅了奥德丽一眼。

"我说，"他回答道，声音有点尖锐，就像一个做买卖的商人，"你们认识纪灵吧，就是住在酒店的年轻人，他就在外边走来走去，显然是在找我，好似有什么急事。格瑞利太太，如果你同意，我想让他进来和我们一起讨论。既然事情已经到了这个程度，我想我还是告诉你们一些事情，再隐瞒下去也没有什么好处。纪灵不是真正的牧师！他是个私人侦探。是克莱斯维尔·奥利弗爵士和佩瑟顿律师让他到这里来跟踪格瑞利，也就是现在的所谓的庄园主，你们都知道，那是纪灵的工作。他们怀疑格瑞利，从一开始就已经怀疑他了，但为什么怀疑他我不知道。我想，不是因为我们所发现的这些事。无论如何，他们怀疑他，纪灵一来到这里就时刻关注着他。我想让纪灵参与进来,让他知道丹尼先生所发现的一切。因为,你们可能不明白,应该立刻让克莱斯维尔爵士和佩瑟顿了解这些,纪灵是他们的人。"

在科普尔斯通说话的过程中,奥德丽一直是眉头紧皱,惊愕和困惑深深地印在脸上那紧蹙的眉宇之间。她的母亲却是一脸的平静,没有任何惊奇、不满的神情,她很镇静自若,好像还有些许满意。她点头默许科普尔斯通提出的建议。

"当然可以!"她回答,"快让纪灵先生进来吧。"

科普尔斯通匆匆走进花园,冲着这个假牧师招手。纪灵正在朝对面的码头急匆匆走着,一看到科普尔斯通就知道出了什么事。

"天哪!终于看到你了,我以为你已经把我这个人给忘了呢!"纪灵急忙说,"我找你已经找了十分钟啦。我跟你说,格瑞利出走了!"

"出走?"科普尔斯通问道,"什么意思?他出走啦?"

"他已离开斯卡海文,不知为什么,是去伦敦,"纪灵说,"就在一个小时前,我碰巧在车站买了一份报纸,看到他开车赶来的。一个随从提着他的行李,我猜测他可能要离开一段时间。我小心地绕到售票处,当那个人买票的时候,我看到了,到国王十字站。一切正常,到目前为止就是这样。"

"你是什么意思?一切正常?"科普尔斯通问,"我以为你要一直跟踪他,不让他消失在你的视线里呢。"

"一切正常,"纪灵又重复了一遍,"我要做的不止这一件事,还有很多,我的兄弟!我在伦敦还有一个特别聪明的合作伙伴,绰号叫燕子,他和我有一个秘密联系方式。那位先生刚离开,我就赶快到最近的邮局给燕子发了一份密码电报。火车到达国王十字时,燕子将等在那里,继续跟踪下去。即便格瑞利像一颗钉子藏到纪念碑顶上或藏在动物园的狮舍里,燕子也会找到,燕子会在那里继续跟踪!没有人能逃脱燕子跟踪,只要燕子盯上了,他就逃不掉。"

科普尔斯通看着他,听他说着,最后哈哈大笑。

"非常内行,看来你对他也很自豪啊!"他说,"好吧。请跟我到里边来——这是格瑞利太太的家,我们在这里也有新的发现。因为事关如此严重的事情,我没有征得你的同意就冒昧地暴露了你的身份,让他们知道了你是谁,你在做什么。如果你了解了事情原委,也就是今天上午我们在这里的惊人发现,你一定会原谅我的。"

纪灵很疑惑地看着科普尔斯通,听着他的这番解释,什么也没说,然后立即转身走向小屋。

"哦,好吧!"他和善地说,"我相信你有充足的理由,否则你不会暴露我的身份。这个最新发现是什么?是不是有什么事关于他的?"

"确确实实是有关他的,"科普尔斯通回答说,"请进。"

在格瑞利夫人的要求下,他给纪灵简要介绍了丹尼老先生的疑虑以及出乎意料的发现,老先生又很精到地做了一两点评论和补充。然后四个人都转身看着纪灵,好像他就是这方面的专家。

"非常奇怪！"纪灵评论道，"确实很奇怪！这其中可能有一些秘密藏在里边，你知道，我遇到过很多比这还要离奇的事情，最终都是通过最直接、最简单的方式解开谜团的。因此，我们把所有的这些事实都放在一起。我认为这个案子无疑就在某个环节有蹊跷，也可能这是整个案件的关键。我想去跟我的委托人重新讨论一下再采取行动。不管怎样，今天下午我必须去一趟伦敦。我能带上所有的这些文件吗，丹尼先生？我可以给你写个收据。它们太重要了，提供了一些非常有价值的线索。"

"你指的是什么？"科普尔斯通问道。

"就是美国圣路易斯的地址，马斯顿·格瑞利写信给巴西特·奥利弗用的地址，"纪灵回答说，"我们可以调查一下那个地址，立刻！说不定我们可以从中获得一些新线索。但是，"他转向格瑞利太太，继续说道，"我想先要在这里搞清楚一些事情，就是现在。我想知道现庄园主是在什么时间、什么地点、什么情况下来到斯卡海文镇的。你一直住在这里，当然是见证人，对吧，格瑞利太太？你能告诉我吗？"

"他是悄悄来的，"格瑞利太太回答，"斯卡海文镇上没有人知道他是怎么来的，除了皮特·查特菲尔德，他肯定知道他的到来。事实上，这个地区周围几乎没有人知道他是怎么去的英国。住在伦敦的家庭律师有可能知道，但没有人对我说过或写信告诉过我，虽然我的女儿，如果没有这个人的话，也是一个继承人。"

"妈妈,我真希望你把继承人的事忘掉!"奥德丽喊道,"我不喜欢提到这件事。"

"不管你喜欢还是不喜欢,这是事实,"格瑞利太太冷静地说,"并且这也无法忘掉。好啦,就像我说的,没有人知道庄园主已经到了英国,直到有一天,查特菲尔德陪他一起平静地来到码头,把他介绍给周围的人。是皮特把他带到这儿来了。"

"啊!"纪灵说,"这倒是很有趣的。现在,我还想知道你有没有发现他对你们的家族史了解得多还是少?"

"当时还看不出来,但是后来,"格瑞利太太回答,"他好像对格瑞利家族的历史记载确实有很好的了解,但听起来却特别令人起疑。"

"为什么说令人起疑呢?"科普尔斯通问道。

"他知道得太多了,就像考古学家和历史学家那样熟知一切,像他这样年龄的年轻人会是这样吗?"格瑞利太太说,"他给我的印象就是他通读过家族史,并进行了深入研究。他平时的兴趣品位可不在那个方向。"

"啊哈!"丹尼先生沉思了一下说道,"笨拙的表演,夫人,笨拙的表演!看起来好像,我们是不是可以说,他像是受人唆使扮演了某个角色,但用功过度、弄巧成拙了?那是完全有可能的!我知道有人急于追求所谓的字字正确与毫无谬误,科普尔斯通先生,尽管他们知道自己的角色,但他们不知道如何发挥他们的演技。这就是事实,先生!"

老演员联想到自己在整个事件中推波助澜起到的重要作用,

不禁暗自得意。这时纪灵悄悄地转身面对着格瑞利夫人。

"我想，你在怀疑这个人的身份？"他说。

"坦白地说，是的，"格瑞利夫人回答，"我早就怀疑他了，尽管我没有证据，也没说什么。"

"妈妈！"奥德丽打断了她的话，"现在说这么多真的值得吗？毕竟，我们什么都不清楚，如果这仅仅是一个假设的话，那么，"她突然停止说话，站起身来，离开了大家，"也许我最好还是什么也不说。"

科普尔斯通也站起身，跟着她走到窗前的凹处。

"嗨！"他恳切地说，"我希望你不要以为我是在打扰你，我向你保证！"

"你！"她叫道，"哦，不！当然。我想你是急于查清奥利弗先生的死因。但我不想把我的母亲也牵扯进去，就这么一个简单的理由。我们要在这里生活下去，查特菲尔德是一个报复心很强的人。"

"你们怕他吗？"科普尔斯通有点疑虑地问，"你！"

"我自己一点都不怕。"她回答说。她给了他一个引以为戒的眼神，然后很担心地看着正在与丹尼先生和纪灵先生密切交谈着的格瑞利夫人。"但是，我的母亲并不像她看起来的那么坚强，要她离开这个地方，这对她将是一个打击。我们现在就是庄园主的房客，可以说我们完全是靠查特菲尔德的怜悯生活在这里。你知道，查特菲尔德做事霸道，想做什么就做什么！现在你明白了吗？"

"我听到你们要靠查特菲尔德的怜悯度日，真让我发狂！"科普尔斯通低声吼道，"但你真的是说，如果查特菲尔德认为你……或者说，你的母亲如果参与到调查这起案件中，并起到重要作用，那么他会怎么做？"

"毫不留情地把我们赶出去，"奥德丽回答说，"铁板钉钉，一定会这样。"

"那你堂兄会让他这么乱来吗？"科普尔斯通回应道，"当然不会吧！"

"我认为庄园主不一定能控制得了查特菲尔德，"她回答说，"你们见过他们在一起的样子。"

"如果是这样的话，"科普尔斯通说，"我倒是要重新好好思考一下你母亲提到的那些关于对庄园主怀疑。看来，查特菲尔德有一只无形的手在控制着他。那么在那种情况下——"

他突然中断谈话，因为他看到一辆精致的汽车开到了小村舍门口，车上下来一个气质高贵、身材高大英俊的男人，他瞥了一眼那间小屋，迅速地走进小屋前的花园。这时，奥德丽的脸上露出惊讶的表情。

"妈妈！"她转向格瑞利太太说道，"是奥特摩尔勋爵来了！他一定是来找你的。要我去开门吗？"

格瑞利太太急忙离开房间出去迎接客人。其他人听见了她在门外欢迎来访者的声音，接着听到她领他进了小客厅，然后听见门被关上了。奥德丽默默地看着科普尔斯通。

"你听说过奥特摩尔勋爵吗？你认识他吗？"她说，"他是我们这片地区最重要的人物,他几乎拥有这片地区的山脉、山谷等一切。格瑞利家族的土地仅仅是在海岸边这一部分。在过去的日子里,格瑞利家族和奥特摩尔家族经常因为土地边界问题闹矛盾,而且——"

格瑞利夫人突然走了进来,眼睛盯着自己女儿。

"你能过来吗,奥德丽?"她说,"先生们,请原谅,给我们几分钟的时间好吗?"

母亲带着女儿走了。两个年轻人拉过他们的椅子,和丹尼先生坐在一起,对目前微妙的情况相互交换了看法。半个小时过去了,说话声和脚步声又一次出现在小客厅,继而又出现在花园里;格瑞利夫人和奥德丽看着他们的客人上了车。几分钟后,小车加速扬长而去。然后她们才回到大客厅。从她们的脸上纪灵看出一定是有新的事情发生,他用胳膊肘推了推科普尔斯通。

"有一个重大的消息!"格瑞利太太说着,走回到她椅子上,"奥特摩尔勋爵过来是要告诉我一些事情,他认为应该让我知道。这几乎太令人难以置信了,但它实实在在地发生了。马斯顿·格瑞利,如果他是真的马斯顿·格瑞利的话!他向奥特摩尔勋爵提出了出售整个斯卡海文房地产的计划,目前这只是一个一厢情愿的私人协议。想象一下!这可是属于格瑞利家族历经五百多年的房地产啊!"

第十五章　纽约来电

两个年轻人听到这个重磅消息，脸上的表情除了吃惊还是吃惊，心里在探寻着为什么；那位老先生在听到这一消息后则明显咳嗽了几声，他赶快吸起鼻烟，然后转向格瑞利夫人，脸上露出一个心照不宣的表情。

"亲爱的女士！"他说道，表情令人印象深刻，"现在这种情况，我觉得我能帮得上点忙，实实在在的帮忙！你或许已经忘记了这样一件事，那是很久以前的事了，也许我以前从来没有提到过它，但事实是，在我上台做演员之前，我是法律工作者。实际情况是，我是一个真正的完全合格的律师。虽然，"他补充说道，并且干巴巴地笑了笑，"已经有二十五年了，我每年都要付六英镑年费去审验我的律师资格证。我还没有忘记我学过的法律知识，或者说还记得大部分内容。当然了，如果真有必要的话，我一定还会再去温习一下。你说马斯顿·格瑞利先生，也就是现任斯卡海文庄园的主人，他准备把他的所有房地产卖给奥特摩尔勋爵？但是，这些房地产不是世袭的吗？"

"不！"格瑞利夫人回答，"它不是。"

丹尼先生的脸色阴沉下来，表情明显变得更加严肃。他又吸了一口鼻烟，然后摇了摇头。

"那么在这种情况下，"他冷冷地说，"世界上所有的律师也无能为力。这是他的财产，绝对是他个人的。他可以对其随心所欲。五百年了，是吗？举世瞩目！一个晚辈居然要把他的祖先们辛勤耕耘了五百多年的土地卖掉！太奇葩啦！"

"奥特摩尔勋爵有没有说过格瑞利先生为什么要卖家产？他的理由是什么？"纪灵问。

"他说过，"格瑞利太太回答，她显然对这个最新消息十分不安，"他说过的。格瑞利先生给出的理由是北方的气候不适合他，而他更希望在英国南部购买房地产。他先去找了奥特摩尔勋爵，是因为众所周知的原因，奥特摩尔家族一直急于扩大自己的地盘，能够直通到海岸。"

"奥特摩尔勋爵决定要买下来了吗？"纪灵问。

"很明显，他很愿意做成这笔买卖。"格瑞利太太说。

"那又是什么原因迫使他来找你呢？"纪灵继续说，"他一定有什么理由？"

"他有一个很好的理由，"格瑞利太太说着，瞅了奥德丽一眼，"他当然知道我们的家族史，他很清楚我女儿奥德丽，现在也是这些财产的后位继承人。因此他认为我们应该知道这个买卖动议。但还不止这些，奥特摩尔勋爵，当然，他看了今天的早报，了解了所有有关听证调查会的全部过程。另外，他的管家也旁听了这次听证会。他综合从报纸上获得的信息和他的管家告诉他的信息进行了一番分析推理,奥特摩尔勋爵总觉得有什么地方有问题。例如,他认为马斯顿·格瑞利应该对巴西特·奥利弗说与他在美国见过面这件事做出解释。无论如何,如果这一秘密在没有彻底查清楚之前,他绝不会再和他继续任何形式的商务谈判。我是不是应该告诉你们奥特摩尔勋爵对这次事件的观点?他说……"

"你觉得这么做有意义吗?妈妈?"奥德丽打断她,"这仅仅是他个人的想法而已。"

"我觉得应该让大家知道这事,在我们之间不应有秘密……"格瑞利夫人坚持说下去,"为什么不说出来呢?奥特摩尔勋爵说,他说了很多的话。他说:'我阅读了听证会的所有证人证言,也听了我的管家对整个听证过程的印象,我有一种不安的感觉,这个人自称是马斯顿·格瑞利,但也可能他根本就不是真正的马斯顿·格瑞利,我需要充足的证据来证明他就是马斯顿·格瑞利本人,在此之前我不再考虑他向我提出的买卖动议!'就这些!那么,接下来该怎么办呢?"

"依靠法律,夫人,"丹尼先生郑重地回应,"法律程序必须进一步跟进。你必须依据法律获得禁止限令,夫人,阻止马斯顿·格瑞利先生私自处理这些财产,直到把涉及他身份的问题彻底查清楚。总之,这是我的观点。"

"我可以提个问题吗?"科普尔斯通聚精会神地听完刚才的谈话,又仔细想了一下,说道,"奥特摩尔勋爵有没有提起过是什么时间向他提出买卖意向的?"

"他说过，"格瑞利夫人回答，"一周之前。"

"一个星期前！"科普尔斯通叫道，"也就是说，在上星期日之前，即在巴西特·奥利弗来这里之前。那么，财产买卖动议是个完全独立的事件，与本案件无关！"

"很玄妙，而且意义重大！"纪灵自言自语地说。

他从椅子上站起来，拿出怀表看了看。

"好吧，"他继续说，"我要去伦敦了，格瑞利太太，我能把这一切全部报告给克莱斯维尔·奥利弗爵士和佩瑟顿先生吗？他们应该掌握这信息。"

"我也要走了，"科普尔斯通也站起身声明道，"格瑞利夫人，你可以把整个事情交给我们去处理。丹尼先生，也请你相信我们，我们会好好利用这些文件资料的。"

"哦，没问题，当然可以！"丹尼先生断言，他把他的小包放在桌子上，"照顾好它们，我的孩子！你们要知道这些资料是多么重要。"

"那么，格瑞利夫人，您呢？"科普尔斯通问道。

"只要你觉得合适你就说吧，不要顾虑我们，"格瑞利太太回答，"我自己的观点是，很多事情早晚都得告诉别人——公之于世，然后真相大白。"

"科普尔斯通，我们可以赶上三刻钟后的一班列车，"纪灵说，"我们先回旅馆去找沃勒太太处理一下食宿的事情，然后再动身。"

科普尔斯通悄悄设法把奥德丽拉到一边。

"我不只是为了跟你说再见,"他低声说道,脸上带着一副意味深长的表情,"我用不了几天就会回来,我们还会见面的。但是你听着,在我回来之前,如果这里发生了什么事,如果你想得到任何人的帮助,无论是什么,你知道我的意思。答应我,你给这个地址发电报找我。你要答应我!否则我就不走了。"

"好的,"奥德丽说,"我保证。但是你为什么还要回来呢?"

"我回来时再告诉你好吗?"科普尔斯通又看了她一眼回答说,"我肯定要回来,很快就会回来。我这次去只是为了能帮上点忙,也是为了你。"

一个小时后,他和纪灵已经坐在去往伦敦的火车上。在车厢的一个角落里他们面对面坐着,相互交换着眼色。

"这是一笔奇怪的生意,科普尔斯通!"纪灵说,"太令我震惊了,这么大的一笔交易,也太大了。并且,这事还和庄园主格瑞利的真实身份密切相关。"

"你认为你安排的人会跟踪着他吗?"科普尔斯通问。

"燕子以前从没跟丢过他的目标,这次同样也不会,"纪灵回答说,"他就是一个人精!当然,在我们离开之前,我已经和他联系上了,告诉他到国王十字车站见我,这样我们就可以得到他的报告了。哦,他一直跟踪着他,我自信这一点,也不能想象格瑞利能够逃避他的跟踪,无论如何他是逃不掉的,特别是在这个节骨眼上。"

但是,四小时后,火车驶进国王十字车站。纪灵的搭档,一个年轻的、目光锐利的人出现在他们面前,他那张沮丧的脸拉得长长的，还无奈地摇摇头。

"上当了！这是我有生以来的第一次！"他几乎是咆哮着回答纪灵急切的询问，"我竟然跟丢了他！以前从来没有失败过，正如你所知道的。哎，该来的一定要来！一次失败不算什么，失败是成功之母啊。但是，我一点点回忆思考了整件事，好像你要我跟踪的人是在设法躲避某人，是吗？"

"你说说到底是怎么回事吧。"纪灵吩咐道，并示意科普尔斯通跟着他和燕子走到一边。

"我今天下午准时赶到这里等他乘坐的那班列车，"燕子汇报说，"车一到站我立刻发现了他和他的随从，没有困难，与你对他们的描述完全吻合。然后他们在一起，带着行李向外走出了车站。他，格瑞利，跟他的随从说了些什么就让随从离去了。他自己钻进了一辆出租车，我赶忙坐上离他不远处的另一辆出租车，让司机紧紧跟着前边的车。格瑞利坐车直奔弗拉戈纳尔俱乐部，你知道那个地方。"

"噢！"纪灵叫道，"那么，然后呢？这才是我们想知道的。"

"弗拉戈纳俱乐部是什么？"科普尔斯通问，"我怎么从来没有听说过这个地方。"

"一个民间俱乐部，有演出舞台也有音乐厅，"纪灵不耐烦地回答，"就在一条小街上，从沙夫茨伯里大道转弯就到，以后再详细告诉你。后来呢？继续说，燕子。"

"在门口他向司机付了车费，然后就进去了，"燕子继续说，"我也付了车钱，在周围四处闲逛——那里只有一个出入口，你知道。他五分钟后又出来了,把一些信件塞入衣袋里。他走到沙夫茨伯里大街上后又转入到华都街,在那里进了一家烟草店。当然,我又一次在周围闲逛。但这次他没有出来。最后我走进去,买了点东西,发现他已经不在那儿了!"

"呸!他溜走了,就在你不注意的时候!"纪灵说,"你为什么不一直盯着那个家伙,伙计?你!"

"你别胡扯!"燕子反驳说,"从他进去的那一刻起,我的眼睛就没有离开过那家商店门口,最后我也进去了。"

"那么就是说那家商店还有一个侧门,通向某条小巷或小通道?"纪灵说。

"我看过了,没有,"燕子回答,"当然,也许在房子的后面有,但我无法确定。请记住!还有一件事,他也有可能就滞留在这个地方。这就是我要说的,而且,我知道这家商店的位置和名称。"

"你为什么不带个人跟你一起去呢?让他去跟踪那个随行男人和行李呢?"纪灵有点急躁地问道。

燕子摇了摇头。

"我承认我把事情搞砸了,"他坦白说,"但我确实没有想到,他们还会分开行动。我当时想,当然,他们会直接开车去某家酒店,而且——"

"长话短说吧,格瑞利从你眼皮子底下溜走了,"纪灵说,"好了,今晚也没有更多的事要做。唯一有价值的信息就是,格瑞利到弗拉戈纳尔俱乐部去过。为什么一个乡下庄园主,一个最近才来到英国的庄园主,要到弗拉戈纳尔俱乐部这么一个不起眼的地方去,这也太不可思议了!他去弗拉戈纳尔俱乐部做什么呢?那是值得我们好好想想的。行了,科普尔斯通,我们最好现在就分手各自回去休息一下,明天早上再见吧。你十点钟直接去佩瑟顿的办公室,我去找克莱斯维尔·奥利弗爵士,然后和他一起过去找你们。"

科普尔斯通独自回到杰明街自己的住所。才出去几天感觉像是过了一年或是几年,现在又一次看到了这熟悉环境、这些熟悉的家什。在他匆匆忙忙离开家去见巴西特·奥利弗以后的这几天里,发生了那么多事情,他觉得他好像去了一个完全不同的世界里生活了一个星期。他遇到了死亡,遇到了谜一样的故事;整个过程中呈现出来的似乎都是欺骗和狡诈,也许更糟,骗局或者比骗局更黑暗的犯罪。但他也遇到了奥德丽·格瑞利小姐,这是很自然的,他觉得他更加关注她;虽然有一种神秘而诡异的气氛笼罩斯卡海文,但无论怎么说,她也是一个值得去考虑思量的人。他一边翻看着这些天堆积起来的信件一边想着她,然后换了件衣服,准备去他常去的酒馆吃点东西,他现在已经开始计算时间了,从心底希望时间飞转,以便能尽快回去见到她。

然而,科普尔斯通的思绪并没有完全被这个令人愉快的话题所占去;今天发生的事情和到伦敦后发生的事也一一呈现在他的脑海中。他一边走一边思索着,这时一个他熟悉的同俱乐部成员与他不期而遇,他突然冲口问了他一个问题。

"我说!"他说,"你知道弗拉戈纳尔俱乐部吗?"

"当然知道！"那个人回答，"你不知道吗？"

"从没听说过，今晚才听人说起，"科普尔斯通说，"那是个什么样的地方？"

"一个鱼龙混杂的地方！"他的同伴回答，"戏剧和乡间音乐，男男女女、形形色色，一应俱全。一个很热闹的地方，经常有演出。想进去看看吗？看看他们晚上的演出？"

"很想去看看，"科普尔斯通说，"你是它的会员吗？"

"不是，但我认识几个那家俱乐部的成员，"那个人说，"我可以和他们联系一下。确实值得一看，特别是他们有一个叫作《家庭晚餐》的节目——当然，这个节目只在星期日晚上才有。"

"谢谢，"科普尔斯通说，"我想这个俱乐部的会员资格会只限于演艺界的从业人员吗，嗯？"

"严格来说是的，"他的朋友回答，"但他们并不是完全严格限制那些特殊的客人。你会在那里遇到各种各样的人，从法官到赛马骑师，还有百万富婆和女帽制造商，形形色色都有。"

第二天上午，科普尔斯通去佩瑟顿先生的办公室，一路走一路想，斯卡海文的庄园主去弗拉戈纳尔俱乐部做什么呢？当他赶到佩瑟顿先生的办公室时比约定的时间稍晚了一些，那时纪灵已经向佩瑟顿律师和克莱斯维尔·奥利弗爵士报告了直到昨天为止所发生的一切。然后，科普尔斯通又向他们展示了丹尼先生委托给他的信件和剧本，他们一起重新比对笔迹。

"一定是在某个环节有猫腻，或是在某个地方。"过了一段时间，佩瑟顿说道，"当然，我们已经开始了系统的调查。看这里,"他继续说着,从他书桌上拿出一张纸,"这是一份电报,今天一大早从纽约发过来的,一个在美国帮我调查邮轮乘客名单的代理人发的。电报是这样说的:**马斯顿·格瑞利,圣路易斯,密苏里,订了一张头等舱的乘客,从美国纽约到英国法尔茅斯,'S.S.蟒蛇号'邮轮,1912年9月28日**。这是非常确定的事。而接下来的事情,"老律师朝克莱斯维尔爵士耸耸肩并精明地看了他一眼,总结说道,"调查马斯顿·格瑞利是不是在法尔茅斯港登陆了,下船上岸的人与我们最近看到的人是不是同一个人!"

第十六章　事实与真相

克莱斯维尔·奥利弗爵士从佩瑟顿手中接过电报,慢慢地读了一遍,然后用精确而简明的措辞低声说着,好像自己在喃喃自语。

"佩瑟顿,你不觉得我们最好是把调查方向搞清楚吗?"他把电报平放在律师的书桌上然后说道,"在我看来,我们应该捋一捋思路,分析一下调查已经进展到了什么程度。据我了解,情况是这样的,可能对,也可能不对,我们的怀疑对象是目前的斯卡海文庄园的主人。我们怀疑他不是合法的所有者。简单来说,他不是真正的马斯顿·格瑞利,如同你不是我、我不是你一样。我们认为他是个冒充马斯顿·格瑞利的骗子,正如瓦伦丁·格瑞利太太所描述的那样。很显然,她也这么认为。我说得对吗?"

"相当正确!"佩瑟顿回答说,"确切地说,这就是我们的推测。"

"那么,在这种情况下,我想要知道的是,"克莱斯维尔先生继续说下去,"这跟我弟弟的死有什么关系?有什么联系?无论如何,对我来说,这是放在第一位的最重要的事情。当然我有一个推理，那就是这个骗子在上星期日下午确实见到了我的兄弟，他知道我弟弟会很快明白他不是真正的马斯顿·格瑞利，是个骗子，这个发现可能会引发对庄园主真实身份的进一步调查。所以他把我兄弟谋害了，他可能是陪他走到塔顶，把他推了下去。这是可能的，你们同意我的观点吗？"

"正是这样，"佩瑟顿回答说，"我也倾向于这种观点。但我是用另一种逻辑推理出来的。对于在斯卡海文城堡发生的案件我是这样进行事实重现的，我认为巴西特·奥利弗确实见到了庄园主。为了使事实更清楚明白，我们暂且还这么称呼他。当他走进了古城堡遗迹，向庄园主大概介绍了自己，说他在美国遇到了一个叫马斯顿·格瑞利的人。那时，庄园主想到了自己有可能被进一步调查的可能——随后发生的事和您刚才的表述完全一致。这可能是庄园主认出了巴西特·奥利弗，知道他曾经遇见过真正的马斯顿·格瑞利；也可能是他不认识他，什么事都不知道，直到巴西特·奥利弗启发了他。但是，无论哪种情景，我坚信巴西特·奥利弗死于暴力，他被谋杀了。所以这就是真相！谋杀！杀人灭口，来个死无对证。"

"那么接下来该怎么办呢？"克莱斯维尔爵士问道。佩瑟顿用手敲了敲放在桌上的电报。

"第一件事，"他回答说，"就是充分利用这个信息。我们现在已经知道，真正的马斯顿·格瑞利确实生活在美国的圣路易斯，他父亲曾在那里定居。他已离开纽约前往英国接受他的继承权，并在一九一二年九月二十八日订了去法尔茅斯港的船票。他应该乘坐'蟒蛇号'邮轮在十月五日从法尔茅斯港登上英国的土地。有可能在法尔茅斯会找到他的一些蛛丝马迹，说不定他真的在那里住过一个晚上。无论如何，总得有人去法尔茅斯港调查一下。你，最好是你，纪灵，你马上去吧。你离开前告诉你的搭档，让他重新开始寻找我们那个所谓的庄园主，你们有两条很好的线索：一是他去过弗拉戈纳尔俱乐部这条线索，二是他去过那个特殊的烟草商店。让燕子尽最大的努力，必须把那个人置于严密监控之下，让他马上顺着这两条线索去调查。"

"燕子已经在工作了，"纪灵回答说，"他已找人帮他一起调查，昨天的失败反而激发了他的斗志。至于我，我会乘坐下一班快车到法尔茅斯去。我觉得应该带着这封电报。"

"我和你一起去吧，"科普尔斯通说，"我可能还有点用处，并且我也很感兴趣。但是——"他停顿了一下，用询问的目光看着老律师。"我们给你带来的其他消息呢？"他问道，"关于这次的房地产买卖，你怎么看？如果这个人是个骗子。"

"交给我来处理吧，"佩瑟顿回答，并用机智的目光看着克莱斯维尔爵士，"我认识格瑞利家族的律师们。他们都是值得尊敬的人，他们的办公室离这里不远，只隔几个门口。事实上，我正准备去和他们找个安静的地方聊聊天哪，几分钟后就去。放心吧，这笔买卖做不成的！让我来处理这件事。你们这两个年轻人不是要去法尔茅斯吗？赶快走吧！"

当天深夜，科普尔斯通和纪灵抵达了那个遥远的位于康沃尔郡的法尔茅斯海港，当晚没有什么事可做，只好休息等待天亮。

在科普尔斯通看来，这次的调查工作好像是一个非常艰难的任务。真正的马斯顿·格瑞利离开美国来到英国已经过去了十二个月多了，他到达法尔茅斯港后也有可能没有与其他任何人有任何形式的交流就乘车离开了这个地方，这么长时间了，有谁还会记得他呢？他们怎么去查找他的行踪？但是纪灵——他现在已经不用再身着牧师服装扮牧师，他现在就是一个聪明的职业白领式的年轻人——很快就理清思路，精确推断出行动目标，确定了行动方向，使下一步的调查能快速推进。

"我们知道大概的日期，'蟒蛇号'邮轮到达这里大体时间，"第二天早上他们一起吃着早餐时他说，"在正常情况下，根据在大西洋上航行的速度，邮轮应在十月四日至六日抵达。那么好了，如果马斯顿·格瑞利没有马上离开而是暂时留在了这里，他一定会去住旅馆。因此，我们要调查法尔茅斯的所有酒店和旅馆，检查这段时间的旅客入住登记簿——一九一二年十月第一周的这段时间，如果我们发现了他的名字，那就太好了！然后我们可以顺藤摸瓜继续进行调查。如果我们找不到他的踪迹，很显然，我们在这里的调查就结束了。他可能是下船后即刻乘火车直接离开了。我们就先从这家旅馆开始吧。"

在他们入住的那家旅馆没有找到马斯顿·格瑞利的任何记录，同样，在接下来对五六家酒店的查询中也没有任何发现。然后他们来到"蟒蛇号"邮轮所属航运公司的办公室，在这里他们获悉邮轮到达法尔茅斯的确切时间是十月五日，大约在晚上十点半左右，而且马斯顿·格瑞利的名字就在头等舱乘客名单中。纪灵在离开航运办公室的时候，心情显得非常愉快。

"这样的话事情简单了，"他说，"因为'蟒蛇号'邮轮是在晚上很晚的时间才抵达这里，从船上下来的乘客一定会在法尔茅斯待一晚。所以我们现在还要重新回到调查酒店这个方向上来，以便找到他的落脚点。这是一项简单平常的工作，来吧，科普尔斯通，不要留下死角。我们争取在中午前找到他的踪迹。"

恰恰就在下一个旅馆他们就有了发现，这是一幢靠近海港港口的老式建筑，那里的经理非常健谈，善于交际，记忆力超强，这也是他引以为傲的地方。他一听纪灵说明来到此地的原因，立即就行动起来，动身去找前一年的旅客登记簿。

"我对你要查询的人还有印象，我记得那位年轻的绅士。"他一边说着，一边从保险柜里拿出那本旅客登记簿，把它放在他私人房间的桌子上。"这不是一个普通的名字，是吗？他大约在你提到的那个晚上的十一点到达这儿。你看，找到了！这是入住时间，在那里，再往上看，是另一个人的名字，他住在这里是在等你们要找的那个人。这个人是在'蟒蛇号'邮轮抵达的前一天住进这里的。"

两个年轻人低着头看着登记簿打开的那一页，当他们在签名栏看到那个签名时几乎同时抬起头来，目光交织在一起，都流露出惊奇、兴奋的表情，相互用胳膊肘轻轻碰触对方。就在那里，那是马斯顿·格瑞利的签名，字迹与丹尼先生幸运保存下来的信件的字迹完全相同。但这个签名并不是使他们吃惊的事情，他们已经预料到了这一结果。是什么使他们俩都兴奋得像是遇到新大陆一样有意外发现的喜悦呢？那是因为在这个签名的上边几行的另一个签名，日期是十月四日。为了避免在宾馆经理面前暴露他们对这一惊奇发现所产生的愉悦心情，他们互相肘部顶了顶对方，脸上立即又恢复到平静的表情。

那个签名就是皮特·查特菲尔德，是皮特·查特菲尔德！他们都知道他们的调查正在进入一个新的求证阶段；现在掌握事实是，查特菲尔德曾前往法尔茅斯来迎接从美国赶来的斯卡海文庄园的新主人，这意味着很多，可能意味着一切。

"哦！"纪灵问道，尽可能地稳住自己的情绪，"早来的那位先生是来接新来的这个人的，是吗？那么这样的话，他是个什么样的人呢？"

"大个子、胖胖的男人，一个老年人，面相和行为方式都非常严肃，"宾馆经理回答，"我对他印象非常深刻。四日下午大约五点钟左右，从伦敦开过来的火车到达后时间不长他就进来了，订了一间客房。他告诉我他是来迎接一位自纽约来的绅士。就在'蟒蛇号'号邮轮进入海湾的时候，他已做好准备去码头接人，他显得有点坐立不安。但我得到信息邮轮当晚并没有入港，我找到他并告诉他游轮到第二天晚上才进港，所以他就住下来等着。一个非常安静、缄默的老家伙，从不多说话。"

"第二晚他又去接船了吗？"纪灵问。

"他去了。他拉着行李与那个年轻绅士格瑞利先生一起回来的，"经理回答，"查特菲尔德先生已为格瑞利先生订了一个房间。"

"那么，格瑞利先生是个什么样的人呢？"纪灵问，"这真的是件很重要的事情。你的记忆力太好啦，我能看出来。请你回忆一下告诉我们你所能想到的关于他的事情。"

"我可以回忆起很多，"宾馆经理说着点了点头，"至于他的样子嘛，个子有点高，是身体清瘦的年轻人，我估摸着，年龄在二十五到二十八岁之间。稍微有点屈背，非常黑的头发。眼睛嘛，有点凹陷，他的脸非常苍白，面相好看，很不错的长相，但明显是病了，确实！他病得很重！"

"生病了！"纪灵轻声喊道，看了科普尔斯通一眼，"真是病了！"

"他病得很重，"经理说，"当时我和我妻子都觉得他在第二天早上会起不了床，我们建议他们去看看医生，但是格瑞利先生说没事的，他说他有心脏病，这次航行使他的病情变得更糟了。他还说他随身带了一些药，吃上点药，喝一杯兑水的白兰地，睡个好觉，他就会没事的。第二天早上，他看起来好多了，他起床后就去吃早饭。但我妻子对我说，如果说有人能从一个人的脸上看到死亡的话，那她就在他的脸上看到了！她的话极有预言性，我的妻子以前曾经有过类似的预言。当她听说这两位绅士正在计划一个漫长的旅程时，说是要去遥远的北方，我确定是这样，她再次建议他们先去看医生，因为她觉得格瑞利不适合长途跋涉。"

"他们去看医生了吗？"纪灵问。

"他们去了！我自己私下跟老先生谈了谈，"经理回答，"然后我把自己的医生——特思维医生介绍给了他们,并指路让他们过去。根据医生的嘱咐,我听到他们决定把他们的旅程分为几个阶段,你可以这样说,分段旅行。那天下午他们离开这里先去了布里斯托尔,准备在那儿过夜。"

"你肯定吗?他们去了布里斯托尔?"纪灵问。

"应该可以确定,"店老板确定地说,言简意赅,"我和他们一起去的车站,把他们送到车上。他们预定了到布里斯托尔的票,不管怎样,是头等舱。"

纪灵转头看着他的同伴。

"我想我们最好去拜访一下特思维医生。"他说。

特思维医生,一个表情严肃、面相慈善的老人。他很清楚地记得马斯顿·格瑞利先生来找他看病,他按照日期在病例记录本上找到了病例记录。他还记得病人的同伴查特菲尔德先生,他对格瑞利先生的健康显得异常焦虑和关心。

"对,就是这儿,"特思维医生继续说道,"格瑞利先生告诉我,在出发来英国之前他已感觉严重不适几个月了。这次航行他过得相当艰难,他晕船晕得非常厉害,在他那种身体状况下,晕船对他来说是很不幸的。我仔细地给他做了检查,得出的结论是,他患上了一种叫心肌炎的心脏病,这种病发展很快,可能会导致非常严重的后果。我苦口婆心地劝他尽量多休息,避免一切不必要的疲劳和兴奋,我强烈反对他旅行,特别是一次性长途旅行到北方。我很清楚无论到哪里,对他都是考验。根据我的建议,他和查特菲尔德先生决定,分别在布里斯托尔、伯明翰、还有利兹等地方中断旅程，每到一个地方休息几天再上路。通过这种方式，你看，他们每次只有一个相对较短的旅程，格瑞利先生就可以休息很长一段时间。但是，我已早有定论了。"

"那么，你说的定论是什么？"纪灵问。

"那就是他活不了多久啦，"医生说，"当我发现他是去诺卡斯特地区时，我知道那里有一个全英国最好的医学院，建议他到那里后就去医学院找最好的专家，让专家尽快给他检查治疗。但我的感觉是，他已经到了一个非常严重的阶段。"

"你认为他可能会突然死亡？"纪灵提出疑问。

"非常有这种可能。如果听到他已经死亡，我一定不会感到惊讶。"特思维医生说。"总之，他确实病得很严重。"

"后来你有没有听到他怎么样了？"纪灵问。

"什么都没有听到，尽管我经常想知道他怎么样了。当然，"医生微笑着说，"他们只是偶然路过的游客，我这里经常有跨大西洋来的乘客过来看病，他们忘记了医生有时会想知道经过他的治疗，病人的病情是否好转。没有，我再也没有听人说起他。"

"他们有没有给你留下什么地址啊，或者其他什么？"看到纪灵没有多问，科普尔斯通问道。

"没有，"医生回答，"他们什么也没留下。当然我也了解到一些情况，他们告诉我，格瑞利先生是前一晚乘坐'蟒蛇号'邮轮到英国的，他只是路过此地。我是从他们的谈话中猜测他们要去诺卡斯特地区这件事，格瑞利先生曾问我去那个地方对他来讲是不是太远了，他还笑着说，这要是在美国，五百英里的旅程被视为一个单纯的短途旅行！他很勇敢，可怜的家伙，但是……"

特思维医生的头明显地摇了摇，没有继续说下去。他的两个访客离开他走进了秋日的阳光里。

"科普尔斯通！"当他们走出诊所一段距离后，纪灵说道，"那个家伙，真正的马斯顿·格瑞利一定是死了！这是肯定的，就像我们还好好活着一样，这是事实！现在下一件事是找出他死在哪里以及何时去世的。的确，这又是一项繁琐的工作！"

"你打算怎么着手展开调查？"科普尔斯通问，"现在，看起来我们好像又碰到了一堵无形的墙。"

"没那么严重，我的兄弟！"纪灵反驳道，脸色显得很愉快。"我们一步一步来，继续调查，这是肯定的事情，我就是这么想的。我们已经在这里发现了这么多，而且很快就查明了。我们已经知道我们下一步的目标在哪里，布里斯托尔！就像在一捆干草里寻找一根针那样难吗？不，这事一点也不难。如果这两个人要在布里斯托尔中断他们的旅程，他们就得在旅馆住下来。好了，现在我们就去布里斯托尔。记住，我们已经追踪到了皮特·查特菲尔德的行动足迹！"

第十七章　演出海报

纪灵开朗的乐观主义精神是一种令人敬佩的品质,是很多人想要拥有的一个好东西,但在世界上所有的乐观心态在坚不可摧的困难面前是没有价值的。在布里斯托尔这么大的一个城市里追踪查特菲尔德和生病的同伴在一年前的行迹就是一个难以攻克的难题,纪灵和科普尔斯通花费了二十四个小时与这个难题抗争,结果似乎是一无所获。他们整整用了一天时间倾尽全力在努力搜寻可能有用的信息;他们在大大小小的旅馆中进进出出,到最后他们身心俱疲,一看到对方就觉得难受;他们也在火车站、在出租者司机聚集的地方做了细致详尽的调查,没有人记得见过大个子、大脸盘的人和他陪伴着的一个看似病得很厉害的人。到了第二天晚上,科普尔斯通坦率地宣称,在他看来,他们这么做是在浪费时间。

"我们怎么知道他们来没来到布里斯托尔呢?"他问道。他和纪灵急匆匆地吃着晚餐,想赶快填饱饥肠辘辘的肚子。"法尔茅斯的酒店经理看到了查特菲尔德手里拿着去布里斯托尔的车票!那又能说明什么呢!如果发生在你身上你会怎么样。格瑞利可能发现即使这么一个短旅途他也经受不起。在这种情况下，他们也可能中途就下了火车，在普利茅斯，或在埃克塞特，又或在汤顿：在中途任何一个火车停靠的车站下车。在我看来，我们与其在这里浪费时间，还不如去调查更实实在在的东西，例如，去查查查特菲尔德现在在做什么；或者回到伦敦城里，看看你的朋友燕子查到了些什么。"

"燕子，"纪灵答道，"到目前为止还没有什么进展，否则，他会发信息给我的。燕子知道我的确切位置，我在哪里，我将去哪里，他一直和我保持着联系，我给他留下我的行程信息。不要气馁，我的朋友。俗话说，当一个人付出了巨大努力仍觉得距离目标似乎还很遥远时，实际上他已在成功的边缘徘徊了。也就是说，我们也离成功可能只有一步之遥了。再给我一天，如果我们到明天晚上还没有发现什么，我再和你商量下一步的事。但我有一个计划，明天早上就实施这个计划，我想应该会有意想不到的收获。"

"什么计划？"科普尔斯通疑惑地问道。

"是这样！每个居民区中心都有一个登记出生、结婚和死亡的官员。现在，我们认为真正的马斯顿·格瑞利已经死了。让我们做个假设，我们可以争论，假设他确定是死在这里，就在布里斯托尔，无论他和查特菲尔德动身出发离开法尔茅斯港前往何处。会发生什么？他去世的死亡通知必须交给注册登记管理员，并且要由最近的亲属或见证死者死亡的人去递交这个通知。在这种情况下，递交死亡通知的人只能是查特菲尔德。如果死亡发生突然，没有医疗人员在场的话，就要举行死因勘验会。如果有医生在场并见证了死亡，医生就会给出一份亲笔签名的死亡证明书，他会把死亡证明交给在场的亲戚或朋友，而后再由在场的亲戚或朋友交给注册登记管理员。你看到这些要点的价值了吗？我们必须明天上午去拜见注册登记官员，或者也可能在这么大的一个地方有一个以上的注册登记处，我们一个个努力去找，看看在一九一二年十月初，皮特·查特菲尔德有没有在这里注册了马斯顿·格瑞利的死亡。但还请记住，他可能没有登记死者的真名。事实上，他可能也没有用自己的名字出现，他对任何事情都老谋深算。但是，这是我们目前一个最好的调查方向，调查咨询注册登记管理员。不管怎样，我们先试试吧，这是明天早上的第一件事。好了，我们辛苦一天了，我建议大家把所有与案件有关的事统统放到一边，今晚就好好休息，去娱乐场所娱乐一下，去剧院看戏怎么样？"

科普尔斯通没有提出异议。当晚餐结束后，他们来到本地的大剧院，正好赶上话剧演出第一幕的开场。演出的剧目已在伦敦上演并取得了巨大成功，这次演出是该剧团在伦敦以外的各大城市大剧院巡回演出的首场演出。在话剧演出的第二场和第三场之间有一段较长的中场休息时间，这两个年轻同伴来到剧院门厅买了点饮料喝着，顺便抽支烟。而就在大厅里，科普尔斯通遇到了一个老校友，两人迅速热情地交流起来。此时，纪灵则在公共大厅和紧邻大厅的小休息厅中逛来逛去，浏览着四周墙壁上悬挂着的油画、照片以及往期的经典演出海报。突然，他转过身来，神色焦急地等着科普尔斯通与他的熟人分手道别,然后赶紧走上来伸手用力拍了拍同伴的肩膀。

"我是不是告诉过你,当一个人付出了巨大努力仍觉得距离目标似乎还很遥远时,实际上他已在成功的边缘徘徊了!"他洋洋自得地叫着,"快过来,我的朋友,看看我刚刚发现了什么。"

他把科普尔斯通带到一个安静的角落,指着墙上的一张旧演出海报,一张框在镜框里挂在墙上的旧海报。科普尔斯通盯着看,好像也没看出有什么特别的。海报上印着一部著名喜剧的标题、几个相当著名的男女演员的名字和饰演的角色,以及常规的关于剧目的细节介绍资料,就像其他的演出海报一样。

"嗯?"他问道,"这有什么?"

"看那里!"纪灵回答,他的手指尖指着海报上的一行字,"看那儿,老兄!"

科普尔斯通又看上去,轻声读了出来。

"玛格丽特·赛耶斯……阿德拉·查特菲尔德小姐(即艾迪·查特菲尔德小姐)饰演。"

"现在再看看这里,演出时间!"纪灵继续说道,他的语气加重了,他的神情更加得意,"看到了吧!剧组的人在这里待了两个星期,从一九一二年十月三日到十七日。因此,如果皮特·查特菲尔德把马斯顿·格瑞利带到布里斯托尔,时间就在十月六日那天,皮特·查特菲尔德的女儿碰巧也在这里演出!"

科普尔斯通又看一遍海报,立即明白了纪灵想要表达的意思。

"查特菲尔德知道他女儿在这里演出吗?"他若有所思地问。

"很有可能知道,"纪灵回答说,"尽管父亲和女儿的品位与情趣不完全一致,也并不能说明父女关系不好,所以假设皮特与女儿一直保持着联系也是合情合理的。如果他带着病恹恹的格瑞利到了这里,并在这里暂时安顿下来,那么皮特去找他女儿寻求帮助,也是极有可能的。无论如何,科普尔斯通,这里有两个毋庸置疑的事实:查特菲尔德和格瑞利预订了一九一二年十月六日从法尔茅斯到布里斯托尔的车票,并可能也因此来到这里,这是一个事实;另一个是,艾迪·查特菲尔德在那天之后又在布里斯托尔演出了十一天。"

"是啊,这又能说明什么呢?"科普尔斯通疑惑地问道。

"当你盯着海报看的时候我就一直在想,"纪灵回答说,"我认为最好的办法是找出艾迪·查特菲尔德在演出期间到底住在哪里。我猜想你也会知道,在这种规模的城市剧院附近大都有配套的专为演职人员提供食宿服务的客店,男女演员一拨一拨,年复一年在此进进出出;这些客店的老板也总是竭尽全力为他们的老主顾提供方便。更重要的是,客店的老板娘总会记得一些演员的名字和长相,对她所喜欢的演员更是如此。那么,根据我的演出经历,虽然我从来没有来过布里斯托尔,所以我对这里了解不多,但我知道我们可以从哪里得到信息——剧院看门人,他会告诉我们演员们常去的食宿客店是哪一家。接下来,我们必须开始新一轮的调查。什么时候?就是现在,老兄!而且,现在时间也正合适,你会明白的。"

"为什么说现在时间正合适?"科普尔斯通问。

"这是晚上最合适的时刻,"纪灵回答,说得头头是道,"演出正在进行,距离给演出结束后的演员们准备晚餐的时间还有一个多小时,这段时间内老板娘一般没有太多的事要做,比较清闲。如果在这个时间里有人去和演员住处的老板娘聊聊天,她们会很乐意、很享受。相信我,这是规律!来吧,我们去舞台后边的门口,问问看门人,了解一下情况。"

但是正当他们马上要离开门厅的时候,一位绅士的突然出现打乱了计划。这个人穿着晚礼服,看上去很精明,还很潇洒地歪戴着折叠式大礼帽,就像是在家里一样四处游逛,双手插在口袋里,目光漫漫地看着他周围的人和杂七杂八的事物。他突然看到了纪灵,先是吃惊接着就眉开眼笑了,立即走上前来并伸出了手。

"天哪,我的上帝啊,真的是你啊,亲爱的兄弟!"这人像幽灵出现一样惊呼道,"真的是你吗?就在我眼前?是什么风把你吹到这里的?上帝保佑,我终于见到你了,我太激动了!为什么我前边没有看到你在这呢?好久没见了,我的好兄弟!"

"三年了吧。"纪灵回答,立即用双手握住了那双伸过来的手。"你在这儿干什么?当经理啦,嗯?"

"我现在是承租人的经理,老兄,也是一份不错的工作,"对方低声说道,"在这里工作已经两年多了,很好的差事。"他麻利地拉着纪灵走向旁边的小吃酒吧,顺便用眼角瞅了瞅科普尔斯通。"这位是你的朋友?"他热情地问道,"给我们介绍一下吧,老兄，我的名字跟以前一样，你知道的！"

"科普尔斯通先生，这位是蒙特莫朗西先生。"纪灵说。"蒙特莫朗西先生，这位是科普尔斯通先生。"

"随时为您效劳，先生，"蒙特莫朗西先生说，"很高兴认识我朋友的朋友！你们想喝点什么，先生们？你的情况怎么样？纪灵，我的老朋友。谁会想到能在这儿遇见你呢？"

纪灵和蒙特莫朗西先生兴高采烈地交谈着，而科普尔斯通则平静地看着他们俩，他相信他的同伴会充分利用这次意想不到的奇遇，因此他对纪灵后来提出的问题并不感到惊讶。纪灵在和他的老朋友聊了一些相互关心的话题后，直截了当提出了一个问题。

"你看过艾迪·查特菲尔德的演出吗？大约一年前她就在这里演出？"他问道，"你还记得吗？她是《丝维妮女士的项链》这部剧的演员，在这里演出了两周。"

"我记得很清楚，亲爱的老兄。"蒙特莫朗西先生说着，很优雅地喝了一口他杯子里盛着的饮品。"我见过这位女士好几次，更有甚者，我无意中还看到了艾迪小姐和一位绅士的一个奇怪的小片段，这位绅士好像是大自然专门粗制滥造的重量级人物，你知道我说的这种类型。一天早上，当时该演出公司正在这里巡演，我碰巧站在剧院门廊，跟票房的人聊天，一个体型庞大、面容庄严的人走了进来，穿着像贵格会教派的装束，显然对这个剧院不熟悉。他的眼睛盯着走廊上精美的地毯和两边昂贵的装饰物，好像是在估摸它们的价值。同时，我观察到，他正处于一种所谓的焦虑状态——有点，也许非常，对某事感到烦躁不安。所以我走到他跟前，向他自我介绍了一下，然后以我自认为是最礼貌的方式问他有没有需要帮助的。于是他问我艾迪·查特菲尔德小姐在不在，他有一件很重要的事要找她。但是，我不想让他去见艾迪小姐，因为那时我把他当作一个可疑的逃犯，或者是那种令人讨厌的人。但就在那一刻，艾迪小姐正巧来参加彩排，也正巧她没有走舞台的后门，而是从正面大门这边过来。她轻快地跑上台阶来到剧院门厅，一看到那个男人立刻发出尖锐的惊叫。之后，她和脸色僵硬呆板的老绅士一起走到街上，然后相互交谈起来。那个老人肯定告诉了她一些很严重的事情，从他们俩的脸上所展现出来的那种表情可以充分表明这一切。但是，当然，我不知道到底发生了什么事情，也不知道他是谁，老兄——这不是我的事，你明白的。"

"他们两个一起走了？这两人？"纪灵问道，同时又用胳膊肘推了科普尔斯通一下。

"一起从大街上走了，我肯定，他们边走边非常严肃地交谈着。"蒙特莫朗西先生说。

"你后来又见过的那个老家伙吗？"纪灵问。

"我从来没有再见过他，老兄，见这一次就足够了。"蒙特莫朗西先生轻轻地说。"但是，"他继续说着，言语中带着戏谑的口吻，"你问这些问题干吗？是不是和你的新职业有关，老兄？如果是的话，我会保守保密的，你知道。"

"我会告诉你的，蒙特莫朗西，"纪灵回答说，"我希望你帮我问问艾迪·查特菲尔德在这里演出的那段时间住在哪里。能查到吗？我只能告诉你这事很重要，我真的想知道，就是现在，老伙计，别介意啊，你还不知道为什么——以后我会告诉你。但这确实很重要。"

蒙特莫朗西先生轻轻拍了拍他那英俊的鼻子。

"好吧，老兄！"他说，"我明白——这是个堕落的世界！能查到吗？开玩笑，老兄，肯定能！来吧，去舞台后门——我们的人知道这个城市接待演出剧团的每个旅店的老板娘！"

沿着剧院转来转去的过道和后台绕来绕去的通道，他带领两个年轻人来到舞台后门。看门人那时并不是特别忙，正在阅读着挂在玻璃橱窗中的晚报。当蒙特莫朗西先生带着两人走过来到他面前时，他用探询的目光望了望两个陌生人。

"普里克特，"蒙特莫朗西先生说着，身体靠在警卫室的半高门上，话语中透漏出一丝神秘，"你不是有登记演员临时住所的习惯吗，普里克特？现在我想知道艾迪·查特菲尔德小姐，《丝维妮女士的项链》剧组所在演出公司的女演员，她上次来这里演出时住在什么地方？那是一年以前，大约吧，普里克特，"他继续说道，身体转向纪灵，"他做这些记录是为了把所有事情能够做得有条不紊，这样他就可以准确地发送电话通知，或准确送达白天来的紧急的信件或包裹。是不是这样的，普里克特？"

"差不多就这样，先生。"看门人礼貌地回答。在经理说话时，他就找出了经理提到的那本记事本，然后慢慢地翻页查找着。他眼睛顺着手指从上向下的滑动浏览着，突然他的手指停在一页的底部，停在一行字上。

"萨蒙夫人的旅馆，蒙特吉斯街 5 号，出门右转第二条路。"他简要地说出了他们想要的信息。"一个很好的租住处，就这些了。"

纪灵答应蒙特莫朗西先生，会再来拜访他。然后他带着科普尔斯通仅用五分钟的时间就一起来到了蒙特吉斯街 5 号的萨蒙夫人的旅馆。最后他们来到旅馆的客厅，一个家具配置齐全的、舒适的、带有古典风格的客厅，随意地看着用形形色色的男演员或女演员照片装饰起来的四壁。纪灵向站在他对面的一个结实的、眼尖的小女人说明了来意，她专心地听完后，大声地抽了抽鼻子。

"我记得，查特菲尔德小姐是在这里住过！"她叫道，"我想我不会忘记她！我怎么会不记得！是她把一个垂危的病人带进我的旅馆，然后就是死亡，接着是一场葬礼，带来那么多麻烦，却连一分钱的额外报酬也没有多付给我，她和她父亲就走了！"

第十八章 墓碑之谜

纪灵看着他的同伴,眼光是那么的安静,却意味深长。在这里,纯属巧合,出人意料地听到了事情的真相,这是他们做梦都没想到的!是不是有点神秘?这里发生的事情只能用神秘来解释,至少可以说有一半是神秘的。他沉着地转向房东太太。

"我已经告诉了你我是谁、我到这儿来做什么,"他指着房东太太拿在手里的、他递给她的名片说,"我们正在调查的这件事肯定还有许多不可思议的细节,你刚才所说的话充分证明你能帮得上我们。如果你愿意帮忙并且真的帮到我们,我会给你额外的报酬,作为补偿吧。现在,请你详细说说生病、死亡、葬礼的整个过程,请你告诉我们这一切好吗?"

"我从没想过这些事还有什么深藏不露的秘密,"房东太太回答,并示意客人就座,"据我所知,一切都是光明正大的。当然,我对这件事一直都很苦恼。这件事给我增添了很多麻烦,正如我所说,我从来没有得到任何回报,我是说任何额外的报酬。我这样做只是为了帮她和她父亲一个忙!"

"他们把一个病人带到这儿来了?"纪灵提问道。

"我会详细告诉你们是怎么回事。"萨蒙夫人说着,在一张椅子里坐下来,表现出从容自信的性格。"查特菲尔德小姐住在这里,让我想想……到出事那天……已经在这里住了三天时间了。一年前她住在我这里,在这之前她还住过两次。一天早晨,我确定那是《丝维妮女士的项链》剧组的人员住进来的第三天左右,跟往常一样她从排练现场回来,她说她父亲刚刚在剧院拜访过她,说她父亲在法尔茅斯接到了一个从美国回来的亲戚,一下船就发现他是病了,病得很重,一位法尔茅斯医生强烈建议他们不能长途旅行到他们要去的地方,最多到布里斯托尔就必须停下来休息。就这样他们到了布里斯托尔,那个年轻人显得非常疲惫不堪、面容憔悴,查特菲尔德先生不得不开车送他去看医生,一个离这里不远的诊所,瓦尔蒂医生。他们很快就到达了诊所。瓦尔蒂医生检查后说,病人必须马上卧床休息,至少有两天绝对的卧床休息,他建议查特菲尔德先生去找一个安静的房间,不要去酒店。因为查特菲尔德先生知道他的女儿在我这儿,你明白了吧。他找到了她并告诉她发生的这一切,然后她来找我,问我是否知道在哪里可以找到这样安静点的地方。也碰巧,我这里的休息室在那一周正好没有人用,由于他们只需要两天或三天时间,所以我就答应并安排查特菲尔德先生和年轻病人住在了休息室。当然,如果我知道他已经病得不行了,我是绝对不会让他们住这里的。我当时只是想,我要提醒你注意,我没说他们故意欺骗我,我也不认为他们会欺骗我。我当时的理解是,那个年轻人只想要一个真正安静地方好好休息一下。但是他的病情显然要比瓦尔蒂医生所想到的严重得多。他先把年轻人留在瓦尔蒂医生的诊所，而查特菲尔德先生自己过来看房间，然后他们把病人从诊所直接接到这里。正如我刚刚说过的，他病得比他们想象的要糟糕得多，可以说糟糕透顶。当天下午他们就把医生喊过来好几次，即便这样，瓦尔蒂医生也从来没有跟我提到过他会突然死亡。但就在那天晚上，反正多说也没有什么用了，那个年轻人死了。"

"那天晚上！"纪灵喊道，"就是他来这里的当天晚上？"

"就是当天夜晚，"萨蒙太太说，"到这里的时候是下午两点左右，就在临近午夜之前去世，就在查特菲尔德小姐演出完从剧院回来后不长时间。他最后走得非常突然。"

"你当时在场吗？"科普尔斯通问。

"我不在。没人在现场，除了查特菲尔德先生，查特菲尔德小姐那时应该在楼下这个地方吃她的晚餐。"萨蒙太太回答。"我没注意，那时我正在别处忙着呢。"

"事后有没有举行死亡原因调查听证会？"纪灵问。

"哦，没有！"萨蒙夫人摇摇头说，"哦，没有！没有必要搞什么死亡原因调查听证会。你看，医生一天过来好几次为他看病。哦，没必要。死亡的理由是显而易见的，在某种程度上讲，是心脏问题。"

"那他们后来把他葬在这儿了吗？"纪灵问。

"两天后，"萨蒙太太回答，"他们做的一切善后工作都是悄悄的，一点也不声张。我相信查特菲尔德小姐不会把这事告诉剧院的任何人。当然，她还像往常一样去工作。老绅士安排了所有一切——葬礼等全部的事情。我要是再见到他们，我会和他们说说这些事。他们虽然没有给我本人带来什么不必要的麻烦，但是，当有人在一所靠出租客房为生的小旅馆里意外死去，并在门口举行葬礼，你说会不会有麻烦，他们应该对我做过的事给予补偿，但他们什么也没有给，尽管我认为他们应该给。查特菲尔德先生，在葬礼之后又待了两天，临走的时候，他只是说他的女儿会跟我结账。但当她来结账时除了支付了他们的食宿账单外没有增加任何额外补偿，她离开的时候还强调说，如果她父亲没有给我任何额外报酬，她认为她也不应该给。吝啬鬼！"

"太吝啬啦！"纪灵表示同意，"嗯，你不会真的去找当事人这么说吧，夫人。但我提醒你一句，不要把这件事告诉任何人，直到我说事情已经结束。我想给你一些定金，这是一张支票，你先放在钱包里吧，算是预付的报酬，你明白的。现在，还有几个问题：你听到那个年轻人的名字了吗？"

房东太太收到银行支票后精神明显为之一振，看得出她在听到这个问题后认真回忆了一下，她摇了摇头，仿佛对她自己无法给出满意答案而感到不好意思。

"唉，真是不好意思，"她说，"说起来这件事好像是很怪异，但我确实不记得我听说过！你看，他到这里来的时候我就看了他一眼，我从来没到过他的房间和他们在一起，他们也没有提到他的名字。这我都还记得。当他们在我面前谈论他时，我只了解到他是他们的亲戚，同族的亲属或诸如此类的人。"

"你没看见棺材上有什么名字吗？"纪灵问。

"我没有,"萨蒙太太回答,"你看,当他找人买来棺材后殡仪送葬者就立即把尸体抬走了,就在第二天。第二天晚上他找人负责照管棺材,葬礼就在那里举行。但我要告诉你,殡仪送葬者会知道这个名字,当然,医生也会知道,他们都近距离接触过死者。"

纪灵记下了这些人的姓名和地址,并再次请求房东太太保密,然后和科普尔斯通一起离开了旅馆。

"这一段调查就这样结束了,"当他们远远离开那个演员租住的旅馆后纪灵说道,"我们现在已经知道了马斯顿·格瑞利死在了那里,就死在那间房子里,科普尔斯通!皮特·查特菲尔德与他在一起,这是事实!"

"这是事实,他女儿也知道这一切。"科普尔斯通用一个低低的声音应声道。

"这也是事实,艾迪·查特菲尔德应该是参与其中了。"纪灵表示同意。"那么,接下来会发生什么呢?当然,在我们继续调查下去之前,今天上午有三件事要做。我们必须拜访瓦尔蒂医生、殡仪送葬者,当然还有马斯顿·格瑞利的坟墓。"

"那么,再往后呢?"科普尔斯通问。

"简单,也是个大问题,"纪灵叹了口气,"返回伦敦,去报告我们的调查情况,我想,看看燕子是否发现了什么。天哪!看看我们已经有了这么多新发现!你看,通过调查可以确定,我们已经进入了揭露阴谋的阶段,查特菲尔德、他的女儿,还有那个隐藏真实的自己去冒充马斯顿·格瑞利的人,他们共同策划了这个阴谋。现在，那个人是谁？他们如何控制着他？他是他们的亲戚吗？所有的一切都要找出证据。当然，他们的目的很明确，马斯顿·格瑞利，真正名副其实的主人已经死在了他们的眼前。他的合法继承人就是他的堂妹奥德丽小姐。查特菲尔德知道，如果奥德丽小姐继承了财产，那么他作为经纪人和管家，在斯卡海文庄园的统治权就要到头了。因此，似乎事情是如此的简单，一个人喘息之间就会想明白。我告诉你什么是简单明了，科普尔斯通，奥德丽·格瑞利小姐是斯卡海文庄园的主人！祝她好运吧！毫无疑问，你肯定乐意把这个喜讯告诉她吧！"

科普尔斯通没有回答。他被最近的这些调查发现搞得完全不知所措了，他在想如果远在北方那个村舍里的母亲和女儿在得知这些事情的时候会说什么。

"让我们一起把一切彻底弄清楚，"他停顿了好一会儿才说道，"千万别留下什么漏洞。"

"哦，我们不会留下什么搞不清楚的，在这里，无论如何都不会，"纪灵自信地答道，"恰恰相反，到明天上午，我们就会知道几乎所有的事情真相。"

在这一点上他是对的。医生的故事很平淡，这个年轻人被带到他面前时确实已经病得很重，虽然他没有预料到这么早就死或突然的死去，但他对他的死并不感到惊讶，所以，他也没有任何犹豫就给出了必要的死亡证明。如出一辙，殡葬送葬人对这次葬礼过程的描述也是极为平淡无奇，没有新意——在他们眼里，这就是一场再正常不过的葬礼。听完了这两个过程也没有什么可做的，他们只有去临近的公墓看看。他们从殡葬送葬人的记录中找到了他们要找的坟墓编号。墓地很容易就找到了。科普尔斯通和纪灵只见坟前竖了一块新的墓碑，上刻有墓碑匠人刻下的四行字：

马克·格瑞
生于 1884 年 4 月 12 日
卒于 1912 年 10 月 6 日
年龄 28 岁

"简短，简单，目标明确，非常合适。"两人转身离开后，纪灵低声说着。"这个可怜的家伙死后，有人很快就动起了歪脑筋，筹划了这场骗局，真是太好了。科普尔斯通，你知道，我们在来的路上我一直在想，如果巴西特·奥利弗从来没有想过要在星期日去斯卡海文城堡参观，这个骗局就不会被发现！所有的根源就在这里，要不就没有机会发现这一切。好好想想发生的这一切！一个对英国完全陌生的年轻人到英国来继承遗产，毫无疑问，他必须提供必要的身份证明，而他也只见到了一个人——他的经纪人，第二天就死了。经纪人埋葬了他，使用的却是一个假名字，拿走了他所有的财物和纸质身份证明文件，找了一个同伙去冒充他，并把这个冒名顶替者介绍给大家说这就是真正的继承人。就是这样！哦，查特菲尔德知道他在做什么！我们这些活着的人如果徘徊在这片墓地里，有谁会想到把马克·格瑞与马斯顿·格瑞利联系起来呢？"

"事实就是这样。但是还有一处疏漏难以弥补，这一定给查特菲尔德和他的同伙造成精神压力，会常常感到不安。"科普尔斯通说。"你知道，这处疏漏就是马斯顿·格瑞利在法尔茅斯住宿看病所用的名字，以及在这里的房东和医生那里使用的名字都是实实在在的真名。"

"是的。但这里距离伦敦有三百英里，距离斯卡海文镇有五百英里，"纪灵世故老练地回答说，"那么你假设一下，在法尔茅斯见过马斯顿·格瑞利的人有谁会关心这两个名字，或者，谁会去关注他离开后怎样了呢？没有。几乎可以说只要那个不幸的年轻人躺在坟墓里，查特菲尔德他们就是安全的，秘密就不会被发现。但是，我们现在调查清楚了，知道了这一切。知道马斯顿·格瑞利已长眠于我们的脚下，而接下来的事情，我们现在应该返回伦敦，然后揭露那个冒名顶替的家伙。我们得赶快通知燕子和佩瑟顿，然后赶下一班火车回去。"

当纪灵和科普尔斯通在午后返回伦敦时，克莱斯维尔·奥利弗爵士和佩瑟顿律师，还有燕子，正在律师办公室交谈着案情进展，纪灵和科普尔斯通的到来打断了他们的谈话。纪灵紧接着把他们的调查结果告诉了大家。科普尔斯通看着在场各位的反应，发现克莱斯维尔爵士也好、佩瑟顿也好，他们都没有表现出惊讶的表情，佩瑟顿甚至笑了，就好像他已经预料到了纪灵所说的一切。

"我告诉过你们，我熟悉格瑞利家族的律师们，"科普尔斯通说，"我发现他们都只见过一次这个所谓的继承人，我们暂且叫他庄园主吧。是查特菲尔德带他来的。他拿出了所有的身份证明，无疑这些证明是从那个死去人身上拿来的。当然，律师们自始至终都没怀疑过他是不是真正的马斯顿·格瑞利！当然更没想到会是欺诈。好吧，下一步，我们必须集中精力找到这个人。燕子没有什么可说的，到现在还没有什么新发现，自从跟丢以后再也没有找到他。纪灵，你最好把你所有的精力转到这里。至于查特菲尔德和他的女儿，我想我们应该通知警察出面解决。"

科普尔斯通回到杰明街他住的房间，不解和困惑一直萦绕在他的脑海。在门口的一堆信件上面他发现了一份电报，是奥德丽·格瑞利从斯卡海文发过来的，时间是一天前的一大早，上里只有寥寥几个字：你能来吗？

第十九章　神秘游轮

科普尔斯通在斯卡海文逗留的时间虽然很短暂，但根据他看到和听到的，他觉得对奥德丽·格瑞利有了足够的了解，他坚信如果她没有很好的理由或者很重大的原因，她是不会主动找他的。尽管在与丹尼先生、纪灵先生等的交流过程中，她的行为表现让他确信，她对抛头露面有一种与生俱来的厌恶，对寻求陌生人的帮助也是出自本能的不喜欢。他从来没有想到她会真的发出召唤寻求帮助，他自己也知道他应该马上回到她身边，他的回应是主动的，是发自内心的，他乐意去帮助她。当然，现在就是她在召唤，语言简短但语义是确定无疑的。有人需要他，这个人就是她。对于其他的信他连看都没有看，伸手一把抓起来，把它们塞到口袋里，匆匆忙忙地准备了一下旅行用品，然后向国王十字车站跑去。

到诺卡斯特的旅行需要六小时，他的焦躁与不安一直伴随着整个旅程。当他到达那里时已经是晚上十点了，开往斯卡海文的列车早已在九点半发车，他急忙去找比火车速度更快的出租汽车，以便载他完成最后二十英里左右的旅程。他在皮特伯勒车站就已经给奥德丽拍了申报，告诉她自己已在路上了，将从诺卡斯特乘汽车过去。他找到了一辆他喜欢的汽车，吩咐司机直奔格瑞利夫人的村舍，就在斯卡海文教堂的附近。这时，他听到一个声音在呼唤他的名字，他转身看见一个年轻的、运动员模样的男人从车站跑过来，身体严严地包裹着，披着宽大的斗篷，高举着一只手向他挥动着，脸上也看不出似曾相识的感觉。

"是科普尔斯通先生吧？"来者喘着粗气，急急忙忙赶了过来。"我差一点就和你擦肩而过了。我去车站里边接你但上错了站台。你不认识我，也有可能你在巴西特·奥利弗先生死因听证会的那天见过我，我的名字叫威克斯，盖伊·威克斯。"

"是吗？"科普尔斯通说，"你——"

"我是一个律师，就在诺卡斯特镇，"威克斯回答，"我，至少，我的公司，你知道，我们有时也会代理格瑞利夫人在斯卡海文的事务。我今天晚上很晚才收到格瑞利小姐发来的电报，让我在这里接你，从伦敦来的火车，然后立即陪你一起去斯卡海文。她最后还加了一句话'事急，速办'，就这样。"

"那么，上帝保佑，我们走吧！"科普尔斯通说道。"大约需要一小时十五分钟的时间，当然，"他们上车后沿着诺卡斯特的街道向前开去，他接着说道，"当然，你有没有想过是什么事这么急？"

"我也什么都不知道！"威克斯回答，"但我敢肯定事情一定很紧迫，要不格瑞利小姐就不会这么说了。不知道，我不知道她确切的意思是什么。当然，我知道在斯卡海文一定有什么事情出现了问题——极其严重的问题!"

"你确定,嗯?"科普尔斯通叫道,"现在怎么样了?"

"啊,我也不知道!"威克斯回答,他尴尬地笑了笑。"我要是知道就好了。但是,你知道这个地区的人们都在谈论什么吗?自从那次死因听证会后已经有各种各样的谣言。在诺卡斯特的每一个俱乐部和公共场所传得沸沸扬扬,各种小道消息、猜测、推理。理所当然!"

"关于什么?"科普尔斯通问。

"当然是庄园主格瑞利,"年轻的律师说,"那次听证会就足以引发全社会的关注,大家都认为——他们不能不这么想——有什么事情被掩盖了。每个人都想知道克莱斯维尔·奥利弗先生和佩瑟顿先生申请的死因调查听证会何时重新举行。我知道,你刚刚从大城市来!你听到什么了吗?"

科普尔斯通有点犹豫,不知道是否应该把自己所知的一切告知眼前的旅伴。像所有普通人一样,他总觉得应该把所知的事情告诉律师,在律师面前不应有隐瞒;所以他多少有点想把整个故事都倾诉给威克斯,何况他还是格瑞利夫人的律师呢。但转念一想,斯卡海文的事情尚未查明,他决定等一等,先不说为好。

"我也没听到什么相关的消息,"他回答,"当然,那次死因听证会仅仅是一场滑稽闹剧,这种事情是不该发生的。"

"哦,简直就是一场闹剧!"威克斯表示同意,"事实上,它却产生了截然相反的效果,这是幕后操纵者没有想到的。当然,查特菲尔德和陪审团穿一条裤子！但他忽视了媒体的力量，当地记者很高兴抓住这种有料的新闻进行大肆宣传，几乎所有的诺卡斯特和诺斯伯勒报纸满是有关事件进展的报道。人人都在谈论它，正如我说过的，人们很好奇，不仅要问在美国有没有发现什么证据，为什么整个事件如此神秘，等等。而且，从那时起，大家都知道，庄园主格瑞利已经离开了斯卡海文。"

"听证会以后你见过格瑞利小姐或格瑞利夫人吗？"科普尔斯通问道。他急于避开他们刚才谈论的话题，因为他自认为自己可能是掌握案件信息最多的人。"或者你去过她们那儿吗？"

"没有，自从那天离开后就没再见她们。"威克斯回答，"我倒不是非得尽快见到她们不可，但我确实对这封电报所隐含的内容有点担心，一定发生了什么重大的事情。"

科普尔斯通坐在车里若有所思地偏头看着窗外。现在车已经离开诺卡斯特城市的街道开上了通往斯卡海文的大路，这条路一直沿着海岸向前延伸，很多路段就铺设在地势高而陡峻的悬崖峭壁边缘，在公路和悬崖边缘只有低矮的路墙作为防护。这是一段充满危险的崎岖道路，即便是在光线明亮的白天也需要全神贯注，特别是在转弯的地方更是如此，而这个夜晚又是一个漆黑的夜晚，没有月亮，也没有星星，在这样一个夜晚驱车赶路确实令人胆颤。科普尔斯通已经特别嘱咐过司机，必须尽可能快地赶到斯卡海文，他和他的旅伴的心思都被尽快到达目的地的想法占据，一路上并没有留意持续不断的危险时刻在威胁着他们。车速是那么的快，急转弯时会听到车轮与路面摩擦发出的刺耳的声音，急下坡时车像脱缰的野马直冲而下，这要是在平时，他们会认为这是在自杀，但今晚他们有点顾不得了。就在接近一小时的颠簸奔波之后，道路变得平坦，他们一路来到阿德米拉尔旅馆门口。他们目光马上就被下边码头的异常景象所吸引，本来平静的夜晚码头好像异常明亮，在煤气灯的照耀下可以看到码头上有人影攒动，停泊在南码头的一艘船，也有灯光从船的舷窗透出。

"那里发生什么事了？"威克斯说，"都这么晚了，在这样一个深夜时间，在这样一个地方装船好像没有什么意义啊。"

科普尔斯通没有发表任何评论，他现在更是急不可耐想尽快到达那个小村舍。当车在村舍门口一停下来，他便急匆匆窜出车门，吩咐司机在门外等一下，自己带着渴望沿着小路小跑来到奥德丽家。当奥德丽为他打开门的瞬间，他立刻就把她的双手紧紧抓在自己手中，就这么一直紧紧地握着。

"你一切都好吧？"他赶忙问道，声调显得有点焦虑并充满了关心，女孩也清清楚楚地感觉得到了。"我的意思是，你没有什么事吧？还有你的母亲？你看，直到今天下午我才收到你的电报，然后我就马不停蹄地赶来了。"

"我知道，"她说着，轻轻动了一下被他紧紧握着的手，"我明白。你肯定知道，如果不是觉得绝对有必要，我是不会随便给你拍电报的。你要我答应你，只要我需要就必须通知你，是的，我需要你来，现在就是。"她继续说着，抽出她的手，这时威克斯也走了过来。"我们都很好，就我们个人而言，都很好，但是，确实是有一件重要的事，一定有什么地方出了问题。你们俩可以先进来见见我妈妈吗?"

这时格瑞利夫人已经来到门厅门口,面色看上去有点憔悴,好像是生病了。她招手请他们进来,自己在前领着他们走到客厅,听到奥德丽进来并关上了门后,她转向两个年轻人。

"我非常感谢你们这么大老远连夜赶过来,先生们,我这一生中从未有过,我是从心底里感激你们,无论是因为什么!"她说,"这里发生了一些需要你们男人来处理的事情,我们女人无能为力。我来告诉你们到底是怎么回事。昨天上午一大早,庄园主的游轮,一艘名为派克号的游轮驶进内港,停泊在公园大门对面的码头。我们当然从家里就可以看到它。我们知道庄园主已经出走了,我们想知道它开到这里来要干什么。游轮停泊在那儿不久,我们又看到好像有人在筹划着什么。后来,好多人——庄园的工人们——从庄园里走出来,搬着或者扛着行李箱来到码头,然后装到船上。装船的过程一直在进行,这时,比勒夫人,庄园的一个女管家,急冲冲来到这里,好像处在一个巨大震惊的状态。她说,好多人,有水手,也有庄园里的工人,都在打包,要把庄园中所有最宝贵的东西打包运走——最有价值的油画、古老银器、著名瓷器等老庄园主斯蒂芬·约翰·格瑞利时期收集的收藏品。那可是斯蒂芬·约翰·格瑞利花了成千上万英镑的收藏品啊!还有珍藏版、最贵重的图书也从图书馆里翻了出来;还有各种各样的实物,所有一切只要是有价值的东西。这些贵重物品都被装箱搬到码头装到了派克号游轮上。当时是庄园里的木匠负责管理着这次搬运,他说这是庄园主命令这么做的,并给比勒太太出具了他的书面授权书。当然啦，比勒夫人不可能反对他这么做，但是她急忙赶过来就是想告诉我们，因为她也像其他人一样，亲身经历了最近发生的这些事。所以我和奥德丽不再顾忌我们的尊严，去找了皮特·查特菲尔德。但皮特·查特菲尔德像他的主人一样，已经走了！他是前一天晚上离开家的，他的住房也被锁了起来。"

科普尔斯通和威克斯交换了一下眼色，年轻的律师示意格瑞利夫人继续说下去。

"好，"她补充说，"我再继续往下说。我们离开了查特菲尔德的家，路上遇到了埃尔金先生，他是从诺卡斯特来的银行经理。他开着一辆汽车过来就是要见我，说是私人拜会。他想告诉我一些事情，一些与现在发生的这一切密切相关的事情。他说，在过去的几天内，庄园主和皮特·查特菲尔德已经从银行的两个单独账户中取走了数额巨大的现金。一个账户是庄园主自己名下的账户，只有庄园主使用；另一个账户是家族财产账户，这个账户查特菲尔德有权可以签字支出。从这两个账户中取出的金额非常巨大。当然，正如埃尔金先生所指出的那样，这一切都是按照银行正常流程办理的，没有什么违规操作。但这件事非同寻常，因为一直以来这两个账户总是维持一个数额巨大的账户余额。而且，埃尔金先生还说，最近这么多奇怪的谣言在诺卡斯特地区流传，他感到严重不安，并认为这一次他有责任过来告诉我。现在，我们该做些什么？庄园内的大量贵重物品也是庄园最值钱的东西都被搜刮走了，在我看来，游轮一定是要开到某个国外的港口。要不然的话，他们运走这些贵重物品还能有什么别的目的吗？当然，没有什么是限定继承的，也没有随不动产转移的动产继承物，一切绝对都是庄园主可以自由支配的财产，所以——"

科普尔斯通已经认识到了这番话语所表达的事态的严重性，他明白是他该说些什么的时候了，然后再讨论一下是否该立即采取什么行之有效的行动。

"我觉得还是先把真相告诉你们，"他打断了格瑞利太太说道，"威克斯，在我们来的路上我就应该告诉你的，但是我当时决定等一等，先到这里看看事态的发展再说的，你别见怪。格瑞利夫人，你说的这个自称是庄园主的人，像我一样，根本就不是什么真正的斯卡海文庄园的主人！他根本就不是真正的马斯顿·格瑞利。真正的马斯顿·格瑞利是从美国过来的，他在英国上岸后的第二天就在布里斯托尔的一家旅馆去世了，是皮特·查特菲尔德和他的女儿带他住在那里的。他被葬在布里斯托尔公墓，墓碑上刻的名字是马克·格瑞。这就是我和纪灵在这几天调查的重大发现，这绝对是个事实。所以说，顶着庄园主头衔出现这里的人是一个冒名顶替者，是个骗子！"

听完科普尔斯通这一宣告之后，室内死一般寂静。这对母女木然地看着科普尔斯通好长时间，然后又转身互相对望着。而威克斯立刻明白了当前他们所面临的局势，从座位上站起身来，明显有要做点什么的意图。

"这就是⋯⋯真相？"他谨慎地问道，身体转向科普尔斯通，"不会有什么尚未证实的吧？"

"没有,"科普尔斯通回答说,"铁证如山。"

"那么,事情就一目了然了,"威克斯说,"格瑞利小姐才是斯卡海文庄园的主人,庄园里的所有东西,每一根树枝、每一块石头、每一寸土地,都是她的!我们必须立刻行动起来。格瑞利小姐,你要维护自己的权利,你必须照我说的去做,马上做好准备,从现在开始!来吧,格瑞利夫人,我们一起到码头的游轮那儿去,阻止他们搬运庄园财产的行动。是的,游轮也是庄园的。走吧,我们快点!"

奥德丽犹豫着,眼睛望着格瑞利夫人:

"很好,"她平静地说,"但是,我妈妈就别去了。"

"是没必要!"威克斯说,"我们会和你一起去。"

奥德丽匆匆离开客厅去换衣服,格瑞利太太焦急地看着威克斯。

"你要采取什么措施?"她问道。

"警告所有相关人员。"威克斯说着,下巴一沉,好像在向科普尔斯通表示,他是一个行动果断的人。"如果需要,就警告他们,他们听命的自称为马斯顿·格瑞利的人是个骗子,告诉他们,他们正在搬运的物品的真正主人是格瑞利小姐。当然,斯卡海文的人大都认识我,阻止他们搬运应该不是什么大问题,至于游轮上的人嘛……"

"你不觉得,"格瑞利太太打断了他,"这个人——这个骗子——很会伪装,他现在已经是这里最受欢迎的人了啊?你没看到他们在听证会后为他热烈欢呼吗?你不认为奥德丽去那儿会有危险吗？"

"如果你和我去，是不是就足够了呢？"科普尔斯通建议说。"这个时候把格瑞利小姐拉出去太晚了。"

"我很抱歉，她是绝对必须要去的，"威克斯说，"如果你讲的故事是真的——我的意思是，当然，它就是真的——格瑞利小姐才是庄园的物主，她是女主人，她必须在场。不管怎样，这是目前我们唯一能做的。"他继续说道。这时奥德丽身穿一件宽松的长外套已回到客厅里。"说不定现在我们已经为时已晚，可能那艘游轮已经在驶离这个地方呢。"

当他们与她肩并肩急匆匆走下山坡来到南码头时，所有迹象表明游轮马上就要出发了。岸上的煤气灯正要被熄灭，庄园的工人已经走了，只剩下几个水手在忙着解开缆绳做开船的准备工作。威克斯急忙催促大家通过跳板登上游轮甲板。一个冷酷的、目光敏锐的人出现在面前，显然他是一位主管。

"你是这艘船的船长吗？"威克斯询问道，声音有点威严，"你是吗？我是威克斯，从诺卡斯特来的律师。我正式地警告你，你所认识的自称马斯顿·格瑞利的人根本就不是真正的马斯顿·格瑞利本人，他是个骗子。你们从庄园里搬出来的财产，也就是现在装在船上的财产，都属于这位小姐，奥德丽·格瑞利小姐，斯卡海文庄园的女主人。如果你把财物运走，或者说因为你的原因让船开走离开这个港口，你将会给自己找来麻烦。我代表格瑞利小姐声明，这艘船以及船上的所有物品都属于格瑞利小姐，请勿乱动。"

那个人静静地听威克斯说着，什么也没有说，脸上毫无任何吃惊的表情。当威克斯一讲完这些，他立刻转过身，匆匆沿着舱门楼梯走下船舱，在下边待了几分钟后，又走了上来。

"能请您到这边来吗？格瑞利小姐。"他礼貌地说，"先生们，你要知道我只是一个仆人，能不能请你们到船舱里来？"

他带领他们走下船舱楼梯，踏着一条铺着厚厚地毯的通道，穿过一个打开的舱门，来到一个明亮的酒吧。没有任何顾忌和犹豫，三人就踏了进去，然后就听到背后传来关门和锁门的声音。

第二十章　谦恭的船长

威克斯转身跳回到那扇船舱门口时，门那边钥匙转动的咔嗒声传进了他的耳朵。科普尔斯通最先跟着奥德丽进入船舱，开始毫无畏惧，但突然间一股令人愤怒的被人欺骗的感觉涌上心头。两个年轻人对望了一下，他们和奥德丽都默不作声。威克斯又把手放在门上用力推了推，舱门纹丝不动。

"被锁在里边啦！"他奇怪地瞥了他的同伴一眼低声说道，"怎么回事儿？"

"肯定没什么好事！"科普尔斯通吼道，他暗自咒骂着自己的愚蠢，为什么要让奥德丽离开码头上船。"我们被困住了！就这么回事儿。为什么我们陷入困境并不是一个非常重要的问题，重要的是我们确实被困了。"

威克斯转向奥德丽。

"都是我的错！"他懊悔地说，"都是我的错！但我是一片好意，正常情况下就该这么做的事情，谁能料到会出现这种情况呢？看这里！我们要快点想一想，科普尔斯通，你说那个船长，他现在何处呢？是他自己想到要这么做的吗？或者——是不是还有别人在船上，是谁在船上指挥他做这些事？"

"我不知道现在想这些还有什么用，也不想自问自答，"科普尔斯通回答说，"我们被锁在这里啦。我们已经让格瑞利小姐陷入了困境。她的母亲要是知道这样会焦急不堪、惊慌失措的。真希望我们能让这艘去向不明的游轮开到一个我们喜欢去的地方。"

"别这样！"奥德丽打断了他的话，"多说无益。威克斯先生是按他认为最好的方式来处理这件事的，有谁能预见到这种状况呢？我不害怕，因为我的母亲知道我们在哪里，如果我们不能很快回去，不管为什么，她都会找斯卡海文的警察，并且……"

"也不知这是要把我们带去哪里，需要多长时间。"科普尔斯通冷冰冰地说，"船已经在动了！"

毫无疑问船是动了。就在他们脚下的某个地方，机器已开始运转；上面甲板上有缆绳和锁链急速拖拽的声音。不过，游轮建造得非常完美，豪华的船舱几乎是隔音的，他们坐在那里就像是被囚禁的囚犯，听不到外边船起锚时的嘈杂声音。然而，引擎不断增强的轰鸣声毫无疑问地印证了船正在加速前进。威克斯突然跳上一个酒吧座位伸手拉开上边一个丝绸窗帘，一个舷窗口露了出来。

"船真的已经起航了！"他喊道。

"游轮正在经过外港，我们已经过了码头尽头的照明灯了。这些人把我们带到海上来意味着什么？科普尔斯通！根据你掌握的信息推测一下，无论有没有关联，要是知道船长这个家伙的更多情况就好了！"

"我认识他,"奥德丽说,"我以前曾坐过这艘游轮。他叫安德烈斯,是美国人,也许是美国籍的挪威人,也许是美国籍的其他地方人。"

"那么船员呢?"威克斯问,"他们是斯卡海文人吗?"

"不,"奥德丽回答,"在他们中间没有一个是斯卡海文人。我的堂兄——我的意思是,你知道我的意思——他在今年春天从一位美国百万富翁手里买下了这艘游轮,并接管了船长、船员以及其他一切,所以这艘船还和以前一样。"

"所以,我们这是落在陌生人的手里啦!"威克斯惊呼道,而科普尔斯通则把双手放进口袋里,跺着脚走来走去。"真希望在我们上船之前就知道这一切。"

"但是他们又能拿我们怎么样呢?"奥德丽说,似乎对未来未知的危险持怀疑态度,"你不会认为他们真的是想谋杀我们吧?威克斯先生,我个人认为,如果你不告诉他们我们所知道的一切,我们就不会被关在这里的。"

"他们知道又怎么样?我不明白。"威克斯说着,疑惑地看了奥德丽一眼。

"为什么,"奥德丽笑着回答,她的这个样子让这两位男士相信她真的是无畏无惧,"就是因为你让船长知道了我们已经掌握了很多秘密,于是他跑下船舱,大概是把你说的话又告诉了另外的一个人。然后……这就是结果!"

"你认为,是后来——"威克斯思考着说,"你认为——"

"我想里边的那个人,不管他是谁,他想知道我们到底知道多少,"奥德丽又一次笑着回答,"所以我们会被反复询问,当然是在这个人闲下来的时候。希望他们不要使用拇指螺丝钉之类的东西来对付我们。不管怎样,"她继续说,看了看这个又看看另一个,"我们是不是要更好地利用这次机会呢?我们这就要出海了,这是肯定的,这里是海湾浅滩地段!"

突然感觉到铺着厚厚地毯的地板被抬了起来,一会向左下沉,一会向右下沉,一会突然向前一冲,一会又退回来,跌跌宕宕。最后游轮终于稳定下来,只有持续的汽轮转动的声音传来。奥德丽是正确的,她的同伴们也都明白,游轮正在穿越位于斯卡海文海湾口的浅滩,过了浅滩再向外走,就会驶进北海了。科普尔斯通突然特别想知道这艘船到底要沿着什么方向航行呢,是向北还是向东、或是向南?就在他思考着觉得应该说点什么的时候,门突然被打开,安德烈斯船长,温文尔雅,彬彬有礼,不以为然地走进船舱。

"一千个对不起啊,我只用两句话解释一下吧!"他大声说着,并对格瑞利小姐,也是他现在的女囚徒,深深地鞠了一躬,"首先,格瑞利小姐,我已经让人给你母亲送了一条短信,对她说你很安全,你将在适当的时候回到她身边。第二,这只是一次暂时的留滞,不是扣押,你们都会安全回到岸上。一切都会很顺利。"

威克斯作为一个法律工作者,装出一副最具有法律专业人士的样子。

"你知道你现在的行为会导致什么后果吗,先生?想扣押我们吗?"他质询道,"你会受到指控。"

安德烈斯船长再次鞠躬,脸上露出一副不以为然的微笑。他招手示意两人坐到座位上,自己也拉过一把椅子放在刚刚走进来的门口,背对着门坐了下来。

"我亲爱的先生们!"他恭敬地说,"你们要记住我只是一个仆人,只能奉命行事。不过,我向你们保证,你们不仅不会受到伤害,反而将会受到各种礼遇,最后会回到岸上的。"

"何时?那么,何地?"威克斯问道。

"明天,一定。"安德烈斯回答说,"至于在哪里登陆,我不能告诉你们确切地址。但是到了那里你们就会知道了。我们这么做是不是应该说是很文明了?"

在他说出最后一句话后,脸上现出一种古怪的表情,一排精美洁白的牙齿露了出来。科普尔斯通和威克斯本能地相互瞥了对方一眼,双方都显出发自本能的不信任感。

"不行!"威克斯说,"我坚决要求你马上改变航向,返回斯卡海文去。"

安德烈斯摊开手掌,摇了摇头。"不可能的!"他回答,"我们已经在航行途中了。时间紧迫。请你们接受现实,保持平静,明天你们就自由了。"

威克斯正要对此做出回应,什么保持平静,什么接受现实,他要表达愤怒,坚决予以拒绝。但他突然停了下来,话到嘴边又咽了回去,一个念头冲进他的脑海,这中间一定有什么隐情。这一切都那么神秘,像是奇怪的游戏,也许值得等下去进一步看一看。

"你把这艘游轮开到什么地方呢?"他非常直接地问道,"来吧,现在告诉我们!"

"我只是……奉命行事。"安德烈斯说,又冲他微笑着。

"谁的命令?"威克斯坚持问道,"你听着,试图隐瞒或者是回避事实是没有用的。还有谁在这艘船上?你明白我说的意思吧。是那个自称庄园主的斯卡海文的人吗?"

安德烈斯平静地摇了摇头,面带狡黠地看了一眼问话的人。

"威克斯先生,"他意味深长地说,"我知道你的意思!你是个律师,虽然你很年轻。律师讲话应该是言辞谨慎的,现在,只有我们四个人,没有人能听到我们所说的一切。请告诉我,在甲板上你对我所说的话是真的吗?那个自称是马斯顿·格瑞利的人根本就不是真人?"

"绝对真实。"威克斯回答。

"是个骗子?"安德烈斯问道。

"他肯定是!"

"也就是说他无权处置任何财产?"

"没有任何权利!"

"那么,"安德烈斯说着,朝奥德丽小姐倾身点头做出一个礼貌尊敬的动作,"事实是斯卡海文庄园的所有财产都属于这位女士?"

"一切的一切!"威克斯大声说道,"土地、房屋、家具、贵重物品,包括你开的这艘游轮,还有所有装在游轮上的油画、瓷器、银器、书籍、艺术品，就像我说过的这些，从庄园里搬运出来这些财物，都是格瑞利小姐的财产。我再次提醒你，你要对你现在正在做的事情负责，我要求你立即返回斯卡海文，这艘游轮属于格瑞利小姐！"

安德烈斯听完点了点头，目不转睛地看着这位年轻律师，过了好大一会儿他站了起来。

"我很感激你，"他说，"当然，你是在主张权利，但是另一个呢，嗯？在我看来，也许还有许多与此相关的事情需要进一步搞清楚，你知道吗？所以，我所能做的就是重申我的许诺，礼貌热情地款待你们，为你们提供最好的食宿——这是一艘豪华游轮——并承诺你们安全上岸，在某个地方，明天。格瑞利小姐，我们船上有两个女服务生，我马上就会把她们派到您身边，她们会照顾您的生活起居，请您体谅一下她们。你们，先生们，到我的住处屈就一下怎么样？我有两个相邻的小客舱，供你们使用。"

科普尔斯通和威克斯面面相觑，对望着，又转头看看奥德丽，犹豫不决，甚至隐约还有点怀疑与不安。但奥德丽显然没有惊慌，也没有不安。她点了点头，表示同意船长的建议。

"谢谢你，安德烈斯船长。"她冷冷地说。"我见过这两个女人，你安排其中一个过来就可以了。按他所说的做吧，"她喃喃地说着，转向科普尔斯通，他已经走到了她身边，"我不是一个胆小怕事的人。也就是等到明天嘛，他会让我们上岸，我敢肯定。"

没有什么好争辩的,接下来他们跟着安德烈斯来到他个人的舒适的住处。如果把他们现在所遇到的奇怪陌生的情况完全抛开不谈,他在这里扮演起了主人的角色,表现出真诚的愿望,让他的客人感到放松开心。当他把他们带到住室,过了一会儿,他又一次强调了自己承诺,担保他们绝对安全和自由。

"你看,先生们,你们的行动是不受限制的,"他说,"你们可以在这里自由进出。明天早上你们可以去游轮上你们喜欢去的地方,对你们没有任何限制。睡个好觉吧。明天你们就都自由了,嗯?"

船长离开后,科普尔斯通有几句话想和威克斯谈一谈,单独谈。

"你在想什么呢?"他喃喃地说,"你睡着了吗?"

"我的感想?我知道你在想什么,"威克斯说,"你认为格瑞利小姐现在如果是和她母亲一起在家里才是最安全的!无论如何,她本人没有害怕。一定有什么秘密,在某个地方,我虽然对安德烈斯这个人还没有看透,但我相信我们的人身安全还是没问题。格瑞利小姐住的船舱就在我们的对面。我可以时刻留意那边的动静,即便我们睡着了,我也会保持警觉!"

尽管有了这些保证,科普尔斯通还是睡得很少。第二天他起床后穿好衣服,来到甲板上,太阳正在冉冉升起,阳光照在他的身上,也照在他周围的甲板上,这是一个晴朗凉爽的秋天早晨,他环顾着四周想弄清楚游轮正在驶向何处,但他只看见西边远处的陆地形成的一条地平线。这个时候,奥德丽出现在甲板上,就站在他身旁，看着附近周围没有其他什么重要的人，他冲动地抓住她的手。

"我几乎一夜未睡！"他脱口而出，聚精会神地注视着她，"真不该！都怪我让你陷入这该死的麻烦中来！你没事吧？"

奥德丽就让他紧紧握着自己的手，然后过了好长一段时间才把手从他的手中抽出来。

"这不是你的错，"她说，"谁都没有错。不要责怪威克斯先生，他不可能预见到这些。是的，我没事，我像根木头一样睡得很死。担心又有什么用呢？你知道吗？"她接着压低了声音，走近他说，"我相信该来的事情马上就要来了，接下来的事情将会澄清很多事，会让整个事件变得明朗起来。"

"为什么？"科普尔斯通问，神情有点惊讶，"你怎么会这样想？"

"不知道为什么，也许是出自本能、直觉，"她回答，"另外我非常肯定，船上不止我们几个人，我说的当然不包括派克号船上的船员和船长。我相信还有其他人，无论如何，总有一种神秘的感觉。不要把这些说出去。"她说着，这时候安德烈斯和威克斯也从下面上到甲板上。"要装作若无其事，等着看事态发展的结果。"

她转过身去和刚上来的两人打招呼，表现的是那么漫不经心，好像没有什么不寻常的情况发生。科普尔斯通对她的淡定感到十分震惊，他自己不太具备耐心，迫不及待地想知道什么时候才能看到事情的结果。但一天快要过去了，除了安德烈斯船长还是那么客客气气外，什么也没有发生。游轮就像一艘特别快的机动帆船，继续在灰色的大海中前进，有时会看到海的尽头露出时隐时现的地平线。每当向船长问起他承诺的登陆时，他总是笑而不答或是点点头以示回答；威克斯逼着他要他回答时，他也只简单地说回答说，一天还没有结束呢。威克斯听完他这么说，就把科普尔斯通拉到了一边。

"听我说！"他说，"我一直在尽可能地把事情搞清楚。我觉得自从昨晚我们离开斯卡海文后就一直向北或东北方向走，我也估摸着，这艘船的时速是二十二或二十三海里每小时。那么现在我们已经远离了苏格兰东北部陆地尽头的海岸。夜晚就要来临了，我们会在哪里上岸？"

"在那边有港口，他可以开船入港，"科普尔斯通说，"问题是，他会遵守诺言吗？记住！他肯定很清楚也很明白，无论在哪里上岸，我们都能找到电报局。如果我们愿意的话，我们可以把他做的事电报通知到世界上的每一个港口。而他，最终总要去什么地方吧，总要入港停泊吧，结果，你知道。"

威克斯摇了摇头，仿佛对这个问题不再抱什么期望。他说，这超出了他的想象，他无法猜测安德烈斯船长以后要怎么做，或者接下来将要发生什么，但直到现在什么也没有发生。当他们三个人像犯人一样坐在彬彬有礼的监狱长、也就是安德烈斯船长旁边吃晚餐时，派克号游轮然停了下来，轻轻地荡漾在平静的大海上。安德烈斯抬头看了看他们，笑了。

"你们该上岸了，一个多么愉快美好的夜晚啊，"他说，"别着急，晚餐一结束就会有一艘小船送你们上岸，已经准备好了。"

"我们这是要去哪儿？"威克斯问。

"这个嘛，我亲爱的先生们，你们一上岸就知道了，"安德烈斯回答说，"不管怎么说，你们今晚会很舒服的。明天早上，我想，你们就可以走了，无论你们想去哪儿都行。"

在他的最后的几句话里和微笑后面一定隐藏着什么，这让科普尔斯通感觉很不安，但重获自由的前景是那么美好，他把自己的疑虑先收起来。半小时后，他、奥德丽和维克斯站在甲板上，向下看着游轮旁边的一艘小船，里面有两三名船员，还有一人提着一盏灯笼，前面是黑暗的大海，再往前就是一片漆黑的大地，那就是他们要上岸的陆地。

"你就是不想告诉我们这是什么地方吗？"就在威克斯跟在他人后边准备登上那条小船时又问道，"当然，这里还是我们的本土大陆吗？"

"明天黎明的阳光会告诉你一切，我的好先生，"安德烈斯回答说，"我遵守了我的诺言，你们可以幸运地离开了。"他脸上带着意味深长的表情又加了一句。

当小船离开游轮后威克斯有一种莫名其妙的惊悚的感觉。他注意到几个可疑的情况，当他们一离开游轮，他看到游轮上所有的灯光都被熄灭，或正在被熄灭，或者完全被挡起来；四周已经被黑暗笼罩，在驶出十几个船身长度的距离之后，他们就再也看不到游轮的位置了。这时，一艘小船迎面迅速驶来，掠过他们又驶进黑暗之中，这艘船无疑是从他们将要登陆的岸边开过来的，同样，船上没有任何的灯光。四周都是漆黑一片，岸边也看不到任何灯光，所有的一切完全被黑暗笼罩；一刻钟后，他们来到了满是粗砾石的海岸，又过了一两分钟，几名水手帮助他们三人从小船上下来登上海岸，并把装在小船上的盒子和包裹运到沙滩上，然后把灯笼点燃，最后又跳回小船上，开船消失在黑暗中。一切都在默默中进行，现在也是悄无声息，只有划桨拍击水面发出的声音和看不清楚的海浪冲击沙滩发出的声响。奥德丽的话道出了她的两个同伴所感觉到的事实。

"安德烈斯已经履行了他的诺言，同样他也欺骗了我们！我们被抛弃了！"

黑暗中，不知从什么地方传来了一声叹息，深沉而又令人心悸颤动，仿佛是与奥德丽的宣言遥相呼应。很明显这是人类发出的声音，威克斯急忙抓起灯笼循着声音传来的方向大步追寻过去。就在那里不远处，有个人坐在一块大鹅卵石上，他的整个姿势展示出一种彻底的沮丧和痛苦，这三个被抛弃的人看到的是给他们造成所有麻烦的关键人物：皮特·查特菲尔德！

第二十一章　被困孤岛

对这三个年轻人来说，这是他们人生中最惊奇的时刻。在这样一种背景下，又是在这样一个环境中，看到他们针锋相对的对手是件多么令人震惊的事情。这个死对头正是斯卡海文庄园的经纪人，这让他们感到多么地不可思议。更令人吃惊的是看到查特菲尔德好像正处在一种特别明显的窘迫与痛苦之中。一件厚厚的样式陈旧的宽体大衣包裹着他的身体，一条带格子图案方形披巾围在他的肩上，一顶猎鹿帽用一条扎染印花围巾系在头顶和两只耳朵上。他坐在沙滩上用手按摩着自己的膝盖，同时前前后后微微晃动着他那胖乎乎的身体，每隔一分钟左右就发出一声轻轻的呻吟声，很有规律。他的眼睛盯着从脚下伸向远方的那片处于黑暗之中的茫茫大海，他的嘴唇，即便是不呻吟的时候也是不停地蠕动着；摇晃着身体的时候他的脚趾会抵在砂石上。很显然，查特菲尔德现在的状态很差，特别是精神上。他的旁边有一个半开的工具袋，可以清楚地看到里边有食品和一瓶烈酒，这些充分说明他极差的神态不是因为身体而是精神。

他对他们，奥德丽、威克斯、科普尔斯通，没有表示出惊奇，也没有过多的关注，眼睛发呆，一直盯着眼前脚下的鹅卵石。尽管威克斯举着灯笼照着他的胖脸，三双好奇的眼睛也齐刷刷地盯着他，而他还是木然地坐在那儿，好像对任何事都置若罔闻。查特菲尔德一直情绪不稳定、烦躁，眼睛呆呆地盯着眼前的海滩和黑茫茫的大海，对突然出现的三人没有任何表示，好像他们根本不存在，他的行为和态度极为不同寻常。突然，奥德丽几乎是不由自主地走上前，把一只手搭在他的肩上。

"查特菲尔德先生！"她叫道，"出什么事了？你病了吗？"

她着重强调的最后一句话好像唤醒了查特菲尔德的意识，他的表情发生了一丝微妙的变化。他快速瞅了发问者一眼，眼中流露出一种喜忧参半的蔑视和不屑，还掺入了些许嘲讽式的幽默。他终于开口说话了。

"生病！"他哼了一声，"我有病吗？她居然问我是不是病了！我，一个受人尊敬的人，我只是眼睁睁地看着他们抢劫了我的东西，还抛弃了我，这些没良心的家伙，他们本应该怀着感激之情谦卑地跪在我的脚下！我有病吗？当然是的，我是病了，但这不是身体的病痛与创伤，而是比这个更糟糕。我告诉你这不是什么真正的病痛！我也没有什么病，没有！"

"他没事，"科普尔斯通说，"是他那颗年迈的心灵突然受到了伤害。你没事的，查特菲尔德，是不是？是谁抢劫了你又虐待了你？什么时候发生的，又是怎么抢的呢？特别是什么时候你到这里来的？"

查特菲尔德用他那攻击性和厌恶的目光抬头看着科普尔斯

通，怒目圆睁。

"你最好不要乱说话，年轻人！"他咆哮着，"要不是因为像你这样的人出现，我怎么会到这个鬼地方来，都是因为你。用你的脑子好好想想吧。都是因为你们啊，要不是你们三个昨晚跑到游轮上咋咋呼呼地乱说了一通，我怎么会在这里！我又怎么会变成现在这样一个失魂落魄的人！"

"哎，别抱怨了，我们也是被抛弃的人，查特菲尔德先生。"奥德丽说。"我们不得不说，都是因为你的不守规矩，你的贪婪行为，你的人性的扭曲，才使我们陷入如此境地。你为什么还不肯说实话？"

查特菲尔德脾气有点暴躁，用口齿不太清楚的声音说着什么。

"这是最糟糕的一天，从我开始筹划这一切以来从没遇到过像今天这样倒霉的事，我从没想过会这样。"他喃喃地说，"哎，早知如此何必当初啊。我会把一切都说出来的，当然是在合适的时候！首先我要想办法先离开这个鬼地方。"

"你会离开这个地方，不会是第一个离开，当然也不会是最后一个，除非你告诉我们你是怎么介入整个事件的。"威克斯说，话语中带着威胁的口吻，"你最好把一切都告诉我们，把你知道的都讲出来。现在开始说吧！你认识我、也知道我工作的地方。"

查特菲尔德冷笑着摇着他那颗被厚厚包裹着的脑袋。

"我应该怎么说呢，"他说，"我给他们的不只是一份好工作，我对他们的所有花销也未加任何限制。好啊，你这个家伙，尽管说话彬彬有礼，嘴巴像抹了蜜一样，但看看你做的又是什么事呢！好吧，我也没必要再跟你客气，也绝不会客气！你把我扔在这么个鬼地方，不管这是在哪里，只要我能找到一个电报局，我就会让你吃不了兜着走，让你受苦遭殃！"

"当然啦，你是在说安德烈斯吧，"科普尔斯通说，"现在说出来吧。在他送我们在这里上岸之前，是他把你扔在这里的吧，不是吗？你为什么还不承认？"

"你不会想到的，年轻人，"查特菲尔德反驳道，"我只是感到非常沮丧，但现在我好多了。我还有资本，我会坚持下去，那就是报仇！我要让他们看看，只要我离开这个地方，我会让他们好看的！"

"好了，查特菲尔德，"威克斯说，"你知道这个地方是哪里吗？它叫什么？它是在大陆上，还是一个岛屿？或者说我们到底在哪里？说到要离开这里，很好，但是我们什么时候怎么离开呢？你为什么不理智点，告诉我们你都知道些什么！"

经纪人缓慢、笨拙地站起身来，拉了拉他的披肩，望着大海的方向。在那漆黑的茫茫大海里，可以清楚地听到游轮的推进器持续拍击海水的声音，但是看不到游轮上的一丝光亮，无法断定游轮正在驶向何方。听着穿过深夜的黑暗、从远处传来的有规律的引擎颤动声，特菲尔德突然朝着振动声音传来的方向挥舞着拳头。

"管他呢！"他轻蔑地说，"我们至少还不是在北极，我不是个航海水手，我怎么会知道现在我们在哪里！也许他们不敢在白天把我扔在这里，否则他们的行动毫无价值；也许在这附近没有电话，甚至周围一百英里之内也没有；也许上帝保佑的马可尼①和他的无线电报根本就没在这个世界上出现过！哦，不！你们就等着瞧吧，我的好小伙子们！我要以牙还牙，这就是全部！"

"他不是在和我们说话，威克斯。"科普尔斯通说。"你确定你没事吧，查特菲尔德？看来你已经感觉好多了，起码你已经动了复仇和雪耻的念头，这也是你现在的心灵慰藉。但你最好告诉我们你指的是谁，为什么他们会把你抛弃在这里。听着，查特菲尔德！那艘游轮上有你自己的财物，是不是？继续说下去，为什么会这样？"

查特菲尔德看了提问者一眼，带着一脸愤怒和蔑视。他弯下腰拿起那个工具包，转身就走。

"我不想和你有任何关系，"他回过头来，嘴巴好像放在了肩膀上说道，"你走你的阳关道，我走我的独木桥，我们井水不犯河水。如果不是因为你们昨晚吐露了实情，他们这些忘恩负义的恶魔也不会产生这样的想法！"

他好似知道要去哪里，查特菲尔德沉重而又缓慢地沿着海滩走着，最后消失在黑暗中，只留下三个年轻人无助地站在一旁互相对视着。很长一段时间里，寂静无声，只有经纪人沉重的脚步踩踏在海岸上的沙砾发出的声音传来。最后维克斯开口说话了。

---

① 无线电报发明者。

"我觉得我能看透这一切,"他说,"查特菲尔德的神秘话语有很多暗示。'抢劫''虐待''他们应该怀着感激之情谦卑地跪在我的脚下''复仇''雪耻''马可尼电报''忘恩负义的魔鬼',啊哈,我明白它们是什么意思!查特菲尔德与同伙都登上了派克号游轮,很有可能还有那个江湖骗子。查特菲尔德随船带了自己的所有财物,正如科普尔斯通刚才对他说的那样。在游轮上安德烈斯船长和其他同伙反水,抢夺了查特菲尔德的财物,剥夺了他的权力。当然,如果他早知道会是这样,早就采取措施了。毫无疑问,这伙人已经带着抢劫来的财物,包括从查特菲尔德那儿抢来的财物,逃到远方去了。就是这样。不管这伙人的主谋是谁,老查特菲尔德不会就此罢休的,他以后会想尽一切办法搜寻派克号游轮以及船上的所谓同伙,他会一直找下去,但前提是他要先离开这个地方。"

"我希望我们能知道这是在哪儿!"科普尔斯通说。

"不可能,除非到天亮,"维克斯回答,"不过我倒是有点想法,这里可能是奥克尼群岛①七十个岛屿中的一个:我以前在这里航行过。如果我是对的,很有可能是其中偏远的或是杳无人迹的岛屿之一。安德烈斯,或管控着他的人,把我们和查特菲尔德撂在了这里,他们知道我们要很快逃离这个小岛很难,最少需要几天时间,这几天时间对派克号来说就足够了。他们可以把派克号驶进岸边的某个安全停泊处,重新刷新派克号,给它变个颜

---

① 苏格兰东北方群岛。

色，改个名字，然后再开走，在我们逃离这个岛屿并想办法阻止他们之前，他们完全可以做到这些。我先假设查特菲尔德说的是正确的，我的断言也许太仓促，安德烈斯就应该是那个抢夺了别人财产的人。"

"还没有什么证据能让我相信安德烈斯就是这最后一步行动的唯一主谋，"科普尔斯通心神不定地说，"船上或许还有其他人巧妙地隐藏着。那么我们该怎么办呢？"

奥德丽慢慢走着，逐渐离开了灯笼照耀的光圈，双眼凝视着查特菲尔德离去的方向。

"那边就是悬崖了，肯定的，"她马上说，"我们是不是走过海滩爬到崖顶上，看看我们是否能找到一处避难所，等待明天的黎明？幸运的是我们都穿得很暖和，安德烈斯考虑得很周到，在船上装了一些地毯之类的物品，当然还有很多给养。过来吧！毕竟，我们的运气还没有那么差。我们要知足，至少我们知道查特菲尔德在这里，我们可以把他置于监视之下。记住这一点！"

但是到了早晨，当第一缕黎明的阳光穿过大海投射到岛子上时，维克斯率先醒来，他悄悄离开他的同伴来到海滩，把昨夜送他们上岸的水手一并带来的那些箱子——打开，找出早餐用的物品准备早餐，然后开始对周围的环境作了一次初步的检查。周围没有看到经纪人的身影，展现在他眼前的这一片海滩上，到处是海浪冲击着的岩石、沙砾、鹅卵石，在高高的悬崖脚下延伸不到一英里长；前面的灰色大海海面上看不到任何船帆的标志，也没有路过的轮船留下的一缕烟痕。这地方明显是荒僻、与世隔绝的地方，只有寂静笼罩着一切。

威克斯艰难地爬上悬崖找到一个最高的崖顶，站在这个悬崖的制高点上，他从容不迫地向四周观望，他立刻看到他们确实是在一个小岛上，是星罗棋布似的散布在海中岛屿中的一个。这个小岛向北和西延伸，这是一个楔形的岛屿，他所站立的那片悬崖和下方的海滩构成了小岛最宽的一面，从他所站的位置到小岛远处的一个顶端，他估摸了一下大概有两英里多。在他和那个顶端之间是一片斜坡状的宽阔地区，荒凉不堪，好像自岛屿生成以来从未有人在此耕作过，上面有大量裸露的岩石和砾石，根本没有人类生命的迹象。看不到茅草屋或小房子以及袅袅的炊烟；听不到羊群咩咩的叫声和牧羊人的吆喝声，一切都是静止的，好似这个地方生出来就是这样。他也察觉不到邻近岛屿上有生命的迹象，当然，它们也不是很近。从海雾之中看到的邻近的岛屿都被海雾笼罩，类似仙境，其中有一个岛像瓜皮帽一般的山峦漂浮在海上，这个岛他认为可能是这一群岛的一个主岛。看过周遭的环境他才知道，他和他的同伴都被逐放在一个极其偏远的小岛上，小岛所处的位置也不在船只过往的航道附近，也鲜有渔民到此处来捕鱼。

经过漫长而仔细的观察之后，他站在悬崖顶上转过身去，这时他看见一个男人的身影，就在他所站的位置到小岛远处的一个最远端的岩石交错的斜坡地带中穿行。他自言自语着，那一定是查特菲尔德。查特菲尔德是不是知道这片海域的某个地方有从其他岛屿过来捕鱼的渔船呢？查特菲尔德是不是以前来过奥克尼群岛、熟悉这片海域呢？他是不是知道在某个方位可以找到从其他岛上过来捕鱼的渔船？他在这里四处游荡是不是已经找到了逃离的办法呢？或许，他也只是在考察周围的环境，考虑找到岛上的某个最佳位置，以便吸引过往的船只的注意力？伴随着这些猜测，一个解决当前困局的办法进入他的脑海——他们三人之中必须要有人时刻留意查特菲尔德的动向，无论是白天还是晚上，必须紧紧盯住查特菲尔德。他很清楚明白，科普尔斯通和奥德丽都已明确无误地流露出对对方有好感，他们肯定不愿分开，也肯定不会反对让他们单独待在一起。他决定自己来盯住查特菲尔德。他急忙走下悬崖，向科普尔斯通和奥德丽两人急匆匆解释了一番他所观察到的情况，说明了他的打算，然后拿了些食物动身去盯梢，那个经纪人走到哪儿他就跟到哪儿。

第二十二章　老谋深算

半小时后，当威克斯重新爬上悬崖回到崖顶，再次向远处的小岛顶端的方向看去时，他先前看到的那个男人的身影还在向着小岛顶端的方向艰难地行进。这时他正在转过身来，穿过杂草丛生的地段，绕过一块块裸露的岩石，步履艰难缓慢地朝着威克斯的方向在荒野中移动着。很显然查特菲尔德早已从斜坡的最有利位置从高处鸟瞰分析过周围的地势和环境，并得出结论，岛上地势较高的那个位置是引人注意的最好地点。他笔直地向前走着，一个高大的、笨拙的身影在薄雾中潜行，他要过来和威克斯碰面，威克斯也在用一双生气勃勃的充满好奇的眼睛看着他。他想知道这个人到底把什么秘密深深地封存在自己心中，派克号船上到底发生了什么才让船长或者是船主把查特菲尔德撵下船去，就像是丢弃一个装着变质食物、毫无用处的盒子一样。正在他沉思着的时候，他们相遇了，威克斯立刻看到这个老家伙的心情一夜之间发生了变化。在早晨的清新空气中，一种自命不凡、圆滑世故的表情又回到了查特菲尔德的脸上，他和年轻的律师打招呼的音调，显示出他的干练与狡黠。

"早上好,威克斯先生,"他说,"你看,我们这是在一个多么美好的地方啊,先生。然而,一个人整天忙于事务常常会让我们忘记欣赏周围的美景。不管怎样我们不会在这里待久的!简单说吧,威克斯先生,我要离开这里。我已经观察了周围的地形,我的观点是,我们能做的最好的事情是将应有尽有的干柴点起一堆大火,就在你站的悬崖上,不断添柴让大火持续燃烧。当然,你需要时间考虑一下是否要这么做,我自己要抽支烟休息一下啦,我有点累了。"

他就近找到一块石灰岩巨石俯身躺了上去,舒舒服服地调整着自己肥大的身躯,拿出烟斗,从烟叶袋中取出烟叶装上,点上火吸了起来。威克斯自己站在另一块巨石上十分好奇地看着这个奇怪的同伴,他确信查特菲尔德一定在预谋着什么事情。

"你现在是说'我们'吗?"他突然说,"昨晚你说你不想和我们有任何关系,我们要各自为政,而且……"

"好了,好了,威克斯先生,"查特菲尔德打断了他,"此一时彼一时嘛,在某个时刻一个人想表达的思想在换个时间、换个环境时可能完全不一样,你知道的。事实就是事实,先生,既然上帝安排让我们一起陷入困境,我们就是同为天涯沦落人啊。我不是针对你,也不针对那女孩,我是针对另一个年轻人,他就是一个多管闲事的人。但是我原谅他,他太年轻了。我并没有什么恶意,事情很明显嘛。自从昨晚,我有时间反思了一番,我不明白,为什么格瑞利小姐不直接和我接触来谈条件达成协议,而是要通过你?"

维克斯点燃了自己的烟斗，同时花了些时间认真思考了一阵。

"你在其中扮演的是什么角色，查特菲尔德？"过了好长一段时间他终于问道，"什么角色？当然。你说你要与格瑞利小姐直接协商达成协议。这是因为你知道得很清楚，格瑞利小姐才是斯卡海文庄园的合法拥有者，并且……"

查特菲尔德摇了摇他的烟斗。

"我不清楚！"他回答，似乎是带着真正的急不可耐反驳道，"我不知道这种情况。我告诉你，威克斯先生，我确实不……知……道，我服侍了一年多的、我们称呼他为斯卡海文庄园主的人，不是真正合法的庄园主。我真不知道！这是事实，先生！但是……"他压低了声音，他那狡黠的眼睛变得更加狡猾和狡诈。"我不否认最近一两周中我有了怀疑，一定是什么地方有问题，我不否认，威克斯先生。"

维克斯听到这些感到很惊讶。尽管他很年轻，但他曾与皮特·查特菲尔德有过很多次交往，他一直认为自己了解他，知道他很多事情。虽然他一直是个狡猾的老家伙，但他认为现在查特菲尔德说的应该是实话。但是，在那种情况下，科普尔斯通提到的他们在法尔茅斯和布里斯托尔发生的事件，以及那个死去的人又是怎么回事？他想得很快，然后决心采取直接强硬路线。

"查特菲尔德！"他说，"你想骗我，这样做不管用。事情是明摆着的，我知道得一清二楚！我会坦率地告诉你，是时候揭开事实真相了，我会告诉你我所知道的一切。一切都会真相大白。

你知道得很清楚，真正的马斯顿·格瑞利已经死了，他死的时候你和他在一起，更重要的是，你在布里斯托尔埋葬了他，墓碑上写的是马克·格瑞的名字。见鬼去吧，老兄，说谎有什么用？你知道这才是真正的事实！"

他密切注视着查特菲尔德的脸，他很吃惊，他那充满戏剧感的脸上看不到一丝受到影响的痕迹，只有一丝傲慢的微笑。查特菲尔德不仅没被他的话语惊到，反而明显表现得淡定自若。

"精彩！"他说着，沉思了一下，"是的，听到这些我不奇怪。这是科普尔斯通的杰作。当然，我和他会过面，一见到他我就知道他是个侦探或是这一类的人。克莱斯维尔·奥利弗爵士为了他兄弟的事小题大做，当然，他兄弟，可怜的人，不小心摔下来摔断了脖子，很偶然的事件。科普尔斯通却掺和其中，还有那个伦敦的律师佩瑟顿。好啊，好啊。但是，威克斯先生，这不会改变事实。不会改变什么！"

"上帝保佑，老兄，你这是什么意思？"威克斯惊呼道，他现在是越来越迷惑了，"你的意思是想告诉我什么。来吧，说吧，查特菲尔德，我不是一个傻瓜！科普尔斯通已经发现了这一切！现在，我觉得也没有必要保守秘密了。马斯顿·格瑞利临死的时候你和他在一起。你注册他的死亡时用的名字是马斯顿·格瑞利。然后……"

查特菲尔德轻声笑了，同时迅速用眼角瞅了他的同伴一眼，接过了话茬。

"然后再把另一个名字刻在墓碑上，并且是在六个月之后，是这样吗？"他平静地说，"威克斯先生，当你像我这么老了，你就会明白，这个世界是个充满谜团的世界，就像在大海中你随时会看到叫不上名字的鱼一样！"

维克斯眼睛盯着对方默默无语，陷入长时间的深思。他觉得查特菲尔德在整个事件中是个神秘人物，也觉得对发生的事情有点迷惑。秘密到底是什么？查特菲尔德显然知道得很多，而他却什么都不知道。他感叹老家伙的冷静，对发生在布里斯托尔的事实他都快要承认了，却收住了口。他对他们的轻蔑的态度，所有这些都使他情绪低落，感到无助。查特菲尔德看见了维克斯的表情变化，笑了笑，从他的大衣中拿出一个袖珍酒瓶，喝了一小口烈酒。当然，在喝酒之前他礼貌地表达了让维克斯先喝一口，但威克斯摇摇头拒绝了。

"不，谢谢。"他说。他继续盯着查特菲尔德，就像他盯着狮身人面像一样生怕它突然在眼前复活。最后他只能想到一句话。"为什么？"他毫无目的地问道，"为什么？"

"你说什么呢，现在？"查特菲尔德诡秘地一笑，反问道。

"关于你说的话，"维克斯回答，"是关于格瑞利小姐的，你知道。我完全被这一切搞迷糊了。你显然知道得很多，当然你不会告诉我！你真是深藏不露、老奸巨猾啊，查特菲尔德。但是，现在就你我两个人，你该可以说点什么吧，当你说你不明白为什么格瑞利小姐不来和你一块协商一下，你指的是什么呢？"

"我不是说过在这一两周里，我对庄园主有怀疑吗？"查特菲尔德说，"我确实怀疑过。我也已经让他们开始怀疑了，直到昨晚我对他们的怀疑更加强烈。所以，我说的是这个。如果事实证明格瑞利小姐才是斯卡海文的合法拥有者，并且如果我帮助她提出她拥有所有财产的合法地位，还有，如果让我帮助她追回那些已经装在派克号上的贵重物品，你要知道，估计有六到八万英镑的东西，银器、瓷器、绘画、书籍、挂毯等装在船上的，威克斯先生！我是说如果，我要是做了这一切的话，格瑞利小姐会给我什么呢？就是这些，简简单单，直截了当。"

"我认为，"威克斯冷淡地说，"当然，很好！你最好去跟格瑞利小姐说清楚。来吧，现在就去！"

再说，科普尔斯通和奥德丽，他们从安德烈斯把他们送上小岛时留给他们的盒子里找出物品做了早餐吃过后，就爬上悬崖顶来找威克斯。当他们在下边远一点的地方看到他和查特菲尔德在一起向下走来时感到很惊讶，特别是看到他们二人那显而易见的虽然说不上像是朋友，但还是有那么点亲密的样子时，更是吃惊。他们在岩石间一个就近的角落里停下来，静静等待着这对奇怪的组合到来。威克斯走近他们，给了他们一个奇怪的和心照不宣的表情。

"查特菲尔德先生今晚一直在反思自己。"他严肃地说，"他渴望和平的关系。以前他没搞明白——现在，正在反思——为什么他和格瑞利小姐就不能好好协商达成一致。查特菲尔德先生希望讨论一下条件。是这样吗，查特菲尔德？"

"不错，先生。"经纪人表示同意。他一直认为站在他对面的这对年轻人是仁慈的，也是宽宏大量的。现在，他向他们举着帽子。"您的仆人，夫人。"他向奥德丽鞠了一躬。"您的仆人，先生。"他继续说，并对科普尔斯通也鞠了一躬。"嗯，人与人之间和平相处远比让误解永远存在下去要好得多。科普尔斯通先生，尊敬的先生，你和我在过去有过不愉快，我已经不去想这些了，先生，忘记那些不愉快的记忆。过去的就让他们过去吧！我渴望的只是更好的感觉。恰好威克斯先生会重复他和我之间发生的事。"

科普尔斯通像扎根在那儿一样愣愣地立在那里，吃惊地看着、听着威克斯匆忙地大致把他们之间刚才的对话内容复述了一遍；他张开嘴，讲不出话来。但奥德丽笑眯眯地看着威克斯，仿佛查特菲尔德是一个新的娱乐小丑。

"威克斯先生，你怎么说？"她问。

"好吧，如果你想知道，"威克斯说，"我相信查特菲尔德说的话，他确实……不……知道庄园主……不是……真正的庄园主。你们似乎觉得奇怪，但我相信！作为一个律师，我相信。"

"哎呦，好家伙！"科普尔斯通终于回过神来惊呼道，"你居然相信？"

"我是这么说的。"维克斯反驳说。

"谢谢你，先生，"查特菲尔德说，"我很感激你，尊敬的科普尔斯通先生。先生，你或许还不明白，生活中有很多无解之谜，你总有一天会明白的。有位诗人说过，事情不是它们看起来的样子，他说的是实话。"

科普尔斯通气愤地转过身面对着威克斯。

"这是一场闹剧吗?"他叫道,"天哪,伙计!你知道我说的事实!"

"查特菲尔德先生有另一个版本,"威克斯回答,"为什么不听听他的版本呢?"

"谈谈条件,威克斯先生,"查特菲尔德说道,"谈谈条件,先生。"

"什么条件?"奥德丽问,"查特菲尔德先生的个人报酬吧,当然。"

查特菲尔德在这一人群中表现得最漫不经心,他自己坐在岩石上看着他的听众。

"我在这里刚刚对威克斯先生说过,如果我帮格瑞利小姐夺回她的财产,我应当得到奖励——可观的报酬,"他说,"请注意,我不知道我能不能做到,因为我说过我不知道,作为一个严格的事实,我不知道这个人,我们称之为庄园主的人不是真正的庄园主。但最近发生的事件——就是最近几天发生的事件——让我起疑了,怀疑他不是,而且碰巧我可以做一些事——一些很重要的事——把他驱逐出去。现在,如果我帮助做到这些事情,格瑞利小姐您会继续让我做斯卡海文房地产经纪人这个职位吗?"

"除非最后证明你没有参与其中,否则你就别想了,查特菲尔德先生。"奥德丽思维敏捷,用充满活力的话语直接回答,这让她的同伴很吃惊。"所以我们不需要讨论,你永远不会成为我的经纪人!"

"好的，女士。完全没有出乎我的意料。"查特菲尔德说，有点逆来顺受的样子。"我总归是一个被误解的人。不过，在这里换种说法可能会更容易让人接受。大家都知道我应该每年有五百英镑的退休养老金，这家人早已承诺过，我有书面证明材料。如果格瑞利小姐入主庄园，她会不会兑现这个承诺？我作为一个忠实的仆人在庄园工作了将近五十年，威克斯先生，所有的邻里都知道。"

"如果我成为庄园的主人，就像你所说的那样，你会得到你的养老金的。"奥德丽说。查特菲尔德慢慢伸进那件宽敞的大衣口袋里，掏出一本笔记本和一支钢笔，并把它们交给维克斯。

"我们就把这些写下来，签署名字和见证人。"他说。"威克斯先生，如果你愿意的话，请写上：'如果我成为斯卡海文庄园之主，我同意皮特·查特菲尔德以五百英镑一年的退休金立即退休，我会按季度支付退休金，确保他一生的生活无忧。'如果格瑞利小姐签署了这份文件，还请你们大家一起做个见证，我会考虑今后为格瑞利小姐服务。而且，"他用一句意味深长的话补充道，"作为一个朋友我会有更多的用处，我也不应该成为你所说的敌人，威克斯先生知道这一点。"

威克斯与奥德丽进行了短暂协商，事情的结果是正式签署协议，证人签字，查特菲尔德将文件放入口袋保存起来。查特菲尔德点了点头表示满意。

"好吧，"他说，"那么从现在开始，女士、先生们，接下来的事情就是想办法离开这个荒岛，能够回到我们到这里来的轨迹上去。我们最好点上一堆大火，就用这些干东西。"

"但是你不是要告诉我们那些内幕消息吗？"威克斯说，"我知道你要告诉我们的。"

"先生，"查特菲尔德回答，"我会告诉你们的，我会在适当的时候把我知道的一件一件地全部透露给大家。所有事情，先生，是全部事情！现在要做的是让我尽快找到一个最近的电报局，我们必须做一些事情，极其重要的事情。先让我点起火吸引过往船只的注意吧。我以前曾在这片海区航行过，经常有蒸汽机船从柯克沃尔（英国苏格兰北部奥克尼群岛最大的城镇、渔港和首府）那边的港口驶出并路过这里，我们必须引起过往船只注意，只要登上任何一艘船就够了。然后就是去电报局！那就是我首先要去的地方。我要点起火来，只要我得到机会把电报发出去，很多电报，我就会把别的地方的火也点燃了！"

他悠闲地脱下披肩和大衣，把它们放在一块凸出的岩石上，然后走出去四处寻找干树枝和干草，并把收集到的干柴火夹在腋下或拿在手里。三个年轻人平静、好奇地交换着眼色。

"这是不是又是一个新的秘密？"奥德丽问道。

"全是虚张声势！内心在搞鬼，"科普尔斯通低声吼道，"他是我所见过的最老辣的江湖骗子！"

"这次你可要看走眼了，老伙计！"维克斯打断了他，"他是个坏家伙，但现在他站在我们这边。我确信这一点。这是一场戏，他参与导演的戏，并且是深深陷入其中了，我不知道这是出什么戏，但是明显对我们有利。查特菲尔德已经把他自己的兴趣和感情传递给了我们,就是这样。当然他有他自己的目的,并且——"他突然停了下来,凝视着大海,然后跳了起来。"查特菲尔德!"他轻声地叫,"你不必再点火啦,来了一艘蒸汽机船!"

第二十三章　游轮返回

　　查特菲尔德双臂腋下夹着满满的干草和枯树枝，听到威克斯的召唤，他突然转过身，沿着年轻律师手指的方向朝远方眺望，眼睛一直盯着海面。他那狡黠诡诈的小眼睛已经睁大到了极限，突然他的眼睛放松下来恢复到平常状态，脸上带着狡猾与满意的表情。他扔掉了双臂夹着的干柴，掏出一块五颜六色的大手帕擦着高高的额头和秃顶上的汗水，仿佛是紧张的心情突然放松下来，导致他大汗淋漓。

　　"我真没想过我们这么快就要从这个鬼地方逃出去了！"他叫道，言语中充满着欣喜不已。"他们肯定以为只要把我扔在这里就能困住我至少一个星期，毫无疑问，他们悄悄离去的时候一定是这么想的，把我远远地抛在这里！但我活到现在，一直都虔诚地礼拜上帝，上帝不会抛弃我不管的。威克斯先生，如果你活到我这么大年纪……"

　　"不要亵渎上帝啦，查特菲尔德！"威克斯说道，话语很粗率，"别说这些没用的！我们最好考虑一下那艘轮船上的人有没有看到我们。无论如何，我们还是要点燃那堆火！"

"它正在朝着这个小岛航行。"科普尔斯通提醒说,他一直在认真观察着正在靠近的那艘船。"船正在笔直地朝我们开来,我认为船上的人已经发现了我们。"

"它应该是开往柯克沃尔的一艘船,"威克斯说着,手指向北边的岛屿,"如果是这样的话,它就有可能只是路过我们西边的航道。火,快点!大家都来吧,让我们用这些东西制造一个大的烟雾。"

周遭风平浪静,干草和枯树枝堆在一起像火绒球一样干燥易燃,他们几乎没有什么困难就弄出一股浓厚的烟柱,高高地升向天空。但是奥德丽眼睛不再盯着火堆,而是转过脸来,突然用一种质疑的目光看着科普尔斯通,似乎在寻找自己百思不得其解的答案。他们站得离另外两人不远,她压低了嗓门对科普尔斯通说话。

"听我说!"她喃喃地说,"我认为我们不必费心去管这堆火。那艘船,不管怎么样正在向我们驶来。你看!"

科普尔斯通把手遮在眼睛上方,盯着远处的海面。那艘轮船就在不超过两三英里远的地方,但它航行的方向与他们是一条直线,船头正对着他们,上层甲板和信号灯被船上的烟囱中冒出的黑烟云遮蔽着,看不太清楚,也无法看清楚船的外形。科普尔斯通的第一个想法是,它是一艘海军巡逻艇,或者是一艘扫雷舰。不管它是什么船,似乎所有迹象都明确它是直接驶向这个小岛,靠岸的地点就是他们这些落难者前一天被抛在岸上的地方。非常明显,它正急于向目标靠近。

"我想你是对的,"他转向奥德丽说,"但奇怪的是,任何船都不会在这样一个荒凉的人迹罕至的荒岛停泊靠岸啊。你有什么……你心里有什么想法?"他突然停下来看着她,她也看了他一眼。"这是怎么回事?"

奥德丽摇了摇头,然后谨慎地看着查特菲尔德。

"我在想,是不是派克号游轮又开回来了?"她低声说道,"如果是的话,为什么呢?"

科普尔斯通开始仔细盯着来船认真观察着,一直没有说话。这时威克斯那喜悦的大声喊叫声传了过来,声音大得好像能穿透岩石。

"快来看,你们两个!"他喊道。"船看见我们了——它开过来了,他们要放小艇过来。我们快到海滩上去,好让他们知道安全着陆的地点。"

他跳跃着,沿着悬崖边崎岖的路径急速向下走去。查特菲尔德拿起他的外套和围巾,准备跟着他走;奥德丽和科普尔斯通则在原地徘徊,直到查特菲尔德移动着笨重的步伐慢慢向下走去。

"如果真是派克号游轮又返回来,"奥德丽说,"一定是发生了什么事情,太不正常了。到底是谁呢?是谁在派克号上?否则派克号不会回来接我们!"

"你觉得有人在派克号上,除了安德烈斯船长之外?"科普尔斯通提出疑问。

"我相信这个人一定是那个自称马斯顿·格瑞利的人,肯定是他在派克号上,"奥德丽自信地宣称,"我一直这样认为。我不知道查特菲尔德是否知道。我自己的猜测是查特菲尔德知道。我相信查特菲尔德曾和他们在一起，就像以前一样。我觉得他们是一起策划了这次行动，从斯卡海文掠夺了尽可能多的财物，只要是能带走的都被装上了船，有了那么多的斯卡海文庄园的财产，他们觉得查特菲尔德再也没有什么用了，然后就把他捆绑了起来，偷偷把他运出庄园，塞到船上。而且，如果真是派克号返回来了，那也一定是因为查特菲尔德，他们一定还需要他！"

科普尔斯通突然认识到，女性的直觉本能真就解决了问题，男性的直觉却远远不能做到这一点，这也是他对很多细节至今悬而未解的原因。

"上帝啊！"他轻声喊道，"那么如果真是这样，这就成了查特菲尔德的另一个游戏。你还相信他吗？"

"我自认为如果我完全相信皮特·查特菲尔德说的话，我就离精神错乱不远了，"她平静地回答，"当然，他完全是在玩他自己的游戏，以他的余生做赌注，他需要得到他的养老金——如果我有权利给他兑现——但至于相不相信他——噢，不！"

"我们先看看他们要做什么再说，"科普尔斯通说，"肯定会发生什么事情，否则派克号是不会回来的。"

"看那里，那里。"奥德丽喊道，他们这时已经开始沿着悬崖边向下走去。"你看，查特菲尔德好像感到不安了。"

她指着下面的海滩，查特菲尔德已把大衣、披肩、头巾等穿戴了起来，把自己厚厚地包裹着，站在一块岩石脊背上，双眼盯着来船，同时与威克斯交谈着什么。很显然，威克斯说了点什么，计他警觉起来。正当他们向沙滩这边赶过来的时候，突然听到查特菲尔德情绪激动、言语慌乱的声音传了过来。

"别再说了，威克斯先生！"他带着哀号的声音恳求道，"看在上帝的份上，威克斯先生，别再跟我提那种想法，你让我觉得很不舒服，威克斯先生，这比噩梦还糟糕！不，先生，不，你肯定弄错了！"

"我敢跟你打赌，五镑对半个便士，这艘船就是派克号。"威克斯反驳道。"我认出了船的帆缆。此外，它直奔这里。科普尔斯通！"他转身朝着正向他们赶来的这对年轻人大声喊叫着，"你们知道吗？我认为那船就是'派克号'！"

科普尔斯通用手轻轻捏了一下奥德丽的胳膊肘。

"看看查特菲尔德那个老家伙！"他低声说。"我的上帝！看看他。我们来啦，"他大声回应道，"我们知道这是派克号。我们从悬崖上就看出来了，它正在朝我们开过来。"

"哦，是的，这就是派克号，"奥德丽也大声叫道，"你怎么不高兴呢，查特菲尔德先生？"

老经纪人突然把他的大胖脸转向三个年轻人，懦弱的、恐惧的表情让人一览无遗。科普尔斯通刚想说句讽刺的话嘲笑他一下，但话到嘴边又咽了回去，因为查特菲尔德皱巴巴的脸颊和下颚已经被惊吓成了白色，白得像粉笔一样，豆大的汗珠已从脸上滚落下来；他的嘴静静地张开又闭上，突然他抬起双手紧紧握在一起，膝盖开始颤抖不停。很明显，这个人已经被惊吓害怕到了极点。就在他们惊讶地看着他的时候，他的眼睛开始转动起来，搜索着岸边和悬崖周围，仿佛他是一只被追猎的动物正在搜寻一个洞穴或岩石裂缝，以便藏匿逃避猎杀。正在不断接近岸边的船上的马达轰鸣声突然增强，变得异常响亮，震颤的声音传进他的耳朵，他突然转向威克斯，表情让三个旁观者感到震惊。

"看在老天爷的分上，威克斯先生！"他用一种奇怪、紧张、颤抖的声音说，"看在上帝的分上，我们快离开这里吧！威克斯先生，待在这里不安全，对你我都一样。我们最好快跑吧，先生，我们先跑到小岛的另一边去再说吧，那里或许有山洞，或是其他什么地方。我们可以先躲起来，直到有其他船只开过来，或者直到这些人离开。我告诉你们，我们在这里等他们上岸是很危险的！"

"我们并不害怕，查特菲尔德，"威克斯答道，"你这是怎么啦？为什么？老伙计。你是杀了人还是怎么的，为什么这么害怕？你认为这些人回来想要干什么？为了你，当然。你逃不掉的。如果他们想要找到你，他们会在岛上搜寻直到找到你。你一直在欺骗我们，查特菲尔德，有些事你藏在心里没有告诉我们。都这个时候了，说出来吧，到底是为什么？他们回来要干什么？"

"是的，查特菲尔德先生，派克号回来要干什么呢？"奥德丽重复着走近他，"现在，你还不想告诉我们实情吗？"

"正是派克号游轮，"科普尔斯通说，"看那里！他们要放一条小船过来。最好快点说吧，查特菲尔德。"

经纪人脸色苍白地望着游轮。派克号在原地转动着，最后停了下来，吱吱嘎嘎地放下一艘小船，铰链转动的声音像是一种威胁信号传到这个担惊受怕的人的耳朵里,他发出了一声低沉的叹息,无奈地笑了一下,眼睛再次盯着悬崖附近。

"一点都没有用,查特菲尔德,"威克斯说,"你不可能逃开的。别费神了,老伙计!你为什么这么害怕!"

查特菲尔德悲叹着、迟疑不决地走近他们三人,好像他们的存在就是他能找到的唯一安慰。

"都是因为钱!"他低声说,"钱都存在诺卡斯特银行,有两个账户。他,庄园主,授权给我,让我以他的名义取出账户里的所有资金。你知道,另一个账户,也就是庄园的账户,那是我可以直接管理的,大约五万英镑,威克斯先生。我把钱全部取出并换成了黄金,装在密封的箱子里。他们,就是船上的人,想让我带上我的箱子一起登上派克号游轮,我确实也带箱子了,你明白。但箱子里的黄金被我换成了铅块,真正的东西被我藏起来了——埋藏起来了,别问我埋在哪里了。我知道他们回来是为了什么!他们打开了我带到船上的箱子,发现里边没有黄金只有铅块。他们需要我!我!我!他们会折磨我,让我说出真正装黄金的箱子在哪里,钱在哪里。他们会折磨我!哦,看在上帝的分上,把我藏起来吧。不要让他们发现我,让他们离我远远的。以后我会告诉格瑞利小姐那些钱藏在哪里。哦,上帝啊,他们来了!威克斯先生——威克斯先生——"

他把自己的身体靠近威克斯,仿佛要紧紧抓住他,但威克斯灵活地跳到了一边,查特菲尔德摔倒在沙滩上,躺在那里呻吟着,而另外两人看着他,然后又彼此对望着。

"唉！"维克斯终于说话了，"就这些吗？这就是全部？查特菲尔德？你还想欺骗我们所有人吗？嗯？我认为你早就应该告诉格瑞利小姐，就在这些人想窃取所有钱财的时候就该说。如果你早这么做你就帮到了你自己，不是吗？现在我知道了，当我们登上那艘游轮时，你在做什么？你也是那帮劫匪中的一员，你是想把这些钱和他们的抢劫行动挂上钩，以后再找机会脱身，然后独吞那些钱。"

"我没有，我没有！"查特菲尔德尖叫着，他的手和脚在沙滩上乱抓乱踢。"我打算在到达苏格兰港口的时候溜出去，逃脱他们的管制，然后——"

"那样的话，你就可以去找埋藏的宝箱，自己带着钱逃之夭夭，"威克斯嘲讽道，"查特菲尔德，你是一个十足邪恶的老流氓，一个十足的骗子！快把刚刚签过的协议给我，就是格瑞利小姐刚签过字的协议，立刻！"

"不！"奥德丽插嘴说，"让他保留着吧。他现在就会有麻烦了。很明显他们想要找他。"

查特菲尔德听奥德丽说完最后几个词，转身看着冲击着岸边的海浪。那艘小船已经搁浅在鹅卵石上，五六个人从船上跳了出来，迅速地来到海滩上。

"他们带着枪呢，天哪！"科普尔斯通叫道，"你没有任何机会了，查特菲尔德！"

经纪人突然从沙滩上跳起来，充满恐惧地吼了一声。他只看了他们一眼转身就跑，步态有点笨拙，但因为恐怖，逃跑的速度令人难以置信,他径直向岩石区方向狂奔而去。这时,其中两个人听到他们队长的命令后拿起步枪开火了。一声震耳的尖叫,在岸边引发了一系列回声,惊飞了海鸟,也让奥德丽抬手捂住耳朵。查特菲尔德展开双手,重重扑倒在沙滩上。

"这纯粹是谋杀!"威克斯惊呼道。小船上下来的人也快速跑了上来。"你们要对此事负责,你们明白,除非你们想谋杀我们所有人。"

那个队长,一个面带笑容的人,毕恭毕敬地摸了摸他的帽子,咧开大嘴笑着。

"上帝保佑你,先生,我们是以二十英尺的速度射击他的头部!"他说,"他太宝贵了,我们怎么能舍得射杀他呢?游轮上的人都非常想念他。现在,伙计们,把他抬起来装到小船上。他很快就会醒过来的,并且他会发现身上连一颗子弹都没有中。快点动手,现在!各位先生,船长向你问好!"他继续说道,又转身对着威克斯,一边指着水手们正在从船上卸下一些东西,"他知道这两天内没有船只经过,先生们,他给你们送来了更多的东西,还有一些包裹和一些书籍、报纸。"

第二十四章　鱼雷驱逐舰

这些人捆绑了查特菲尔德，抬着他穿过海滩扔进小船里，很快就把他运回派克号上。威克斯和他的伙伴们从吃惊中回过神来，那个队长带给他们的信息是那么冷冰冰，令人信心骤降。

还是奥德丽用一声清脆的笑声打破了沉默。

"安德烈斯船长肯定是一位彬彬有礼的、最完美的海盗，"她大声说，"那么多的食物，那么多的包裹，还有书籍和报纸！有没有人听说过被绑架的人受过这样好的待遇呢，哪怕一半的待遇也没有吧？"

"这两天内没有船只经过，这家伙是什么意思？"科普尔斯通吼道，愤怒地注视着远处的游轮，"他为什么就这么肯定？"

"我应该说，他知道在柯克沃尔和大陆之间航行的所有船只一周或者两周之内的航行规律。"威克斯回答说，"好吧。无论如何，知道这一点也很好。接下来，等到派克号匆匆离去之后，我们还是要点上火堆，制造一股烟柱，让数海里之外的人都能够看到。现在就做点实在的事吧，我去收集大量的干草、柴之类的东西——现在你们俩可以把海滩上的那些箱子和物品整理一下，看看我们好心的船长好心好意给我们送来了什么。"

他转身离去，再次登上悬崖。奥德丽和科普尔斯通又一次单独留下，他们互相看着对方，笑了。

"没错，"科普尔斯通说，"我喜欢你的地方就是困难临头时你那种镇定自若的态度和处事方式。"

"除了平静对待以外，还有别的选择吗？"她问，"此外，我从来没有害怕过，也没有特别担心过。我总觉得我们之所以被流放在这里，是绑架我们的人出于安全考虑才这样做的，只要他们带着偷偷掠夺来的财物到了安全的地界，我们就可以从这里出去了。至于我的母亲，我很了解她，我确信她会很快判断出事情的严重性，并采取相应的措施。如果因为我母亲采取的措施让我们获救，或者她已经派人去抓捕被劫持的派克号游轮，你可千万不要惊讶啊。"

"好！"科普尔斯通说，"但至于派克号，不知你是否注意到，就在它停泊在这里的几分钟里，我敢肯定地说，威克斯没有注意到异样——他那时太忙，忙于盯看查特菲尔德表演呢。"

"我也是光顾着看查特菲尔德了，"奥德丽回答，"你有什么发现？"

"我认为自己平时还是非常细心的，"科普尔斯通回答说，"我似乎看出了一些端倪——也就是在一念之间，你不明白的。自从我们登上这艘游轮就对它有了一定认识，后来又被毫不客气地从船上扔下来，我发现派克号游轮已经换了一种截然不同的新漆。我敢说船也更换了名字。所有这些迹象，我认为他们把我们扔在这里后，把船悄悄开回到苏格兰海岸的某个小海湾或者某个通海的小港口，并在那里把船重新漆成别的颜色以转移视线，最后再把改过漆的游轮开到世界的另一边去。但是，就在重新改漆的这段时间里，安德烈斯和他的同伙，正好有空闲去检查那些箱子，也就是查特菲尔德告诉我们的那些装黄金的箱子，当他们发现查特菲尔德欺骗了他们，于是立刻快速回到这里。现在他们要的是让他说出箱子的真实下落。"

"他们这不是在找死吗？"奥德丽应声附和道，"我敢肯定，我的母亲已经加快了追拿他们的行动步骤。"

"他们十分狡猾，"科普尔斯通说，"无论如何，为了五万英镑的金子，他们会觉得冒一次险很值得。他们要做的就是先找一个非常僻静的小港口，在苏格兰北海岸线有数以百计的这种港口，让查特菲尔德带他们到藏匿黄金的地方。查特菲尔德就像所有的流氓无赖一样，表面令人讨厌、甚至可怕，但他其实就是一个胆小鬼，如果把枪举到他头顶上，他什么都会说出来的。现在他们已经抓到了他，他们会逼他吐出真言。让他滚一边去吧，这与我们有何相干！我要去看看那一堆东西，我有些迫不及待啦！"

"我们抓紧时间吧，赶快去看看我们慷慨的强盗船长到底给我们带来了什么好东西，然后，"奥德丽说，"把这些东西都搬到我们的藏身处。"

科普尔斯通走下去，来到那一堆刚从小船上卸下来堆放在海滩上的物品那里，两只小型行李箱，一捆外套与靠垫等衣物，还有一些书籍、杂志和报纸。他拿起一张报纸，大喊了一声，暗示有了重要的发现。

"快来看这个！"他叫道，"看到了吗？一份《苏格兰人报》！日期就是今天！再看这里，《阿伯丁自由新闻报》，同样是今天的日期！"

"是吗？"奥德丽问，"看看上边有什么新闻吗？"

"还需要看有什么新闻吗？"科普尔斯通反问道，"你的推理能力跑哪里去了？为什么，这表明派克号今天早晨所在的地方可以买到阿伯丁和爱丁堡的晨报。因此，游轮一直如我所指出的那样，今晚一直在苏格兰北海岸的某个地方。现在是中午时分，它是一艘快速游轮，我猜测自从游轮离开我们，它行驶出的距离应该是在六十英里范围内。"

"我们推测一下它会去哪里是不是更好？如果我们想找到它时就会知道它在哪里。"奥德丽问道。

"我们最好还是考虑一下什么时候会有人来，什么时候会找到我们。"科普尔斯通回答着，并把其中的一个行李箱扛到肩上，"然而，人们常说正是由于这种对未来的不确定性才会带来意外的喜悦。我们就一起经历品味吧。"

然而，意外的喜悦虽好，但过程让人难以忍受。他们俩把新送来的东西一件件搬到搭建在岩石之间一个角落的掩藏处，任务尚未完成，维克斯就从悬崖的尖顶上向他们挥手，兴奋地向他们呼喊着。

"我说，你们两个！"他喊道，"有一艘船正在开过来，西南方向。快看！那边！"几分钟后，当他们爬上悬崖，气喘吁吁地站在他的身边时，他又说道："在那边很远处，虽然只是一个大黑点，但明显是船！你们俩知道那是什么吗？你们谁知道？你们不知道吧？好吧，我知道。我应该知道，因为我自己就是英国皇家海军志愿后备队队员。这是一艘军舰，我的朋友！鱼雷快艇驱逐舰。再说了，尽管船离得很远，凭我的经验和所掌握的舰艇知识，我一眼就看出这艘船到底是什么啦。这是一艘去年建造的H级鱼雷快艇驱逐舰——燃油型，涡轮式发动机，时速高达三十节——现在它正在开过来！来吧，科普尔斯通！再添些柴火，让烟更浓一些！"

"我认为我们不需要紧张，"科普尔斯通说，"格瑞利小姐认为她母亲已经报警追寻派克号游轮了。这艘鱼雷快艇驱逐舰可能是在找我们。它——看，那是什么？"

突然一声尖锐刺耳的炮声从平静的海面上传来，这三人的目光从正在燃烧的火堆转向远处的黑色物体，只见一股白色的烟雾从它身边升起，接着被海风吹散飘走。

"万岁！"维克斯喊道，"它看到我们的求救信号啦！再加些柴，让它知道我们明白。要获救了！这一次，无论如何也不会有意外了。"

半小时后，一个穿着崭新整洁军装、特别年轻的海军上尉潇洒地站在船边举起帽子向三人致意，他们站在海浪的边缘，正在急切地等待着他的到来。

"是格瑞利小姐？威克斯先生？科普尔斯通先生吗？"当他从

船上跳出来时，便大声问道，"太好啦！我们在寻找你们，今天早上收到有无线信息。海盗船在哪里？是谁绑架了你们？"

"他们向南开走了，不知道去了什么地方，"维克斯指着烟雾蒙蒙的海面说，"两小时前还在这儿，船是以最快的速度开走的，并且它已经改头换面，船体颜色已经更换刷新了。然而，我们有充分的理由相信它又向南开去。你从哪个方位开过来的？"

"我们是在邓尼特海岬获得情报后出海一路搜索过来的。我们会送你们去瑟索（位于苏格兰北端）。"救援军官回答，并示意他们登船。"来吧，我们的指挥官有话对你们说。这到底是怎么回事？"他带着年轻人的自信看着他们离开岸边上船，并看着奥德丽继续说，"你们不会是说你们真的被绑架了吧？"

"先是绑架，后是被困孤岛，"威克斯回答，"我希望你能抓到我们的绑架者，他随身带有大量的财产，这些财产属于这位女士。他现在还想掠夺更多的财物，一旦他拿到了那些财物，他就会向大西洋另一边逃去。"

海军上尉显然对奥德丽更感兴趣。"好吧，"他自信地说，"他跑不掉的。我估计军部已经电报通知到了所有的地方，我们是从海军军部获得搜救命令的！"

"这肯定是克莱斯维尔先生做的。"科普尔斯通说，转身向着奥德丽，"你妈妈一定是跟他联系上了。我想知道命令的具体内容是什么？"他又面对中尉问道："你知道吗？"

"如果找到你们就告诉你们要尽可能快地回到南方，"他回答说，"我们已经找到你们了。你们可以乘火车从瑟索到因弗内斯（英国苏格兰北部的港口城市），再从因弗内斯，当然，你们可以转乘快车去南方。两点左右就把你们送到瑟索，只是时间很紧张，只能给你们吃我们舰艇上的工作午餐了。有点简单，你知道。这么说，你们在岛上待了一整晚了？"他继续带着好奇心问道。"真是太有趣了！"

"如果你和我们在一起，你就有机会看到所谓的人性的贪婪了，"威克斯回答说，"就在两小时前，我们失去了这样一个人类标本。"

"到船上给我们讲讲这个故事吧，"上尉说，"我们会很感激的，我们在海岸附近的海上巡逻已经到处飘荡走了一个多月，我们也累了。如果有一个小小的冒险之旅或是听到奇闻异事真是天赐之物。"

科普尔斯通一直在推测事情发展到现在的整个细节过程，一定是克莱斯维尔·奥利弗爵士积极行动起来，发动了搜寻他和他的同伴的行动。在军舰上，他们获悉了克莱斯维尔·奥利弗爵士发出的行动指示，要他们尽快去诺卡斯特，还要尽快把他们已经被救、他们现在在什么位置及接下来的行程安排用电报通知到他。因为他们是在苏格兰的北部海岸被救出的，如果可能的话，他们在因弗内斯火车站收发电报。军舰会把他们带到瑟索登陆，那时他们要自己乘车去因弗内斯，同时，鱼雷艇驱逐舰将继续出发去搜寻派克号，以免它又原路返回。

他们到达因弗内斯火车站后，科普尔斯通来到站长办公室，这里已经有他们的两份电报。他拿着电报和同伴们一起走到餐厅，然后把内容读给同伴们听。

"这一份电报是格瑞利太太发来的，"他说，"'收到从瑟索发来的电报后很欣慰，请尽快把奥德丽带回家！'太好了！第二份是——好家伙！是纪灵发来的！听着！'刚从佩瑟顿律师处获悉你们已经成功获救，甚慰。快点直奔诺卡斯特，我在安琪儿酒店等你们，有大事商量，斯珀治急于要见你。很重要，切记！纪灵。'事情已经发展到这个地步了。"他把二份电报递给威克斯，继续说道："我想我们要连夜旅行了。"

"一小时后就有夜班快车，"维克斯回答，"我们将在明天早上五点半到达诺卡斯特。"

"那么，时间充裕，我们先电报告知纪灵我们抵达的时间。我急于想知道他带斯珀治在那里等我要干什么，"科普尔斯通说，"我们也要给格瑞利太太发个电报。"他补充说，转向奥德丽。"让她知道，你已在回家的路上。"

"我很奇怪我们去那里做什么？"维克斯严肃地笑了笑，"我们这次意外旅行和新近获得的信息令我很迷惑，好像我们去诺卡斯特没什么意义，会有什么在等待着我们呢？"

第二天凌晨，一个寒冷阴暗的早晨，在诺卡斯特车站等着接他们的是纪灵。他站在海风吹拂的站台上，不停地走动或者不断跺脚以驱风寒。科普尔斯通刚走出车门就被纪灵抓住了胳膊。

"快，我们直接去安琪儿酒店！"他说，"格瑞利夫人在那里等着接她的女儿,我就是过来接你和威克斯的,立即走!斯珀治这家伙就在安琪儿酒店附近的某个地方等着我们,他从昨天开始就等在那儿了。据说他有重要的消息,除了你,他不告诉任何人。"

第二十五章　真假庄园主

　　安琪儿酒店是一个地地道道的民间旅馆，配有一个夜间门童、一个男服务生和一个女服务生，他们就像那天灰蒙蒙的早晨一样，尚未从睡意蒙眬中清醒过来。他们感到很奇怪，为什么前一天从伦敦过来并住在这里的两位老先生要这么一大早从床上起来，城市大钟六点的钟声还未敲响，就要与三个刚刚驱车赶来的年轻人进行秘密会谈。他们给那个睡眼惺忪的年轻女服务生投去一丝善意的微笑。那时，奥德丽已经回到母亲身边，并跟着母亲格瑞利夫人一起进了房间。克莱斯维尔·奥利弗爵士和佩瑟顿先生知道不能再浪费时间了，他们召集威克斯和科普尔斯通到私人客厅，要求他们谈一谈最新消息。克莱斯维尔爵士认真、静静地听着，没有插一句话，直到科普尔斯通描述到派克号又返回时，他打破了沉默。

　　"这正是我所担心的！"他轻声叫道，"当然，如果派克号被匆匆刷过漆和重新命名，他们就多了一份逃走的机会。我们给巡逻艇的指示是搜索寻找派克号游轮，一般情况下他们自然不会再关注别的游船。我们必须立即用无线电联系巡逻艇，把这一变化告诉他们。"

"但是还有一点需要说明，"科普尔斯通说，"他们抓了老查特菲尔德，要逼他交出黄金！如果得不到黄金，他们是不会离开的！查特菲尔德说藏匿黄金的地方就在斯卡海文镇附近，因此，他们会在附近的海岸停泊，以便去拿这些黄金。"

"也不一定，"克莱斯维尔爵士回应道，并心照不宣地摇摇头，"你要知道，在事态紧迫的情况下，他们如同受惊的鸟儿，随时会飞走的。他们把查特菲尔德抓回船上后可以做很多事情，他们可以派其中的部分人押着查特菲尔德在某个方便的港口上岸，让他带他们去藏钱的地方，找到那些黄金，然后再去另外一个港口，与此同时，那个游轮驶到那个港口。只有我们真正掌握了查特菲尔德藏金的地方——"

"他说是在斯卡海文附近，没错。"威克斯强调说。

"斯卡海文附近！"克莱斯维尔爵士重复道，笑容显得有点压抑，"这是一个非常宽泛的说法，非常模糊。在斯卡海文背后，大家都知道，是丘陵、山谷、沟壑和荒野，其中任何一个地方都可能隐藏一个大秘密！嗯，我现在能想到的就是——赶快与位于从诺卡斯特到维克镇之间沿海岸的所有巡逻艇和海岸警卫队联系，让他们搜查派克号，虽然，这未必是最好的办法。或许就在昨天他们离开你们之后不久就已经让人押着查特菲尔德上岸了，带着他坐火车或是汽车连夜赶到这附近，游轮可能已经绕道迂回穿过设得兰群岛[①]，现在已经向着北大西洋方向驶去了。"

---

① 位于苏格兰东部。

"但是，如果是那样的话，金子呢？"科普尔斯通问道。

"他们可能已经拿到了那些金子，带在身上，再到利物浦或格拉斯哥，或其他任何地方，然后再搭乘别的船逃走。"克莱斯维尔爵士回答。"可以肯定地说，他们有很多方法可以挑选，所有行动都在秘密进行。当然，我们必须保持警惕，在这附近的周边地区寻找查特菲尔德的踪迹，但是，就像我刚刚说过的那样，这片荒野地区这么大，他和他的同伴们可以很容易地避人耳目，尤其是他们喜欢在夜晚采取行动，就更难以被人发现。不过，我们必须尽我们所能，立即采取措施。另外，我还有几件事想问你，年轻人。威克斯先生，你说过查特菲尔德曾郑重地说过他不知道冒充马斯顿·格瑞利的人不是真正的马斯顿·格瑞利本人吗？"

"他是这样说的，"威克斯回答，"虽然查特菲尔德是个十足的老滑头，但我相信他说的这句话是真的。"

"你居然会相信！"纪灵叫道。这个过程中他也在认真地听着。"哦，说来听听吧！"

"我确实相信，作为一个法律专业人士。"威克斯回应道，话语很果断，同时用诚恳的目光看了那位律师前辈一眼。"佩瑟顿先生会告诉你，我们做律师的都有一个奇怪的直觉天赋。抛开所有查特菲尔德的不良行为不谈，我真的相信老家伙不知道我们称之为庄园主的人不是真正的马斯顿·格瑞利庄园主！他怀疑过，他迷惑过，但他不知道真实情况。"

"这就奇怪了！"克莱斯维尔先生喃喃地说，沉默了足有一分多钟。"奇怪！非常非常奇怪！这表明，肯定还有一些非同寻常的秘密藏在其中，可能是我们甚至连想都没有想到过的。嗯，还有一个问题，你曾想过还有人在游轮上吗？"

"还有人，除了安德烈斯之外，好像是那人在发号施令，是有人！"维克斯答道，"我们当然都这么认为。"

"你认为这人就是我们所认识的那位庄园主吗？"克莱斯维尔先生问道。

"我们有这个想法，他可能在那里，"威克斯回答，并看了科普尔斯通一眼，"特别是后来发生在查特菲尔德身上的事情。当然，我们从来没有见过他，或听到他的声音，或看到他的蛛丝马迹。但我们就是这样幻想着……"

克莱斯维尔爵士从他的椅子里站起来，走到佩瑟顿身边。

"好吧，"他说，"我觉得你和我，佩瑟顿，我们最好先处理一下手头的事情，然后去警察局那里看看有没有收到从其他地方发来的消息或是从海岸警卫队站点发来的电报，看看有没有那艘游轮的信息。"他转向威克斯和科普尔斯通，又补充说，"在此期间，纪灵会告诉你们，在你们离开的这段时间里这里发生的事情和我们调查到的情况。你们可以理一下思路，联想一下，我们的推测是，庄园主，我们先这么称呼他吧，他就在派克号游轮上，与你们一起离开的。"

两位老先生走了，科普尔斯通转身看着纪灵。

"你们都查到些什么？"他急切地问，"新闻直播吧！"

"那可是非常令人振奋、令人满意的消息，"纪灵回答说，"如果不是因为机缘巧合，没有人能帮上我们。是运气！让我们跟踪到了庄园主。"

"真的?"科普尔斯通叫道,"在哪里?"

"要说这些事情,还是要提到燕子,"纪灵继续说,"科普尔斯通,你还记得我们从布里斯托尔回来那个下午?现在感觉似乎已经过了好久,虽然只是四天前的事情!嗯,那天下午,燕子曾派出好几个人四处搜寻庄园主的行踪,其中一个人打电话回来说,他跟踪到了那个人,说他到过弗拉戈纳尔俱乐部。那时我们刚刚从布里斯托尔和法尔茅斯完成调查回来,我当时已经回我的单人房准备休息一下。所以燕子按照自己的计划采取了下一步行动。他动身赶到弗拉戈纳尔俱乐部,就在外面见到了他安排的人,这个人说他已经在华都街上的烟草店外面蹲守了好几天。那天下午,他突然看见庄园主从烟草店的一个偏门离开了,他就紧紧跟在后边,跟着他来到弗拉戈纳尔俱乐部,看着他走进去,然后他自己进入了旁边的一个酒吧,打电话给燕子。当燕子赶到时,庄园主仍在弗拉戈纳尔俱乐部,从那时起他俩一直盯在那儿。庄园主在俱乐部里待了一个小时。"

"这只能证明,"科普尔斯通打断了他的话,"只能证明他是俱乐部的一个会员,要是我的话,我就会继续跟进去看看他在里边干什么。"

"好吧,不管怎么说,"纪灵继续说,"他去了那里,然后他终于出来了,手里拿着一个工具袋。他上了一辆出租车,燕子听见他命令司机去国王十字车站。那时,燕子独自在那里,因为在这之前和他碰面的那位同事,刚刚受他指派去弗拉戈纳尔俱乐部周围看看有没有后门或偏门，以防假庄园主溜走，他那时还没有回来。燕子当然不能等待，每分钟都是宝贵的。他跟踪着出租车来到国王十字车站，正好听见他在买去诺斯伯勒的车票。"

"诺斯伯勒！"科普尔斯通惊讶地叫道，"不是诺卡斯特吧？啊，嗯，诺斯伯勒也是一个港口，不是吗？"

"诺斯伯勒和诺卡斯特一样，是靠近斯卡海文的一个城镇，你知道的，"纪灵说，"他订了去诺斯伯勒的车票，无论如何。那时燕子已经紧紧盯上了他，就算他去北极点他也会跟着他的，当然如果需要的话。火车马上就要开了，燕子没有时间通知到我。另外，火车一路不停一直来到格兰瑟姆站，他在那里给我发了一封电报，说他正在跟踪他的人。嗯，然后他又一路跟踪下去来到诺斯伯勒，抵达的时候已是晚上。在那里——你想说什么，科普尔斯通？"他停了下来，因为他看到科普尔斯通的脸上有一个非常渴望的表情，好像要说点什么。

"你说的就是同一天的下午和晚上，我离开伦敦去斯卡海文的那天，四天之前？"科普尔斯通说，"我的火车是四点发车，我到诺卡斯特是在晚上十点。当然，他们没有和我在同一列火车上！"

"我确信他们没有和你在同一列火车上。但不管怎样，向北方发出的列车一般都很长，有很多个车厢，你也可能和他们不在同一个车厢而已。"纪灵回答说。"无论如何，他们在九点后不久就到达了诺斯伯勒。燕子紧跟他跟踪的人来到站台上，出站后去找出租车，听见他对一个出租车司机说载他去斯卡海文，他们开车离开后，燕子钻进另一辆出租车，也告诉司机他要去斯卡海文。他们走了，在漆黑的夜晚，我被告知……"

"我们知道！"威克斯一边说着一边瞅着科普尔斯通，"我们乘汽车从诺卡斯特出发去斯卡海文，差不多相同的时间。"

"嗯，"纪灵继续说道，"那天夜晚实在是出奇的黑暗，燕子的出租车司机似乎是一个非常紧张的家伙，不敢加油门，车速很慢。另外他还错转了两个路口，最后，他开车又撞上了两条道路分叉路口处的一个指示牌的立柱。燕子不得不下车，这时，到斯卡海文还没有走到一半的路程。他们没办法让汽车发动起来，过了一段时间，他们才找到附近的一家旅馆，他说服房东租了一匹马给他，骑马赶往斯卡海文。总之，在接近或是刚过午夜时分他到达了斯卡海文，那时他只看到一艘灯火照耀的游轮正从海湾向外海驶去。"

"那当然是派克号。"科普尔斯通嘟囔着。

"是的，码头上有人告诉了他，"纪灵继续说，"就这样，燕子当时的跟踪调查就此中断。当然，他非常肯定他所跟踪的人就在那艘游轮上，然而，他不想引起怀疑，所以没有问那些岸边上的人他们是否看到庄园主登上了游轮。相反，他记起了我告诉他的关于格瑞利夫人的事，他问到了她家住址，直接找了过去。到了家里他发现格瑞利夫人正处于一种巨大的焦虑状态中，她说她的女儿和你们两个去了游轮再也没回来；格瑞利夫人从窗口向外看着，看到了游轮出海；燕子发现她显然对已经所发生的事情感到非常惊慌。当然，他告诉了她过来是为了什么。第二天早上……"

"先停一下,"维克斯打断道,"有没有从游轮上过来的人给格瑞利夫人传递消息,说关于她女儿的信息,安德烈斯说他无论如何都会把她送回来的。"

"全是撒谎!"纪灵回答,"她没有得到任何消息。她唯一的安慰是,你和科普尔斯通与格瑞利小姐在一起。好了,第二天早晨第一件事就是燕子和格瑞利夫人立刻行动起来,把一切可能的方法都理了一下。他们先去了警察局,给沿海岸周边的地区发电报,请他们关注岸边的情况,看看能否找到你们。然后燕子也打电报给克莱斯维尔·奥利弗爵士说明情况,结果克莱斯维尔爵士去了海军当局,让他们派出军舰在北部海域搜索。做完这一切后,燕子觉得他在斯卡海文已经没有什么事情可做,就回到伦敦城里找我说明情况。那时,我们还在想办法去调查弗拉戈纳尔俱乐部。"

"啊哈!"科普尔斯通叫道,"应该如此!"

"燕子和他的同事在弗拉戈纳尔俱乐部外盯梢了一个多小时的那个人,还不知道他叫什么,"纪灵继续说,"因此,必须调查一下关于他的情况。燕子和我,带着一些必要的证件和文件,去了弗拉戈纳尔俱乐部。然而,我们几乎没有发现什么有价值的东西。大厅服务员说他依稀记得有这样一个绅士进来过,并见到他上了楼,但他自己是新来工作的,不认识所有的俱乐部会员——这个俱乐部有数百名会员,他把这个人看作一个普通的常客。另一个侍者也对这人有些记忆,看到他在与另一名男子交谈,对于这名男子，侍者更熟悉一些，虽然他也不知道他的名字。燕子现在正在想办法查找这个人，然后再顺藤摸瓜，最后找到与我们的调查目标密切相关的人，直到查清那个人的真实身份，我们必须这样做。在此期间，我来到这里与克莱斯维尔爵士和佩瑟顿先生会面，正巧赶上你们回来。而且从你们的信息来看，这里会发生大事！埋藏的黄金是事情的关键，派克号上的人一定在想办法去取这些黄金，他们不努力一下得不到它，他们就不会甘心，也就不会离开。如果我们能找出它藏在哪里，盯着这个地方，那么我们追寻的目标就会出现。"

"现在的目标是什么？"科普尔斯通问道。

纪灵回答："我们已经获得授权，对查特菲尔德和庄园主谋杀巴西特·奥利弗事件展开调查！警察已经采取行动。佩瑟顿时刻关注调查进展，如果他们仅仅只是准备采取行动，怎么了？"他转头看着门口，一个睡眼蒙眬的侍者，轻轻地敲了一下门，把一个脑袋伸进房门。"有人找我吗？"

"就是那个人，先生。你知道，"侍者说，"他又来了，先生。他在马厩院子里，先生。"

纪灵跳了起来，眼睛看着科普尔斯通。

"那一定是斯珀治！"他喃喃地说，"他说他会在天一亮就过来。你们等在这儿，我去接他过来。"

第二十六章　金甲虫峡谷

扎卡里·斯珀治跟在纪灵后边走进来，小心翼翼地关上门。从他的外表和穿着可以看出，他好像是在一个条件很差的地方睡了一晚，住宿条件甚至比以往的那个山洞的条件还要差很多。他身上披着一件斗篷，扣子一直扣到脖子上围着的红围巾边，短粗的下巴上还粘着几根细小的草屑，脸上还有零星的荆豆或是其他植物的碎叶，好像是刚从杂草丛生的树林里钻出来。实际上，斯珀治确实已在野外住了好多个晚上，身上的一切迹象都准确无误地表明了这一点。他的整个模样比野外的稻草人也体面不到哪里去。当他看到科普尔斯通的时候，大嘴一咧高兴地笑了笑，露出了一排白白的牙齿。但当他转脸看到威克斯时，立即收起了笑容，皱起了眉头。

"我没想到还有律师在这里，先生们，"他在客厅的边上停下来说道，"同样，我也不想在律师面前谈事情！"

"他一直对我耿耿于怀，我有几次出庭都是针对他的，"威克斯低声对科普尔斯通说，"你最好让他平静下来，我想知道他要说些什么。"

"好了，好了，斯珀治，"科普尔斯通说，"请过来。威克斯先生这次是站在我们这边的，他是我们中的一员，你可以在他面前说你想说的任何事情，纪灵也是一样，我们都在同一个战壕。把你的椅子拉过来，到这里来坐，坐在我旁边，请告诉我们你一直在做什么。"

"好吧，你都这样说了，也只好这样吧，科普尔斯通先生。"斯珀治回答，同时，他走过来站在桌子旁边，表情还是带有一丝迟疑。"除了你以外，我不想把我知道的情况告诉任何人。不过，我完全明白，这确实是一件非常危急的事情，不是一个人能处理得了的。这件事需要团队合作，需要很多人参与！我也知道，律师和法律工作者是必不可少的，他们对你们解决这件事会很有帮助。我不想冒犯你，威克斯先生，只有你明白，我以前有过经历，知道你的能力和水平。所以，如果你在这里帮忙，好啊，太好了。但现在，先生们，"他坐到桌子边的一张椅子里，把他那摸得锃亮的皮帽放到桌子上，然后继续说着，"在我说出这件事情之前，能不能先给我上一杯热咖啡或热茶，并且加点朗姆酒，好吗？我又冷又饿啊。呵呵，如果你在我待了十二个小时左右的地方试试，不冻死才怪呢。"

他们满足了他的要求，睡眼惺忪的服务生应声赶忙去给斯珀治准备咖啡或茶，其他人都静静地看着这位偷猎者。他坐在椅子里直直地盯着放在桌子上的皮帽，偶尔摇摇头。热咖啡端上来后，他马上喝了一大口浓咖啡，脸上慢慢恢复了原来的颜色，如释重负地叹了口气，并示意三个机警的年轻人把椅子拉近一些，靠近他的椅子。

"啊!"他说着,放下杯子,"我掌握的消息没有人知道,绝对是个重磅消息!现在,门关好了吧,我们应该很安全,不是吗,先生们?没有人能窃听吧?嗯,那好。我不知道最近这几天你们都做了些什么,查出了什么,我也不知道又发生了什么,事情都进展到了什么程度。但是,我有一个消息,重要的消息,正如我以前估计的那样,是查特菲尔德!"

科普尔斯通在桌下用脚轻轻踢了一下威克斯,又看了他一眼。

"又是查特菲尔德!"他喃喃地说,"好吧,继续说下去,斯珀治。"

"过程很多,细节也很复杂,先生们。"斯珀治又喝了一大口看似很受他欢迎的咖啡,开口说道。"我会尽量把思路理清楚,就像我在证人席上一样,"他又用狡黠的目光瞥了一眼维克斯,"你还记得那位演员绅士的死因调查听证会的那一天吗,先生?嗯,当然你会记得,就是那次听证会。当我去斯卡海文出庭作证之前我从来没有期望他们会安排什么真正的勘验或是真正的听证,但警方要在听证会结束时抓住我是肯定的。然而,他们想抓我但并不意味着他们能够抓到,我不会束手就擒的。所以,我看着听证会快接近尾声的时候就打算溜走,实际上我也找到了一个机会。好了,现在,你肯定还记得,刚刚结束的时候听证会现场有点乱哄哄的,会场上有人在为庄园主欢呼而兴高采烈,有人因为质疑判决而愤愤不平。我跟在这乱糟糟的人群中间悄悄溜了出去，在村外你也看见了有个人影向荒野跑去，那个人就是我。当然，我对斯卡海文后面的这片原始荒凉地区很熟悉，只需要十分钟的时间，我很快就会找到捷径，很容易消失踪迹。我从那个学校教室里出来后就迅速进入蒂斯河以北的山区，警察在一刻钟的时间里根本跟不上我，更别说发现我的藏身之处了！好吧，但接下来的事情是，下一步我要去哪里安身？再回到霍布金山洞好像不太安全，因为这些警察已经知道我在附近出现过，他们很快就会找到那里去。我曾经想过到诺卡斯特这里来，到船埠区隐藏下来，那里我有好几个港口附近的庇护地。但我有很多理由，也不希望离开我自己的故乡，不管在任何时候，我都想留在家乡。所以，在认真研究了一番形势后，我做了一个决定，我要去被称为'金甲虫峡谷'的地方，威克斯先生应该很了解那个地方。"

"好地方，也便于藏身。"维克斯点头评论说。

"那里确实是这个海岸地区最好的地方，"斯珀治说，"你们这两位伦敦来的绅士可能不知道，我告诉你们，你们先到斯卡海文港乘船，出来港口向北转，沿着海岸线直行，一直到这里的诺卡斯特海湾口边上，你会觉得再向前走就出了海湾了。就是在这附近，大约在斯卡海文和诺卡斯特之间一半的地方，有一个很窄的悬崖裂口，你们可能从来没有注意到，除非你就在接近开口处的海岸边。进入这个裂口，里边是一个小小海湾，比较宽大，足以容得下千吨级轮船。是的，至少也是五百吨级！很久以前，这是一个走私者们最喜欢的地方，他们管它叫达科曼溪谷，直到今天还这么称呼它，也是为了纪念一个著名的老走私犯，他曾经多次利用这个地方走私。好了，接着说。在这个小海湾的最里边有一个狭长的山谷，一直延伸到远处的荒山野岭和山丘之中，山谷里到处怪石嶙峋、峭壁悬崖，与霍布金山洞所处的山谷很相似，但这个山谷要更长、更宽，这就是金甲虫峡谷。经常有偷牛者把他们偷到的财物、牛、羊、牲畜等藏匿于此，因为天然的地理条件很容易藏匿物品或圈栏牲口，可以围住偷来的牛羊跑不出去。同样，在这条溪谷中有很多地方人们可以用于藏身。我就在靠近山顶的地方挑了一个藏身处，位于荒原的边缘，那里有一座古老的堡寨塔遗址。我就在那座古老的塔里找到一处栖身之所，如果有人找到这里，我也很容易溜出来进入山谷，在山谷的岩石之间能快速找到五十个以上藏身之处。后来，我联系上了我的表哥吉姆·斯珀治，那个在阿德米拉尔旅馆服务的独眼小伙子，科普尔斯通先生，你还记得他吧。就在那天晚上，我去他那儿筹备了一些酒肉和饮料，带回到我的藏身处。巧合的是，事实证明，查特菲尔德经过观察也看中了那个地方！"

斯珀治停住话头，沉默了近一分钟，然后从桌子上的一个置物台上取下一盒火柴，用火柴棍在红木桌面上表示形状和位置，以帮助我们想象。

"这就是事情为什么会发生在这里，"他说，提请他的听众注意，"在这里，比如，这是那个古老寨堡塔矗立的位置——这里是一片浓密的树林，紧挨着寨堡塔的墙；这边有一条路穿过荒草地和树林，大概一百码左右，就在塔后边的陆地上。嗯，有一天下午，我在那个塔里休息，悠闲地读着一份报纸，那是吉姆前一天晚上给我带来的,这时我听到了车轮在荒地的这条路上走过的声音,我透过一个就近的观察孔向外看,看到了皮特·查特菲尔德,不是他还能是谁?他驾着他那老矮种马拉着的双轮轻便马车,从斯卡海文方向驶过来。他赶车来到塔边,停住了马车,跳下马车,留下他的矮种马吃着路边的草,自己朝着我藏身的地方走过来。当然,我并不害怕他。这个古塔有很多入口也有很多出口,就像是个兔窝式的住所。另外,我觉得他来这里肯定是为了自己个人的事情,不是为了找我。是的,他来到了峡谷的边缘,向峡谷深处看了一会儿,又环顾峡谷周边好长时间,上上下下仔细看了一番寨堡塔,他一直徘徊在塔外倒塌的砖石堆里,最后把大拇指放到他的袖孔里,慢慢地踱回到他的马车处。'你会回来的,你这个老骗子!'我当时对自己说。'你会回来的,我一点也不怀疑!'确实他又回来了,就是那一天的那一晚。哦,是的!"

"独自一人?"科普尔斯通问道。

"是,一个人!"斯珀治回答说,"天已经黑下来了,因为没有什么别的事要做,我正想去睡觉,这时听到外边传来马蹄声和车轮声,我知道堂弟吉姆那天晚上不会来,所以,我把观察口清理了一下以便能更好地看清外边的情况。当然,我发现又是查特菲尔德,还是驾着那匹老矮种马拉着的轻便马车,但是这一次他是从诺卡斯特方向过来的。好吧,他下了车,这次下车的地方就是上次下车的地方,他牵着矮种马,马拉着马车,穿过荒草地来到塔楼附近。根据马车穿过荒草地的样子我可以肯定地告诉你,马车有很重的负载,车上一定装了什么东西,我对此也没有感到惊讶,先生们,即便是这个老家伙从马车里拖出一具尸体,我也不会吃惊。过了一会儿,我听到他在从车里往下搬东西,他把搬下来的东西重重地砸在地上,发出砰的声响。我数了数,共有九次搬下货物撞击地面的声音。又过了一会儿,我听到他开始搬动古塔脚下边的地面上一堆乱砖石块。天虽然黑了,但空中的星光足以让他看清地面上的砖石,不妨碍他搬动这些砖石。就这样劳作了好长时间后,他停下来,粗重地喘息着、无奈地叹息着、自言自语地咕哝着,很显然他希望能看得更清楚一些,他突然打亮了一只手电筒把放在地上的箱子和周围的事物全部照亮。这时我才看清,我离他的距离没有多远,看到他搬下来的是九只白色小木箱,每一个木箱外边都用金属带绑扎着,在草地上排成一排。同时,我也看到了查特菲尔德劳作的地方,很显然,他在为这九个小木箱做个窝,然后把它们藏起来,就用那些砖石。是的,就是这样,九个白色小木盒箱,这么小,我很奇怪,我想知道箱子里装的是什么,那么沉重。"

科普尔斯通会心地用脚轻轻踢了威克斯一脚。毫无疑问,他们听到了关于隐藏的金子的故事,这使他们感到非常激动、心情愉快。

"后来,"斯珀治继续说,"他把箱子一一搬进他刚刚清理出来的地方,然后又把那些石块、砖块堆回去把那些箱子深埋在下边,尽量做到像以前那样自然,杂乱堆砌不露痕迹。他还在砖石堆上胡乱放了一些小一点的石块,并在周围用脚胡乱踢进去好多小石块。再后来,那个老家伙发出一声很沉闷的叹息,好像还有什么事情在困扰着他。他从口袋里掏出一个瓶子，大口喝了一口瓶子里装着的不知什么东西，然后，先生们，他用手帕擦了擦前额上的汗珠，又叹息了一声。那只电筒一直亮着，他走过去熄灭了手电筒，之后，牵着老矮种马，马拉着车，走出荒野回到那条路上，跳上马车，赶车朝着斯卡海文方向慢慢驶去。所以，我就在那里，这就是我看到的事情，科普尔斯通先生，你说他留在这里的、不再看管的是什么呢？"

斯珀治讲完这些，端起他兑过烈酒的咖啡，大喝了一口。三个年轻人听完后彼此交换了一下眼色，他们的眼睛好像也在问类似的问题。

"啊！"科普尔斯通观察了一下大家，然后说道，"你不知道里边装的是什么吗，斯珀治？你还没有打开箱子，检查一下到底装了什么？"

斯珀治把杯子放在桌子上，心照不宣地望着科普尔斯通。

"我会告诉你我的想法，先生，"他说，"我确信他藏的这些箱子肯定与最近发生的事情有关，箱子里肯定装有值钱的东西，因为我注意到那天晚上查特菲尔德埋藏好这些箱子后，在周围十几码内没有留下他的痕迹，我特别注意到了这一点，为什么？因为我知道他不想留下痕迹，以免让别人看到他的脚印，进而发现藏宝地。我没有去动那些财宝，先生，看都没看！自从查特菲尔德这些箱子藏在那里，我就一直小心地盯着这个地方，一直盯着，查特菲尔德从来没有回来过！"

"从来没有回来，嗯？"科普尔斯通问道，并对其他两个人眨着眼。

"他从来没有回来过，连他的鬼影都没见到！从那天晚上以后他就消失了，"斯珀治回答道，"除非他今天早上四点以后回来，因为那时我已经离开了那个地方。但是，我的堂弟吉姆·斯珀治现在就在那里，我不在的时候我让吉姆在帮我盯着，从我离开的时候一直到现在，他在那儿。我第一次到这里来看看能不能见到你或者打听到你去哪儿了。吉姆告诉我，从伦敦来的那些绅士在这里住过，我不在的时候我让他负责监视，现在他就在那里。好了，你知道，我已经把我所掌握的信息全部告诉你们了，先生们，我明白，这里一定藏有查特菲尔德的秘密，现在他消失了，如果把所有这些事情都联系在一起的话，我提供的信息是不是很有用？"

"斯珀治先生，"纪灵说，"这个金甲虫峡谷有多远，或者说去那个古塔有多远呢？"

"大概八九英里吧，先生，就在那片荒野里。"斯珀治回答。

"那你是怎么过来的？"纪灵问道。

"我骑着堂弟吉姆·斯珀治的自行车来的，车现在就在酒店的马厩里，"斯珀治说，"骑车一个多小时还是蛮舒服的。"

"我想我们应该去那里。我们找些人一起去，"纪灵说，"我们应该……"

这时，门突然打开了，克莱斯维尔·奥利弗走了进来，手里拿着几张薄薄的纸。他瞥了一眼斯珀治，然后抬手示意三个年轻人到他跟前去。

"我刚刚收到从北海警备队发来的一份电报,就是这份电报让我很迷惑,"他开口说道,"我们的巡逻艇在那片海域的一艘渔船上得到消息,很确定见过派克号游轮。就在昨天下午晚些时候有人看到这艘船正在向东驶去。注意,是向东方向!我肯定就是它!我们的猎物正在逃离我们。"

第二十七章　寨堡塔

纪灵从克莱斯维尔爵士手中拿过电报，前后仔细读了一遍，然后再把电报递给克莱斯维尔爵士，伸手指了指斯珀治。

"先生，我想你应该知道这个人刚才对我们说了些什么，"他说，"他给我们讲了一个故事，故事的情节与查特菲尔德前边告诉威克斯先生的事情完全吻合。你可能还记得，派克号昨天回来把他抓住之前，查特菲尔德说他把从银行取出的黄金藏在了某处。嗯，毫无疑问，这个扎卡里·斯珀治知道它藏在哪里。现在黄金还在那儿，当然，这只是假设，派克号上的人肯定会到这个海岸来，无论如何都会来！回来拿到这些黄金。如果是那样的话，嗯？"

"上帝保佑！这个信息太重要了！"克莱斯维尔爵士说着，又瞥了一眼斯珀治，眼睛突然一亮。"给我讲讲这个故事。"

科普尔斯通简要地把斯珀治掌握的情况告诉了克莱斯维尔爵士，斯珀治这个偷猎者，也洋洋自得地听着，遇到科普尔斯通没讲明白或不细致的地方，他偶尔插上一句点一下要点，或偶尔补充几句。

"你太聪明了，这位先生，"听完这个故事，克莱斯维尔先生说道，并朝斯珀治赞许地点点头，"这个消息很重要，你会得到报偿的，这很公平，先生！"他走过去坐在桌旁的椅子里，庄重地看着另外三人，继续说道："我想我们应该进入战备状态了。佩瑟顿刚刚去警察局报告事情的进展情况，争取获得授权，并对查特菲尔德和那个骗子采取行动。现在我们不能等他了，我们必须现在就开始行动，现在。毫无疑问，那些箱子，斯珀治说的那些箱子里肯定是查特菲尔德从银行取出来的黄金，他显然是跟他的同伙留了后手，藏匿黄金就是其中之一。然而他的同伙，无论他们是谁，再次提醒你们，先生们，我相信除了查特菲尔德和假庄园主之外，一定还有更多人参与了这一事件！现在，查特菲尔德会被同伙拷问，他们会强迫他说出藏匿黄金的地点——他们一定不会放弃这五万英镑，一定会找机会拿到这笔钱，不冒险尝试一下他们是不会甘心的。所以，我考虑了所有的可能性和发生的概率，我们可以得出结论，或早或晚——很快，也最有可能——有人会到斯珀治提到的那个古塔去的。但是谁会去呢？去的人会是谁呢？因为我们得到了这份电报信息，我怀疑，到那里去的人一定是派克号船上的人——毫无疑问，我确信无疑。昨晚深夜，有人看到派克号就在多格滩（在苏格兰北部和丹麦之间的北海浅滩）附近，正在向东航行，看起来好像派克号要驶向丹麦或德国，而不是这边的海岸。自从收到这个消息，我就在思考这艘船是派克号，我相信，它不是一艘快艇？"

"非常快,"维克斯回答,"它的时速可达每小时二十七八节。"

"很正确,"克莱斯维尔说,"那么在这种情况下,他们可能会进入北部的某个港口,把查特菲尔德和两三个看管他的人放上岸,让他们一起去那个古寨堡塔,而派克号自己则离开港口,找一个更合适的机会,到某个港口去接他们和装黄金的箱子。查特菲尔德和他的同伙会取出那些箱子到那个港口等'派克号'来接。从我所了解到的信息来看,这片沿海地区的沿海岸一带是一个非常荒凉的地区,查特菲尔德及其同伙只是这样一个小团伙,不难想象,他们很容易不露声色地溜回来,把自己隐藏起来,悄悄靠近古塔,秘密取走黄金。所以我们现在的任务就是尽快赶到金甲虫峡谷,隐藏起来秘密监视,直到有人出现。嗯?"

"还有一种可能,先生,"威克斯很认真地听完克莱斯维尔爵士的陈述,补充说道,"派克号装有无线电发报机。"

"是吗?"克莱斯维尔先生有所期待地望着他说,"你认为会怎样呢?"

"你刚刚提到过,除了查特菲尔德和庄园主之外,一定还有其他的人参与这一事件,"威克斯继续说,"就是这样!我们——科普尔斯通和我,很清楚派克号的船长安德烈斯就在船上,这是不可否认的。并且船上可能还有其他人,一个或两个,他们和查特菲尔德一起上岸来取黄金箱。如果派克号有无线通讯设备的话,船上的人就可以发消息给没在船上的同伙,让他们去取那些装黄金的箱子。所以……"

"很重要的建议！"克莱斯维尔说，他很清楚这一提议的重要性，"所以我们最好尽快、不失时机地安排一个先头队出发。斯珀治先生，你对当地的情况最熟悉，你觉得我们应该怎么做才能尽快赶到那里并控制那里？需要大规模行动吗？"

斯珀治显然被这位大人物的咨询搞得有点受宠若惊，急忙非常热情地与他讨论起来。

"以您的荣誉和地位不适合采取大规模行动！"他说，"我们需要的是，先生们，战略战术！现在如果您让我发表意见的话，我知道这片区域的每一处隐藏地点，我们应该做的就是成立一个只有几人的小组，我领路。我们将沿着这条路出发，穿过那片荒野之地到达附近的某个地点；然后我们就不走大路走小路，赶到尼克山岗；再进入有点浓密的树林和小灌木丛，一直奔向古塔。这一路没有人会跟踪到我们，也没有人会发现我们的行踪，不引人注意，悄悄到那里。有三四个人就行，现在这里的几位年轻的先生们和我就足以胜任这项工作，最好是武装起来。您给我们每人配一把左轮手枪，那就足够了。至于其余的，你可以称之为预备队。您刚才说了一些关于授权的事，那么警察会介入吗？"

"警方有权对我们谈论的那两个主要人物采取措施。"克莱斯维尔爵士回答。

"先生，稍晚一会您带着三个警察，穿便衣的，赶到尼克山岗去，三个人就行，不要多。"斯珀治说，"警察知道那个地方在哪里。让他们在那儿等着，别让他们继续前进，等待我的信息。

我会让我的堂弟吉姆去传递消息，您看这样好吗，先生？"他补充说完，转向科普尔斯通，似乎把对方看成是自己的特别助理，"我们不知道事态的发展会是怎样，可能得等上几个小时。我仔细听了海军上将说的内容分析了一下，尊敬的阁下，他们那伙人白天不会靠近那个地方，一定会在晚上夜深人静的时候去，至少得等到黄昏，晚上七点左右。但是白天的时间他们可以观察周围的情况，所以带太多人过去不是明智之举。我带的行动小组的人员在树林中很容易隐藏，另外一组预备队就隐藏在尼克山岗待命，阁下，这个地方的山顶有一个很深的山洞可以藏身，这正是我们需要的地方！"

"斯珀治先生是正确的，"克莱斯维尔说，"你们这些年轻人和他一起去，坐汽车去。我会带着几个便衣警探随后赶到尼克山岗。现在，我们就去准备好武器怎么样？"

"我办公室就有枪械储备，有足够的左轮手枪，就在这条街上，"威克斯回答，"我一会儿去取枪。大家过来！我们先简单分一下工，我来安排吧。纪灵，你负责安排车；科普尔斯通，你去订我们的早餐。行动吧。"

"那么，我就去警察局，"克莱斯维尔说，"现在，各位小心从事，注意照顾好自己的安全。要知道你们将要处理的事情是多么危险，切记。"

他们马上分头行动起来。科普尔斯通去找旅馆的人，订了现成的早餐。他在他穿过走廊准备下楼的时候，遇到了格瑞利太太，她正从旁边的一个房间走出来，她注意到了他。

"奥德丽睡着了，"她低声说，指着她刚刚离开的门，"谢谢你照顾她。当然，我很担心也很害怕，但现在一切都结束了。眼下的问题是，事情进展得怎么样了？"

"快结束了，我是这么认为的，"科普尔斯通说，"但事情是以什么方式结束，我不知道。不管怎样，我们知道了金子藏在哪里，估计他们在想办法如何占有这些钱，这是肯定的！那么我们就在那里等他们了。"

"但是，皮特·查特菲尔德和他的同伙怎么那么愚蠢，从他们这些缺德的家伙的立场来看，他们会被这些重重的黄金所累！"格瑞利太太惊叹道，"他们为什么不采取一些更容易携带的形式，他们的愚蠢似乎难以置信！"

"啊哈！"科普尔斯通笑着说，"但这正显示了查特菲尔德非凡的深藏不露的本事，老奸巨猾！毫无疑问，他努力说服他的同伙，最好是换成实实在在的硬通货黄金，他们要去哪里就去哪里，并骗了他的同伙让他们相信了他真的会把金子放到派克号上！如果不是他们及时检查了放在船上的箱子，发现了箱子里装的只是铅砖，那么，这个老流氓就会把这些真正的黄金据为己有了。"

"你要小心，不能让他的预谋得逞，"格瑞利夫人说着，笑着走进自己的房间，"查特菲尔德是个足智多谋的家伙，他对任何事都有考虑。而且，你要照顾好自己！"

这是第二个人提醒他要小心了，科普尔斯通认真想了想他们的善意叮嘱。一小时后，他、纪灵、威克斯和斯珀治四个人驱车直奔金甲虫峡谷的方向，快速驶进荒野之中。放眼四处渺无人烟，只听到风吹过荒野的呼呼声。这是一个典型的北方深秋的早晨，阴冷，风硬，多雨；附近的小山头上覆盖着乌云；飞越过石楠植物覆盖的陆地上空的海鸟发出低沉的叫声；大海，透过冷杉和松树间的空隙可以看见海水在风中翻滚着，似在怒吼。

"真是一个特别适合做这类事情的早晨！"纪灵突然喊道，"那个古塔附近也是这么光秃秃的很荒凉吗，斯珀治？"

"你到了那里我会让你感到很暖和的，先生，"斯珀治回答说，"像我这样不得已逃到这片林地和荒野之中，对这片地区极为熟悉，就像是一只狐狸，能找到可以容身的很多地方！我会把你带到那座古塔里，在那里你会感到温暖舒适，而且也不会有人看到你。到尼克山岗了，我们该下车了。"

他们把汽车停在一个山坳里，告诉司机往回走大约一英里远，在那里有个路边的小农舍，就在那里等他们回来，其他三人跟着斯珀治走进林地，穿过树林可以到达金甲虫峡谷的顶端。偷猎者引导着他们在蜿蜒、狭窄、到处生长着低矮灌木的林中小路潜行；大约走了半英里，他们就进入了这片林地最茂密的区域，根本就没有路径可循，只能在其中艰难跋涉；后来，他们慢慢地、小心翼翼地前进，最后来到林地的一角，前边是一道由高而浓密的常绿植物构成的树篱，在这里斯珀治停住了他们，示意他们从一个枝叶松散一点的树篱孔隙中向外看去。

"我们到了！"他低声说，"你们看，古塔、金甲虫峡谷、大海在更远一点的地方。人迹稀少的地方，不是吗，先生们？"

科普尔斯通和纪灵，他们以前从未见过这部分海岸地区，望着外边的景色表现出浓厚的兴趣。这当然是一个浪漫的景色，原生态，可以说是原始的美丽，他们仔细凝视着。就在他们前面，在距离二十到三十码的地方，古堡寨塔矗立在那里，堡寨是方形的，由灰色石块砌成的底座非常坚固，地基和中间的房间的地基还保存完好，其他地方都已经毁掉或坍塌，只剩下城垛墙和角楼塔，坍塌下来的砖石不规则地堆积在其脚下的地面上；四周是金雀花和荆棘丛。从这个水平高原平台向外望去，峡谷就像个巨大的马蹄铁的形状，从边口向下逐步变窄，直到枞树和松树隐蔽的谷底；沿着谷底再向前就到了那个斯珀治曾经告诉过他们的那个隐蔽的小海湾；再向远处延伸就是广阔的大海，可以看到挂着红帆的各式渔船被永不休止的白色海浪冲撞着、颠簸着，岸边的陆地静静地沉默着，只有海鸟偶尔的鸣叫声和山羊的嘶叫声在山谷中回响。

"确实是个人迹稀少的地方！"纪灵低声说道，"斯珀治，那些东西藏在哪里？"

"塔的另一面，在老院子的一角，"斯珀治应声说道，"从这儿看不到那个地方。"

"你告诉我们的那条路在哪里呢？"科普尔斯通问，"我们来的那条穿过山野的大路？"

"峡谷边更远一点的地方，在古塔下边，"斯珀治说，"从这个树林那边的一角，转过去就到尼克山岗，我们就是从那儿抄近路穿过树林到这里的。现在，先生们，我先给吉姆发个信号。"

他使劲拧着脸噘着嘴，原本就有些丑陋的脸部移动变形，扭曲成一种很奇特的形状，深吸一口气，然后鼓嘴，立即从他噘起的嘴唇中发出一种奇怪的叫声，就像是一种被困的动物所发出的哀鸣声。叫声如此尖锐、摄人心魄，又那么形象逼真，听到的人都大吃一惊。

"地球上有什么动物能发出如此的声音？"纪灵问，"这么令人毛骨悚然的？"

"野兔，被白鼬咬住脖子的时候野兔就发出这种声音，"斯珀治说，"嗯，怎么没回音？我再发一次信号给他。"

还是没有回音。第一次没有，第二次召唤也没有，经过三次尝试之后，就像这片不毛之地一样，仍然没有任何声响。斯珀治脸色有点惊慌，看着自己的同伴。

"事情太蹊跷了，先生！"他喃喃地说，"我不相信我的吉姆兄弟会无故离开这个岗位，他反复向我保证过，他说会像冷酷的死神一样坚守在这里，直到我回来。我希望他没有出事，但愿他没有受到伤害，他平时就不是一个强壮的人，并且——"

"你最好去仔细看看四周吧，斯珀治，"威克斯说，"走吧，我和你一起去好吗？"

但斯珀治摆摆手，让他们都待在原地。他自己沿着树篱的后面悄悄地走过去，直到到达离塔楼最近的一角。突然，他发出了巨大的哭叫声。这一次绝对是正常的人类的哭声！三个年轻人立即冲过去,发现他的脚下躺着一个人,一个穿着粗糙衣服的男人躺在地上。科普尔斯通一眼就认出他是在阿德米拉尔旅馆干杂活的独眼人。

第二十八章　女人脚印

在茂密的树篱旁边，这个人脸朝下趴在杂草丛生的地面上，从他的皮帽和衣领之间露出的粗糙的饱经风霜的脖子上，可以看到已经凝固的血块斑点。他一动不动静静地趴在那里，看起来好像已经没有了生命迹象。但是，维克斯突然弯下腰，用他那有力的双手放在他身上，把他翻了过来。

"他还没死！"他叫道，"他只是脑壳被撞击暂时昏迷。纪灵！你带的白兰地在哪里？把酒瓶给我。"

扎卡里·斯珀治默默地看着威克斯和纪灵忙前忙后地救这个被打昏过去的人，过了好大一会儿才回过神来。他快速地扯了一把科普尔斯通的衣袖，示意跟他到一边去。

"先生！"他低声喃喃地说，"这里肯定发生过谋财害命的行动，而且一定与那九个箱子有关，我保证。你看这里，先生。吉姆不是自己过来摔倒在这里的，而是被人拖过来的，应该是从这个树篱的裂口拖进来，然后又拖到这里。快看，这里有明显的痕迹，拖动过程中压倒的杂草杂物。来吧，先生，我们顺着这些痕迹看看通向哪里。"

拖动一个沉重的、死气沉沉的身体在挂满了露珠的草地上留下的痕迹极其明显,科普尔斯通和斯珀治顺着这些痕迹一路追寻到古塔旁边,他们在古塔一角停住脚步,斯珀治四处查看了一番,立即发出一声大叫。

"我早就预料到了!"他说,"我一看到吉姆躺在那里就知道会是这样。简单来说,先生,东西不见了!"

他拉着科普尔斯通向旁边走了几步,指着长满野草的院子里的一个角落让他看。那里原本坍塌的砖石块已被清理出来,石块被扔到了一边,露出了原来的地基,以及未完全坍塌到底的墙。

"那儿就是藏匿九箱黄金的地方,"他继续说道,"好了,现在那里什么东西都没有了!只留下这个破地方!嗯,事情一定是在今天清晨发生的,就在我离开吉姆去了诺卡斯特之后。当然,一定是他,他把东西藏在那里,一定是他回来把东西取走了,查特菲尔德。我们来看看是否有他的脚印,先生。"

"先等一下,"科普尔斯通说,"我们必须谨慎小心、认真对待,每一步都要留心。我们最好按部就班地做检查,不要破坏现场。一定还会有其他痕迹,比如车辙痕迹,搬运这些箱子一定要用车才行。你所说的那条大路在哪里?从哪边去大路最近?"

"喏,在那里,"斯珀治回答,手指着一旁长满石南花的小山坡,"但是他们,或者他自己,不一定非得从那条大路过来,先生。他或者他们,也可能从那边的那个小海湾上来。我不会感到惊讶,如果有游轮,比如派克号,你知道,趁着夜晚调转方向,把船开进这个小海湾。从这座古塔到小海湾的岸边还不到一英里，而且……"

斯珀治刚说到这里就听到威克斯在大声喊他们。他们过去后看到吉姆·斯珀治慢慢睁开了眼睛，环顾了一下四周，恢复了些意识。当他看见斯珀治的时候眼睛一亮，而偷猎者斯珀治也弯下腰看着他。

"吉姆，老伙计！"他安慰他说，"你怎么样，吉姆？你被人袭击了。是谁把你打昏了，吉姆？"

"再多给他喝一点白兰地，扶他起来一点，"纪灵建议说，"他正在好转。"

要让这个受重伤的人完全恢复意识、恢复语言表达能力，并不是仅仅靠喝上一点白兰地，或是堂兄弟的关切言语就能起作用的。最后，吉姆还是做出了一个微弱的反应，但也只是咕哝着说了一些语无伦次和不连贯的词句，说是有人从后面把他击倒的。之后，他再次陷入半昏迷状态。

"就是这样的，先生，"斯珀治轻轻碰了一下科普尔斯通喃喃地说道，"那就对了！从后面这么来一下！这就是发生在他身上的事。不知不觉背后受到袭击，然后失去知觉。这么说吧，我能推测这件事情，这很容易想象。毫无疑问，他们在黑夜中靠近了这里，就在我离开他之后不久。吉姆听到了他们的声音，就像他说的，便走出来看看。然后，无疑他看到有情况，一定是看到了他们，他想看看他们要做什么。再后来他们发现了吉姆，其中一人偷偷溜到他背后给了他一砖头，砸在后脑勺上。如果你要我说的话，那是一次致命的打击，他就倒下去了！然后，他们把他拖到这里来，不在乎他是死还是活，他们根本不在乎！嗯，但这能证明什么呢？他们肯定有多个人，先生。在我看来，他们是从哪里来的？就从下边那儿！"

他指着斜下方峡谷通向大海的方向。三个年轻人顺着他伸出的手向远处看去，然后收回目光相互观望着，面面相觑。他们对这突如其来的事情和箱子的消失都感到很烦恼、忧虑，也很迷惑不解。

"嗯，我们不能光站在这里，我们应该做些什么，"纪灵最后说道，"各位来吧，我们最好分头行动。必须送这家伙去医院。威克斯！我觉得你跑得最快，赶快跑到尼克山岗找到司机，把车开到这里，好吗？如果克莱斯维尔爵士和警察已赶到了那里，告诉他们发生了什么事。斯珀治，你去那边的峡谷，下去看看能否发现些什么，看看你告诉我们的那个小海湾里有没有什么可疑的船只。科普尔斯通，我们先不要移动这个人，我们现在立刻到周围看看，找找有没有什么线索。这是一起离奇古怪的事件。"各人按照他的吩咐行动起来，他和科普尔斯通也朝着古塔走去，一边走一边说："金子肯定是不见了？"

"没有迹象表明金子还在这里，现在是空空如也。"科普尔斯通回答说。他率先走进早已毁坏不堪的庭院，指着石头堆成的墙脚跟。"根据扎卡里·斯珀治的描述，这里就是查特菲尔德藏金子的地方。"

"显然，查特菲尔德一定是在夜间过来取走黄金的，"纪灵说，"今天一早克莱斯维尔爵士给我们发的那份电报信息不是真的——派克号向南开过来，它一直在某个地方藏着。也许就藏在这个峡谷尽头的那个小海湾里，如果是这样的话，可能它已经离去数小时了！"他得出的结论是令人失望的。"我们行动太晚了！"

"你的推理不一定正确，"科普尔斯通回答说，"克莱斯维尔爵士的消息也可能是准确的。我们都知道派克号上的人在陆地上还有同伙。注意点纪灵，仔细观察，看看能不能找到足迹之类的证据。"

院子里的地面寸草不生，到处是沙砾和散乱的或松动的石头，粗看上去，好像根本没有人类的足迹。但科普尔斯通仔细勘查了周围，然后沿着从古塔和荒野中的大路之间的土堤向前走了一小段慢慢勘察。突然，在黑色的、像泥炭一样的土地上的一个印记吸引了他的注意力，他立刻喊他的同伴过来看。

"找到啦！"他叫道，"看看这是什么？这里！毫无疑问是他们留下的，痕迹也很新鲜！"

纪灵走过来，弯下腰看了看，站起身来盯着科普尔斯通，眼中充满疑惑。

"天哪！"他说，"是个女人！"

"这是一个小巧、形状美观的鞋印，"科普尔斯通评论说，"可以说，能留下这个脚印的一定是一双纤细优雅的脚。看，这边还有，顺着土堤上去了。快看！"

在土堤的相对松软的土地上，还有很多这双优雅小脚留下的足迹，足迹显示行走的方向是从满是乱石的庭院到荒野之中的大路，他们追踪到路边，还发现了更多的脚印。同时，就在大路上还有很明显的一种机动车停留过的痕迹，这个位置就在古塔的对面。纪灵指着铺有碎石的大路上汽车轮胎防滑钉留下的压痕，以及滴落的机油和汽油油渍，喃喃自语。

"证据很明显，"他说，"他们趁着夜黑找到那些箱子，用汽车拉走了，还有就是其中一人必定是个女人！当然，是他们的同伙。现在，接下来我们要搞清楚的事情是，汽车拉着黄金去哪里了，朝什么方向走的？"

他们沿着道路，顺着汽车留下的痕迹巡察了一段距离，来到了一个地方，这里路面变宽，再向前就进入林地中的路段，他们看到路上有汽车倒车和转向的痕迹。纪灵仔细检查着这些印迹。

"那辆车是从诺卡斯特开过来，然后又向诺卡斯特返回的，"他现在对此相当肯定，"看这里！他们开车来到这片林地边的小山坡，在这里他们先把车停在通向林地的路口上，然后倒车朝后开到与古塔平行的位置，然后，当他们装上那些箱子之后，他们就径直再开过来。看看这些痕迹，一目了然。"

"那我们最好是沿路赶回诺卡斯特，"科普尔斯通说，"先把斯珀治叫回来，他在那个小海湾找不到什么有价值的线索。劫走黄金的事情是在陆地上完成的，不是走水路。我们应该紧紧跟着这些人的踪迹，他们已经提前好几个小时就开始行动了。"

与此同时，扎卡里·斯珀治已经返回来，威克斯也带着司机把车从尼克山岗开了过来，并把伤者小心翼翼地抬上车，他们一起上车掉头向诺卡斯特驶去。就在他们回到尼克山岗的时候，一辆从诺卡斯特匆匆赶来的汽车也到了这个地方。车上是克莱斯维尔·奥利弗爵士和另外三个人,从三个人的脸色可以判断出他们是警察无疑。科普尔斯通认出其中一人是来自斯卡海文的督察。

这两辆汽车迎面停在一起,克莱斯维尔爵士用锐利的目光看了看被威克斯用粗糙的绷带固定在车上的吉姆·斯珀治,厉声提出了问题:"到底发生了什么事?这是怎么了?"

"他们跑了!"纪灵的回答直截了当,"夜里开汽车来的,就在扎卡里·斯珀治离开吉姆后不久。他们用重物袭击了吉姆的后脑勺,让他不省人事。当然,他们已经把黄金箱劫走了,汽车似乎是朝诺卡斯特方向开去了。我们是不是该掉头赶快返回诺卡斯特?"

克莱斯维尔爵士指着来自斯卡海文警察局的那位警官说。

"这里也有来自斯卡海文的消息,"他说着,然后转身看着另一辆车,"是这位警官带来的消息。那个庄园主,不管他是谁,已经死了。他们今天早上发现了他的尸体,躺在古城堡下边的悬崖边附近。谋杀?是不是谋杀你们还不知道,是不是,警官?"

"现在还没查清楚,阁下,"警探回答,"他可能是被扔下悬崖的,也可能是他自己掉下去的。那个地方很险要。不管怎样,我赶到那里的时候,医生就已经检查过他的尸体,对格瑞利夫人说他已经死了好几天了。我们知道,从名义上来说格瑞利夫人还是他的直系亲属,那具尸体就躺在古城堡脚下悬崖边的灌木丛里,你们知道那个位置的。"

"好几天了!"科普尔斯通直直地看着纪灵喊道,"好几天?"

"至少有四五天了,先生,"那个警官回答,"医生是这么说的。在这段高高的悬崖上边是条小路，连通着庄园到通往诺斯伯勒的大道。从那条大路下来顺着这条小路，穿过公园就可以到达庄园，这是条捷径。看起来好像……"

"啊哈！"纪灵打断了他的话，"很明显这事怎么发生的。他晚上从诺斯伯勒来，路过那条捷径！但是，如果他死了，谁能知道这一切是怎么发生的？现在的事实是，那些盛黄金的箱子已经在今天早晨被人从古塔运走了，那时扎卡里·斯珀治已经离开，只留下他的堂弟在那里。一切迹象看起来就好像黄金被运回了诺卡斯特。因此……"

"先让这辆车掉头，"克莱斯维尔爵士命令道，"当然，我们必须尽快回到诺卡斯特。但是回到那里要做什么呢？"

两辆车就急急忙忙赶回到这个有着古老历史的渔港城。他们先把受伤的人送到附近的一个医院，最后停到了安琪儿酒店附近，下车后扎卡里·斯珀治拉住科普尔斯通的衣袖，脸上带着欲言又止的表情，示意跟他到一个安静的地方。

第二十九章　斯卡维尔航道

他们的车就停在集市广场,在他们全部下车后,车突然转向,加速向着位于城市中心和穿过城市的河流之间的那片像迷宫一样的古老建筑群开去。斯珀治领着科普尔斯通离开其他人,走进一条狭窄的安静的小巷,他一直没有说话。进入小巷后,他转身看着科普尔斯通好像有很多话要说。他说话的时候,脸上自始至终都带着一种既神秘又自信的表情。

"阁下!"他说,"你觉得下一步该做什么?"

"你把我拉到这儿来就是要问这个吗?"科普尔斯通反问道,表情有点不耐烦,"天哪,老伙计,一切事实都摆在这儿。金子不见了,假庄园主死了。为什么?当然,我们必须进行更加深入细致的调查与研究。我们最好还是回去吧。"

但是斯珀治摇了摇头。

"我不这么想,阁下!"他态度坚决地说,"我不愿意和律师和警察讨论,无论他们是穿便衣还是着制服。在常识方面,他们也不比我们这些凡人好到哪里去。他们做不好这些事的,阁下!原因是什么?那不是他们的错。这是体制问题。他们这不能做,那也不能做，又提不出什么好建议！他们能做的只有官面上的文章，枯燥无味，繁文缛节，阁下，你和我可以把事情做得更好。"

"你想怎么做？"科普尔斯通问道。

"你听我说！"斯珀治继续说道，"毫无疑问，今天一早他们就把金子运走了。一定是在我离开吉姆之后、太阳初升之前的那段时间，因为他们想在黑暗中完成这件事。我到现在也还没有合理的怀疑对象，但我知道他们用的汽车是到这里来的，就在诺卡斯特。现在，阁下，我问你，他们有可能要去什么地方呢？肯定不是火车站，因为他们带着这么多箱子，很容易引起注意和怀疑，如果当局下令追查的话很容易追踪到他们的行踪。但是他们肯定想尽快把东西运走，越快越好。很好，有什么其他方法可以很方便地出入诺卡斯特又不引人注意呢？是什么？为什么？答案就在那儿！"

他晃动着拇指，指着小巷尽头那一片灰蒙蒙、萧条的、粼粼泛着白光的一汪水域，朝他眨眨眼睛。

"就是那条河！"他接着说，"就是这条穿过城市的河，阁下！这条河通向哪里？六英里之外就出了大陆边界进入了自由的大海，这是不是给他们提供了最好的机会？我们要做的就是走访沿河的所有码头、船坞、驳船码头和货运码头。我们睁大眼睛仔细找，也要竖起耳朵四处打听。跟我来，阁下。我知道沿河的这些地方，在这里你可以把英格兰银行的钱都藏起来。可以这么说吧，这里是藏身藏物的好地方。"

"但是其他人呢？"科普尔斯通建议，"我们要不要把他们一起叫上？"

"不！"斯珀治果断地反驳道，"我们两个就够了。你要相信我，阁下。我会找到一些线索的，我知道这些码头，还有所有码头及其附近的社区。我本可以自己来做这件事的，但现在这种情况下最好还是有人陪着我比较好，以防我们万一需要回来发出求救消息或类似的事情。来吧，在中午之前看看我们是否能打探到消息，比如今天上午有没有令人起疑的船只出航等，我相信自己，我的判断没有错。"

科普尔斯通对这位偷猎者的精明并没有抱太大的信心，他被动地跟着斯珀治来到城镇最低的地段，河岸边。低，不只是字面意义上的。诺卡斯特城有很多古老的、经过岁月洗礼的痕迹，它的教堂，它的城堡，它的官方建筑和数量可观的宅邸，均建造在一座小山丘的顶上；而它的客运码头、货运码头和与之相连的简陋的街道则位于山脚之下、小河旁边。这片低洼地区的空气中充斥着烟焦油和低劣商品散发出的难闻气味，狭窄的小巷子里充满了来来往往的出海人和吵闹的女人，古怪的角角落落里，正在装船或正在卸船的船只和搬运工发出的嘈杂声与人挨人、人挤人的紊乱状态混合在一起。科普尔斯通认为在这样的环境里要找到他们认为可疑的船只或是可疑的人，就像绣花针掉到干草堆里，根本不可能。

扎卡里·斯珀治领着科普尔斯通穿过人群在一个个船埠码头中进进出出，但毫无收获；接着他们又来到一个码头打听查看，什么消息都没有；接着再勘察另一个码头，还是什么也没有发现。然后他们在狭窄的街道的角落处停下来，与站在那儿吸烟的一个沉默寡言的人交谈了几句，休息了一会儿。接着他们又去形形色色的有点简陋阴暗的酒馆中调查，进入一个又进另一个，均是无果。而斯珀治似乎对他的主意非常满意，不断地对同伴说他们会打听到可靠消息的。然而，到了中午却依然什么也没打听到，科普尔斯通认为他们这种毫无目标的随意搜索不会有什么结果，所以他表示要离开这片喧闹的街区，到环境更令人舒服的街区去休息一下。

"请再给我一次机会，我们去另一个地方，阁下，"斯珀治请求道，"你要对我有点信心，好不好！你看，阁下，我有一个想法，一个推理，你可以看作猜测，但我认为合乎逻辑。时间太短暂，来不及详细说明，比如细节，我就不说了。但请你再相信我一次，阁下。从这里，从我们站的这个地方，往下游走还有几个重要的地方，我认为我们必须去看看，来吧，阁下，这是最后一次！这个地方就是斯卡维尔航道。"

他拽着极不情愿的同伴转过一个街角来到一个船埠，这正是他们打算接下来要巡查的地方。前面是一条窄窄的小河汊，一些古老的建筑镶嵌在小河两岸，其中好多已经处于半倒塌状态；岸边更多的还是渔民住的简陋阁楼，装满零零碎碎、杂七杂八商品的棚屋。小河向着远处的大地伸展，弯弯曲曲，角度很不规则。港湾里停泊着很多小型船只，那个时候，由于退潮的缘故，小船就搁浅在小河两边有点干燥的沙滩里。沿河岸的一边，同样是热闹拥挤和混乱不堪，就像其他码头一样；男人们有的频繁在棚屋和阁楼进进出出搬运货物，有的在小船上或小船边忙忙碌碌。一种徒劳的感觉又一次涌上科普尔斯通的心头。

"我们到这儿来有什么意义，斯珀治！"他不耐烦地喊道，"你不会是根本就……"

斯珀治突然抓住科普尔斯通的胳膊，拽着他转身走进旁边的棚屋之间的一个狭窄的小路口。

"我找到了！"他高声回答，显得非常激动，"看那边，阁下！看那边，北海来的拖船，那条停泊在那里的拖船！看那人是谁？看见了吗？正在从舱口向外张望的那个人！快看，现在！"

科普尔斯通顺着斯珀治所指的方向看去，在那边的码头边，一个摇摇欲坠的渔家阁楼对面的码头边，静静地停泊着一条拖船，这种拖船很结实耐用，经常往返于捕鱼船队和港口之间。很明显，这是一艘商用拖船，外形特别轻巧，船上的迹象表明近期常常出海。但科普尔斯通对此只看了一眼，吸引他的是从拖船舱口探出的那张脸。那是一张男人的脸，他从船舱里走上来站在船舱口顶层甲板上向外张望着，眼神中充满期待，看着对面的渔家阁楼。那张脸上满是污垢和油渍，脖子从一件粗糙的旧毛衣里伸出来，支撑着头发蓬乱的脑袋，尽管他试图努力装成一个拖船上的船工的模样，科普尔斯通还是一眼就认出了那个人。毫无疑问，他就是派克号游轮的船长。

"我的上帝！"他喃喃地说着，目光穿过熙熙攘攘的码头直直地盯着那个人，"安德烈斯！"

"你看，怎么样，阁下，"斯珀治低声说，"那肯定是他，绝对没错！现在你大概明白了我综合分析问题的能力了吧，就像这次。很显然，根据发给克莱斯维尔爵士的电报消息，说有人看到派克号游轮昨晚向东方向驶去。仅此而已，但是没有任何理由啊，你想想，那家伙和他的同伙已经把命都赌上了，他们为什么不再多赌一两次呢？为了这么多钱他们很有可能会再赌上一把。我的分析推理是，他们遇到了经常进出捕鱼渔场的许多拖船中的一艘，阁下，他们遇到了这艘拖船，然后雇用了它来到这里。我还推测他们已经把到手的东西装上了船，现在就等涨潮了。当潮水上涨的时候，他们就开船离去，一直开进自由宽广的大海，去和派克号相聚，派克号可能就停泊在苏格兰北部的多格滩或是附近的某个地方。啊哈！多么聪明的家伙们，毫无疑问他们是这么做的。但是，我们找到了他们！"

"现在还没有抓到他们，"科普尔斯通说，"我们怎么办？我看最好回去找人帮忙，嗯？"

他机警地一直盯着安德烈斯，这个派克号的船长突然走出船舱，他赶紧把斯珀治拽进了那条小胡同。

"他从那个船舱口走出来了！"科普尔斯通低声说，"如果他上岸，他会看到我们的，那么……"

"没有事的，阁下，"斯珀治大大咧咧地说，"他们现在无法逃离斯卡维尔航道，只有涨潮的时候，停在浅滩上的拖船才能进入那条河。是的，那个安德烈斯船长很清楚这一点。哎，他真的上岸了。"

安德烈斯那时已经走出自己的舱口，他没穿外套，上身只穿着一件粗糙的毛衣，下身是厚厚的裤子，脚上穿着出海人常穿的橡胶短靴。科普尔斯通还记得，几天前当他在派克号上的时候，安德烈斯船长可是打扮得很优雅庄重，甚至可以说是很时尚的一个绅士。仅仅是为了实施这个阴谋诡计，他知道，他必须伪装成这副丑模样，以免被别人认出来。科普尔斯通饶有兴致地看着他走上岸，然后消失在一家低矮的渔家阁楼里。同样，斯珀治也睁着一双眼睛警惕地看着这一切，然后他转身看着科普尔斯通，眼中带着一丝兴奋。

"阁下！"他说，"我们已经真正追踪到他们啦！我知道他去的那个地方，我以前曾在那里工作过。我知道一个通道可以偷偷摸进去，从后面，我们以这种方式悄悄地看看他在做什么。我们不能再等了，我们要去那个渔家阁楼，一切都会搞清楚的。首先，找人来帮忙吧！"

"那我们怎么去找人帮忙呢？万一我们一离开他再跑了怎么办？"科普尔斯通问道，显得很焦急。

"我来安排，"斯珀治回答，"我知道有一个人刚回到这里，让他跑一趟，把消息带到市中心去。那个人值得信赖，是个可靠和忠诚的先生。你等我五分钟，我去安排一下，让他给威克斯先生送个口信，这家伙一定认识他，而且也知道去哪儿能找到他。威克斯先生收到信息就可以和其他人一起过来，如果他喜欢的话，甚至也可以把警察带来。你要保持警惕，盯着这里，阁下。"

他说完后就像一条鳗鱼一样转身走进熙熙攘攘、船工和闲杂人混杂的人群，只留下科普尔斯通独自站在巷子的入口处，观察着事态的发展。仅仅在斯珀治离去几分钟之后，有一个女人悄悄出现在小巷的出口，急匆匆地、目不斜视，脸和头都用面纱罩着，看不清她的脸，科普尔斯通因为好奇多看了她一眼，就是这一眼他便认出了她，艾迪·查特菲尔德！

然而，也正是此时此刻的这一瞥让科普尔斯通想到了更加重要的东西。他立即联想到了今天一早在古塔周围发生的黄金神秘消失以及他们发现的神秘脚印，一个女人靴子的脚印，她是不是与这些神秘脚印有关联呢？这人是艾迪·查特菲尔德，肯定无疑！她不就是老彼特的女儿吗？难道她像她父亲一样，也是一个极其狡猾、狡黠聪明的女人？他和纪灵已经了解到她知晓发生在布里斯托尔的事件，难道她也是参与者吗？天哪！为什么？当然只有一种解释，艾迪是这一切的帮凶！

如果说科普尔斯通对这个推论还有什么疑虑尚未消除的话，接下来的事情马上驱散了它。他从躲藏的那条小巷口的一个角落小心翼翼地盯梢艾迪，看见艾迪直接去了那个渔家阁楼，然后就不见了踪影，那个古老阁楼正是安德烈斯进去的阁楼。当然，她一定是去和她的同谋者会合。他开始烦恼地抽着烟，咒骂自己不该让斯珀治离开，现在他独自在这里不能离开。要是他们只让纪灵和威克斯他们俩过来，不带任何武装……

"办妥了，阁下！"斯珀治突然拍了他的肩膀一下，低声说道，"他们将在一刻钟内到达，我打电话给他们了。"

"你猜猜我看到什么了？"科普尔斯通兴奋地喊道，"那个老查特菲尔德的女儿也去了那里，安德烈斯去的那个阁楼。就在刚才!"

"什么,那个女戏子!"斯珀治惊讶地说道,"你是这么说的吗,阁下?哈哈!这解释了一切,她就是缺少的那个环节的主要人物!哈哈!接下来我们很快就会知道他们怎么做到这一切的。科普尔斯通先生,跟我来,悄悄地别声张。"

再一次被领导了,但这次的心情与刚才完全不一样。科普尔斯通跟着这位奇怪的引路人沿着小巷走了进去。

第三十章　失窃的黄金

在小巷的入口处，他们看到了刚才发生的这些事情。斯珀治领着科普尔斯通进入这条狭窄的小巷，刚走了几步，就突然拐入一条更狭窄小岔路，岔路的深处有一栋木石结构的古老建筑，摇摇欲坠，看上去就好像用手一推、或者是一阵强风就会立马倒塌，变成一堆废墟似的。

"从这栋古老的旧渔家阁楼上可以观察到整个航道的情况，"他低声对他说，扭过头眼睛越过肩膀看着科普尔斯通，"现在，阁下，这里是后门，我们就到里边去看看情况。就像我之前说过的，我曾在这个地方工作过，在我东躲西藏的那一两个月里，我在这里待了一段时间。我知道它的每一寸地方，如果这伙人在这个屋檐下，我知道他们会在哪里。"

"他们不会束手就擒的，他们会反抗，你知道的。"科普尔斯通提醒说。

"当然，但是我们不是也有家伙吗？我们也可以跟他们斗啊！"斯珀治回答道，使劲朝他眨着眼。"我用我的左轮手枪，威克斯先生给我的，我知道你可以用你的枪。但是，还没有到用枪的时候。我们要做的只是偷偷地看，偷偷地听。阁下，跟我来。"

说完，他打开了这栋老建筑的摇摇欲坠的后门，用手势招呼科普尔斯通跟他走。进门后他们来到一个过道，显然这条过道直通前厅。里边光线昏暗，没有任何照明，但科普尔斯通可以看到内部整个结构都已倒塌了，一切都被死一般的寂静笼罩着。可以清楚地听到外边的码头上有铰链发出的吱吱嘎嘎的声音，还有男人的说话声和女人刺耳的嬉笑声，但在里边没有任何声音。突然，正在隐身匍匐前进的斯珀治停住了脚步，满脸疑惑地看着科普尔斯通。

"很奇怪，不是吗？"他低声说道，"我听不到一点声音，连个鬼声也听不到！你想想，如果他们在这里，他们会说话。不过我们很快就会明白的。"

斯珀治爬上坍塌在过道上的一堆乱木，转身示意科普尔斯通照他的样子爬上去。斯珀治透过木质隔墙上的一块破损的壁板向外张望着。墙的另一边是个棚屋，棚屋的门洞开着，门口正对面就是河的航道，棚子里空空如也，人们从它的前面来来往往；那艘北海过来的拖船仍搁浅在码头上。一个男人显然是拖船的主人，坐在甲板上的一个木桶上，平静而满足地吸着短短的烟斗。但艾迪·查特菲尔德和安德烈斯却未见踪迹。在那个摇摇欲坠的、老鼠出没的、像鬼屋一样的阁楼里，死一般的寂静比以往任何时候都强烈。

"阁下！"斯珀治喃喃地说，"从你看到她到现在多长时间了？"

"你刚一离开不久我就看到她了。"科普尔斯通回答。

"十分钟前!"斯珀治叹了口气,"阁下,他们一定是发现了我们!他们肯定离开了!我明白了。她一定是看到了我,闻到了危险的气味,然后她来这里给她的同伙发出暗号,他们从后边逃了出去。后面,阁下!上帝保佑,他们就从这个棚屋的后面跑掉了。你知道后面是什么吗?是一片像兔窝一样的棚屋区,很典型的,人们把这片区域叫作大杂院。如果他们已经跑到那里去,那就麻烦了,即便诺卡斯特的所有警察都去了也不一定能找到他们。至少,我的意思是,实话实说,不下一番苦功夫是找不到他们的。"

"阁楼上有什么?"科普尔斯通问道。

"楼上,现在?"看了一眼摇摇欲坠的楼梯,斯珀治犹豫地说,"上帝啊,你开玩笑吧,先生!我敢说没有人有胆量去爬这个楼梯!不,他们已经从棚屋后面匆忙逃离了,而且现在已经跑进了那个大杂院。"

他从乱木堆上跳下来,做了一个潇洒的手势,示意不要在这里浪费时间了,迈步顺着过道走出一道门,进入那个门口洞开的棚屋。他站在门口望着码头,看着斯卡维尔航道码头上形形色色的人群。

"不管怎么说,我们的人过来啦,阁下,"他宣布,"我看到威克斯先生了,与他在一起的还有那个伦敦的绅士和那个老将军,都过来了。他们在那里,从一辆车里下车了,在那头。接下来你去接他们,科普尔斯通先生,我在这里盯着这艘拖船和船长。"

科普尔斯通挤过人群，一路推推搡搡，最后来到克莱斯维尔爵士他们三人面前。三人都充满渴望和兴奋；但科普尔斯通只能沮丧地用摇头来回应他们探寻的目光。

"我们的运气好像碰到鬼了！"他心情压抑、愤愤不平地说，"我和斯珀治在这里偶然发现了安德烈斯船长，那时他是在北海来的拖船上，或是拖网渔船，就停泊在这里的码头里。然后斯珀治急急地赶去通知你们，当他离开了以后，查特菲尔德小姐出现了。"

"艾迪·查特菲尔德！"威克斯惊呼道。

"是的，绝对没错。"科普尔斯通继续说，并瞥了纪灵一眼。"毫无疑问，在我看来，无论如何，这就解释了出现在古塔附近的那些女人足迹是艾迪·查特菲尔德留下的，我告诉你！我当时正藏在这个航道边上的一个小巷的入口处，她行色匆匆地走过那里，然后走进了一个古老的渔家阁楼，外面就是航道，那艘拖船就停泊在那里。在她之前一两分钟安德烈斯船长进入了那栋老房子。但是现在，她不在里边，安德烈斯船长也不在。他们消失了！斯珀治说，在这个码头的后面有一个像兔窝一样密密麻麻的棚户区，叫作大杂院，有很多小巷子，也有很多小院子。如果……或者，他们已经逃到那里去了，嗯？"

几位警探，就是曾陪同克莱斯维尔爵士去古塔调查、半途却被科普尔斯通他们中断的那几位警探，乘坐另一辆汽车也赶到了这里，他们听了科普尔斯通所讲的故事，互相看着对方，交换着眼色。

"这是完全正确的,"其中一个警探说,"但是,如果他们真的在大杂院,我们有办法把他们挖出来。先生们,我们现在首先要做的是到那艘拖船上去看一看。"

"没错!"克莱斯维尔爵士大声说道,"我正是这么想的。找船上的人问问情况再做下一步打算。"

拖船的船长叼着烟,脸上带着满足平静地站在甲板上。当他看到八个人走上连接拖船与码头的跳板向拖船走过来的时候,感到十分吃惊。但是,他面对着这伙人毫不畏惧,紧闭着嘴唇,仍旧叼着烟斗,带挑衅的眼睛一直瞪着大家。

"你就是这艘船的船长吗?"那位警探长简洁地问道,"是吗?那么,你是从哪里来的?是什么时候来到这里的?"

船长从嘴上取下烟斗,朝栏杆外吐了口口水,然后又把烟斗放到嘴里,双臂交叉,怒目而视。

"他妈的这和你有什么关系?"他质问道,"谁让你们不经允许就擅自登上我的船的?"

"别啰嗦,不用人请我们来!"那个警探说,"实话实说吧,我们是警察。这里有可疑情况,我们已经得到了两个线人的报告说我们正在追捕的嫌犯在你的船上出现过,我们认为有必要对你的拖船进行搜查,有人十多分钟前看到他在这里的。你最好把你知道的告诉我们。如果你现在不说,你就得换个地方再告诉我,我知道你已经得到了好处。来吧,说出来吧!"

这个船长听完警探的讲述,他那饱经风霜的满是疙瘩的脸上几经变化，最后是半红半绿，好像有一半脸被拳头重击了一下。

"该死的，我真不知道在这件事上还有非法的勾当，这个骗子！"他激动地说着，脸色也变得明朗起来，"好吧，我说，但是我和整个事情无关。嫌疑犯？你说是嫌疑犯？啊哈！是什么特别案件的嫌疑犯？"

"谋杀！"那个警探回答，"无论怎么说，这只是一项指控，对他们之中的任何人来说，都会有这一指控，当然还有其他指控。"

"谋杀这一条就够了，"船长回答，"当然，人不可貌相，没有人仅仅通过面相就能看出是不是杀人犯，根本不可能！没人有这个本事！我也是一样。事情是这样的，昨天傍晚，就是晚上，当时天已经黑了。我站在甲板边上，在多格滩那里。一艘游轮开过来，速度很快，是一艘快艇。快艇上的人向我打招呼，问我是不是要去诺卡斯特或者附近其他地方。我这艘船是去诺斯伯勒的拖船，原本是不去诺卡斯特的。他们让我考虑一下可不可以去那里，于是我问去那里会有什么报酬，然后我们讨价还价，最后以三十英镑现金成交，现金支付，并且当场兑现。他们的要求是让我带上他们两个人直接尽快开到诺卡斯特，也就是悄悄地快速开到这里的，斯卡维尔航道，等待他们把货物装上船，然后再把他们运回到我带他们出发的那个地方。这就是整个交易！他们上船后，游轮向东驶去，我则开船向西走。这就是全部！或者说事情主要经过就是这样。"

"那两个人呢？"那个警探询问道，"他们是什么样的人，现在在哪里？"

"那俩，现在！"船长说，"啊哈！那两个，他们都像是有些疲惫不堪，你可以把他们看作远航海员。但是他们又好像是从来没有经过远航航海，甚至在平常的日子里也没有做过其他种类的普通的航海工作，因为他们的手很白、很柔，像女人的手。其中一个是老家伙，脸盘像一个圆圆的钟表盘或是满月一样，一个狡猾的老家伙！另一个是年轻人，看上去好像身上藏了什么东西，是一个危险的家伙。他们在哪里？如果我知道就该死。我能确定的就是，我们在今天早上八点左右到了这里，用最快的速度赶来的。自那以后，他们俩好像总是显得焦虑、坐立不安的样子，一直朝外边张望着。可以这么说吧，他们在焦急地等待着什么人：怎么还不来呢？那个老家伙在一个小时之前就下船去那个修船工住的阁楼里去了，另外一个，也在不久前去了那里。从那时起我就没有再看到他们。你们去那里看看吧。还有什么要我说的吗？"

"就这些？"警探问道。

"我会被抓起来吗？"船长问道，"如果你们不抓我的话，等海水涨潮我就要立即开船走了。既然你们要找他们抓他们，我再在这里等他们就没有意义了！"

"先抓住他们再说。"警探说，同时瞥了一眼他的两个同行。"虽然我们一点也不怀疑你说的话，但我们还是要到你的船上看看，说不定在你不注意的时候他们又溜上船了呢，你明白，他们也有可能在你背对着他们不注意的时候悄悄上了船。"

于是他们在船上里里外外勘察了一番，没有发现皮特·查特菲尔德的影子，也没有他女儿的踪影，更没有派克号船长和那些黄金箱。然后他们又到修船工住的阁楼及其周围勘察，同样没有发现踪迹。警探们面面相觑，互相对望着，他们的头儿转身望着克莱斯维尔爵士。

"这些人几乎可以确定，他们已经逃到城市的那片街区里去了，"他说，"我们必须对这个地区进行彻底的搜查，追捕他们！我认识一个人，他被警察追捕得很紧，便只身躲进这个街区，结果躲藏了几个星期都没被发现。如果查特菲尔德和同伙藏在大杂院这片街区，那么他们可以在这里隐藏很长一段时间，并且一定很难被发现。我们必须去找很多人参与追捕。"

"但我说！"纪灵叫道，"你是想告诉我，这三个人，其中有一个是女人，可以从这些拥挤不堪小院落和小巷里逃出来，不用化妆也不会被人看见吗？算了吧！"

警探们宽容地笑了笑。

"你不了解这里的人。"其中一个侦探说。他用头朝一个污秽的街头扭了扭，这是他们刚才会合的地方。"但他们了解'我们'。他们从不会向警察或侦探讲真话，这是他们为维护脸面一定要这么做的。他们即使看到了那三个人，他们也永远不会承认这一点的，除非他们能得到什么好处。"

"那就给他们一点好处嘛！"纪灵很不耐烦地大声说道。

"在适当的时候我们会这么做的，先生，"那个头儿打着官腔说，"把它留给我们吧。"

就在那一刻，几个业余的嫌犯追捕者意识到此刻他们在这里也帮不上忙，所有的努力一定是徒劳无功的，所以他们走到一旁进一步讨论案情。而警探们则不紧不慢地、用他们的方式采取着行动。他们走进那个大杂院街区，四处散步溜达，就像是为了身体健康专找安静的、清爽的小道走。克莱斯维尔·奥利弗爵士评论说，他们在做的这项工作相当艰难，一边要装作若无其事，一边还要特别狡黠机警，寻找蛛丝马迹。

科普尔斯通他们在回市中心的路上，斯珀治转道去医院看望他的堂弟吉姆，看看他的情况怎么样；纪灵和威克斯拐到另一条道路去了别处。这时克莱斯维尔·奥利弗爵士对科普尔斯通说："你是不是觉得黄金一定是由查特菲尔德的女儿取走的呢？你认为她就是那个在金甲虫峡谷古塔附近留下脚印的女人吗？"

"看到她在诺卡斯特，出现在這里，并且还和派克号游轮上的人有接触，我还可能有什么别的想法吗？"科普尔斯通回答，"在我看来，他们通过电报的方式联系上了她，她找人把黄金偷偷运出来做好准备，等待她父亲和安德烈斯乘北海拖船过来。如果我们能找到她把箱子放在什么地方，或者她从哪里找的车把藏在古塔下的黄金运下来的……"

"维克斯已经在调查那台车的信息了，"克莱斯维尔说，"她一定是在城里某个地方租了一辆车。当然，如果我们能找到金子的下落的话，我们就会进一步找到他们的踪迹。"

但直到下午，他们既没有打听到黄金的下落，也没有发现逃犯的踪影，甚至不知道警探们在哪里、在做什么。然而，就在那时，一个银行的经理，埃尔金先生，就是在斯卡海文庄园设立经营账户和庄园主个人账户的那家银行，也是查特菲尔德在那里取走庄园经营资金和庄园主个人私产，并在那里把现金转换成黄金带走的那家银行。埃尔金先生匆匆忙忙赶来安琪儿酒店找格瑞利太太，手中挥舞着一张皱巴巴的纸，平时原本红润的脸这时却因情绪激动而变得有点苍白。在那一时刻，格瑞利夫人和奥德丽正在向克莱斯维尔·奥利弗爵士和科普尔斯通了解案情进展情况——银行经理突然出现在他们面前，没有预兆，他的样子让他们每个人都感到吃惊。

"听我说，听我说！"他兴奋地喊道，"你们绝对想不到！黄金回来了！一切都是安全的，每一分钱。上帝保佑！我几乎不敢相信，不知道自己是否在做梦。但是，我们已经得到了黄金！"

"你说什么？真的吗？"克莱斯维尔爵士惊奇地问道，"你拿到了……金子？"

"不到一个小时前，"银行经理说着，坐进旁边的一张椅子里，用手拍着他的膝盖，表现得很兴奋，"有一个蔬菜水果商赶着马车来到银行，他说他是来给我们送九个箱子的。我们问他是谁让他送的，他回答说今天早上一位他不认识的女士拜访他并拜托他把这些箱子放在他的棚屋里存放一下，到时候她会过来取的，她是用一辆汽车把这些箱子运过去的。今天下午两点，她又去拜访他，付给了他报酬，感谢他为她保管这些东西和接下来要他做的事情，然后又吩咐他把箱子放到他的马车上，让他把它们送到我们这儿来。"埃尔金先生兴奋地搓着双手，继续说："他真的把箱子送来了！与此同时，还有这个文件！我亲爱的女士们，先生们，这是我在银行业做了四十年的经历中看到的最不寻常的文件！"

他把手里那张脏兮兮、皱巴巴、从一个便宜的便条本上撕下来的半张纸放在桌子上，他们都坐着桌子边，科普尔斯通弯着腰，大声把纸片上写的内容读了出来：

"埃尔金先生，请把随信送到的九个箱子里装的东西记到格瑞利地产信贷账户上。皮特·查特菲尔德，经纪人。"

在一片惊呼声中，克莱斯维尔先生问了一个尖锐的问题：

"那上边真是查特菲尔德的亲笔签名吗？"

"嗯，毫无疑问！"埃尔金先生回答，"一点也不用怀疑，当然是真的。当我看到它的时候，我仔细询问那个菜贩子，但他什么都不知道。他说，那位女士用面纱包裹着脸，当然是戴着面纱，两次来找他时都是戴面纱，并亲自看着他把这九个箱子装到车上出发后，才转身离去。那个菜贩子就住在城乡交接的那片社区，我有他的地址。但我相信他不会知道更多。"

"你们检查过箱子里的东西了吗？"科普尔斯通问道。

"每只箱子都仔细检查过了，我亲爱的先生，"银行经理带着满意的笑容回答说，"一分都不少！太令人兴奋啦！"

"这真是太非同寻常啦！"克莱斯维尔说，"这究竟意味着什么？如果我们从菜贩子住的地方能够追踪到那个女人……"

他们立即派人根据这一建议去进行调查，但毫无所获。同时，警方也没有新的消息传来。夜晚已经降临，现在已是接近深夜，格瑞利太太和奥德丽，与克莱斯维尔爵士、佩瑟顿先生、威克斯、科普尔斯通和纪灵等人一道，都等在一个私人客厅里，这时门突然被打开，一个女人走了进来，脸上包着严严的面纱，自称艾迪·查特菲尔德。

第三十一章　特别女使者

她的突然闯入，使房间里的所有人突然沉默下来。如果科普尔斯通从来没有见过艾迪·查特菲尔德，如果他不知道她是一个很有能力也很知名的女演员，他承认，这个女人无疑极富表演戏剧的本能。虽然艾迪面对的只是几位很特殊的听众，她的自我介绍也非常具有戏剧效果，并且不显得做作。她很有舞台感，有很强的气场和驾驭能力。这好比在一个大礼堂演出，礼堂的灯光突然熄灭，舞台上的灯光突然打亮，一切仿佛静止了下来，每一个观众都竖起耳朵、睁大双眼，等待着舞台上演员的亮相和捕捉发出的第一个声音。艾迪发出的第一个声音像液体一样绵软，并伴随着一个微笑，像是蓄意要软化这七个人的心脏，因为她的出现令这七个人心跳加快。这个一帆风顺的女演员带着微笑和柔和的话语，向房间中央的桌子靠近，然后脸上带着羞怯和温和的红晕，向着那几位眼中充满吃惊和好奇神情的人们鞠了一躬。

"我来这里是请求各位……宽恕！"

有人惊讶地轻轻发出了一声弱弱的不解的声音。克莱斯维尔·奥利弗爵士，只认出进房间的是一位漂亮的女士，急忙搬了一把椅子给她。但就在艾迪准备回应他那传统的鞠躬礼节的时候，佩瑟顿先生站了起来。

"嗯！我来介绍一下这位年轻女士吧，她是查特菲尔德小姐，最近几天我们经常谈到她，"他说得很生硬，"我想，克莱斯维尔爵士，这么说您明白了吧，嗯？"

"明白了。"克莱斯维尔说。他看看刚来女客人，然后又望望这个老律师。"你认为，佩瑟顿，你是什么意思？"

"现实显然不是令人愉快的，"佩瑟顿先生说，声音比以往更冰冷，"威克斯先生也会同意我的观点，这是一件最令人不愉快的事情，也非同寻常。事实是警察正在搜捕这个年轻的女士。"

"但我到这里来了！"艾迪喊道，"这表明我不怕警察。我是自愿到这里来的，没有别人逼迫我这么做，我是来解释的，并且请求你们大家的宽容和原谅。"

"为了谁？又为了什么？"佩瑟顿先生进一步问道。

"那是……为我的父亲，如果你想知道的话，"艾迪回答，目光又一次让人心生怜悯，"好吧，我想问问你们所有人。对一个活不了多久的老人来说，就算你们对他以前的所作所为有多不满、多生气、甚至多怨恨，还有什么意义吗？这里也有两位老先生，你们也正在变老，你们也明白，对老年人过于刻薄好像不太好吧。我不该在你们面前说这些大道理，不管怎样说，我没说错，不是吗，克莱斯维尔先生？"

克莱斯维尔爵士转过身去，显得有点不安，有点窘迫；当他再次环顾大家时，他尽量避免与年轻人的眼睛碰撞，只是有点不好意思地瞥了佩瑟顿先生一眼。

"在我看来，佩瑟顿，"他说，"我们应该听一听查特菲尔德小姐说些什么。很显然她就是来告诉我们事情真相的。她是自愿过来告诉我们的。我想知道查特菲尔德小姐想告诉我们的是什么事情。我认为格瑞利夫人也想知道更多的情况。"

"肯定的！"格瑞利太太声明道。她带着好奇心态看着站在客厅中央的年轻女士，"我确实想知道，也应该知道，特别是如果查特菲尔德小姐要说的是关于她父亲的事情，我就更想听了。"

佩瑟顿先生眉头紧皱，似乎这样做是不合常规、违法乱纪的行为，这使他非常焦虑，他沉着脸直直地盯着查特菲尔德小姐。

"你爸爸现在在哪里？"他问道。

"在一个你找不到他的地方！"艾迪反驳道，她的眼中一亮，好似一道闪光照亮了她整个脸，"安德烈斯也一样。他们走了，我的好先生！他们都不见了。现在你和警察都不可能找到他们，即便你抓了我也一点用没有。现在就听我说吧。"她接着说："我说过我是来请求宽恕的。不仅如此，我还想做更多的事。这场游戏应该全部结束了！或者已经结束了。大幕已经落下，至少可以说演出正在接近尾声。你们为什么不先让我把事情的来龙去脉告诉你们，然后大家可以变成朋友？"

佩瑟顿先生凝视着艾迪，仿佛她是一个新的种族、一个异类。然后他摘下眼镜，朝克莱斯维尔爵士挥挥手，自己轻蔑地哼了一声，最后在一张椅子里坐了下来。

"我退出，我不再插手整个事情！"他宣布道，"你们想怎么做就怎么做吧，你们都随便。不合常规，有悖常理！"

维克斯诡秘地看了艾迪一眼。

"你不要自责，查特菲尔德小姐，"他说，"你没有必要把什么责任都揽到自己身上，你知道的。"

"我嘛！"艾迪大声说道，"为什么要这样？我整天打扮得漂漂亮亮的，就像天使安琪儿一样，我凭什么要自责？我确实没有必要自责！如果格瑞利小姐知道了我为她所做的一切！先不说这些了。"她继续说着，突然转向克莱斯维尔爵士。"我是来告诉大家所有的事情经过的。首先我要说，我父亲从银行取出的每一分钱在今天下午全部退还到银行了。"

"我们已经知道了。"克莱斯维尔说。

"好啊，那就是我做的！是我设计安排的这一切。"艾迪继续说。"第二件，派克号今晚就会回到斯卡海文，把他们运走的东西全部运回来，物归原主。这还是我做的！因为我知道，我不是在欺骗大家，我知道什么时候游戏该结束。"

"那么，这只是一场游戏吗？"威克斯提问道。

艾迪坐在克莱斯维尔爵士搬给她的椅子上，向前倾了倾身子使自己更靠近桌子边，然后把一只胳膊肘放在桌子边上，扳弄着自己的纤细的手指头。她很清楚，这个时候的她如同站在舞台中央，她必须好好地表现自己。

"你明白的，"她回答道，"这就是一场游戏。可能，我比其他任何人知道得更清楚一些而已。我现在就告诉你们。故事可以说是在布里斯托尔开始的，我当时正在那里演出。一天早上，我正在排练的时候我父亲过来找我,他告诉我他到法尔茅斯港去迎接新来的斯卡海文庄园主马斯顿·格瑞利先生,接到他的时候发现他病得非常厉害,他们不得不去看医生,医生坚决反对格瑞利长时间的长途旅行,他的病经受不起,他们只能分段旅行。因此他们先到了布里斯托尔。在那里,格瑞利已经病得如此糟糕,我的父亲不知道该拿他怎么办。他知道我在这个城里,所以他过来找我。我把他们带到我的住处,安排了一个安静的房间给格瑞利,找了一个医生过来给他瞧病。医生说他已经病入膏肓,但他并没有说他马上就有生命危险。然而,他就在那晚死在了房间里。"

艾迪停顿了一会儿,科普尔斯通也和纪灵交换了一下眼色。到目前为止,这一些事情他们都知道。但是后来呢?

"那个晚上,就在那个时间,我独自一人与格瑞利在一起,"艾迪继续说,"因为那时我父亲去楼下弄吃的东西了。格瑞利对我说,他知道他自己快要死了,他给了我一本小笔记簿,他说里边有他的所有文件,他还说我可以把它交给我的父亲。我看着他说完后不久就失去了知觉;不知什么原因,他从来没有向我父亲提起过那本小笔记簿,我后来也没有跟我父亲提起过这个笔记簿。在格瑞利死了之后,我才仔细地检查里边的内容。就在那个周的周末,当我回到伦敦的时候,我把这件事和这些文件告诉了他,我的丈夫。"

艾迪又停顿了下来,两个年轻人用探寻的目光互相看了对方一眼。她的……丈夫!那个人是谁?

"事实是,"她突然继续说道,"安德烈斯船长就是我的丈夫,但没有人知道这一点,即使是我的父亲也不知道。我们结婚三年了,我是在去美国演出的时候遇到他的,我们结婚了。因为我们自己的原因,我们一直保守这个婚姻的秘密没有公开。嗯,他在格瑞利死后的那个星期日在伦敦和我会面,我给他看了格瑞利的笔记簿和里边文书文件。然后,也就是在那个时候,当然,就是那时,我产生了一个邪恶的念头。还有他,尽管我们今天试图弥补这一邪念产生的后果。无论怎么说,我们进行了周密细致的计划,你们两位绅士把这叫作阴谋也可以。我丈夫有一个哥哥,是一个演员,演出场次不算太多,也没什么太多的舞台经历,他是在美国长大的,后来才回到伦敦城,什么也不会做,什么也做不好。我们把这个秘密计划告诉了他,教他,培训他,给他提供了那些放在笔记簿里的所有文书文件,最后让他出场去饰演马斯顿·格瑞利。"

佩瑟顿先生坐在他的椅子上,摇晃着身体,把带着抗议的脸面对着克莱斯维尔爵士。

"且不说这事有悖常理,这是违法的,"他大声说,"这简直是太离谱了!这个女人竟然公开吹嘘她的阴谋,而且……"

"你错了!"艾迪说,"我不是在吹嘘我的阴谋计划,我是在解释。你应该感激我,并且……"

"如果安德烈斯夫人——这位女士真正的称呼——很在乎吐露她自己的秘密,卸下她的所谓精神负担,我真不明白为什么我们不应该听一听呢,佩瑟顿先生,"威克斯评论道,"它大大简化了我们要做的事情。"

"这也正是我要这么说的，"艾迪同意他的观点，"我作为主谋已经完成了这一切，我想澄清所有的事情，无论接下来会发生什么。好吧，我说到哪儿了？哦，我们和我的小叔子开始按计划行动了。"

"他的名字，请你告诉我们他的真实姓名。"维克斯请求道。

"哦啊！嗯，他真正的名字是马丁·安德烈斯，当然，为了演艺事业他还有一个艺名，"艾迪继续说道，"我们交给他所有的身份证明文件，安排他去斯卡海文见我的父亲。现在我要向你们保证，在那个时候，我的父亲从来就不知道马丁是个冒牌货，他是后来才开始怀疑他的，但他不知道这中间的事情。仅仅在真正的马斯顿·格瑞利死后一个星期之后，马丁去了斯卡海文。他自称是马斯顿·格瑞利，拿出了他的文件。我的父亲告诉他，马斯顿·格瑞利已经死了，并且是他自己亲自埋葬了马斯顿·格瑞利。马丁对此嗤之以鼻，他说，死去的那人一定是他的秘书，叫马克·格瑞，是他偷了一些文件之后就离开纽约，偷偷跑到这里，毫无疑问，他是想过来冒充真正的庄园主，在被发现之前从庄园里盗取一些财产，然后溜之大吉。我告诉你们，我父亲接受了那个故事。为什么？因为他知道，如果格瑞利小姐入主斯卡海文庄园当家做主，她和她的母亲就会很快把皮特·查特菲尔德从他的管家位置上赶下来。"

"请你继续说下去，"克莱斯维尔爵士说，"还有其他一些细节，我很想听，我有点等不及了。"

"你是想知道关于你兄弟的事件吧,"艾迪说,"我接下来就说到了。嗯,马丁讲了他的故事和出示了他的文书文件,包括出生证明、格瑞利在美国生活的证明材料,等等。人人都认可了马丁就是真正的主人,一切进展似乎非常顺利。但是就在那个星期日,事情急转直下。可以说是巴西特·奥利弗运气不好,他怎么偏在那个时候去斯卡海文呢。现在,克莱斯维尔爵士,我会清清楚楚地告诉你事情的真相,也就是你兄弟的真正的死因!这是绝对的真相,请记住,没有人比我更了解事情的经过。就在那个星期日我去了斯卡海文,我想私下跟马丁说说话。我安排那天下午在古城堡里边的一个地方和他见面。我们确实在那里见了面,我们交谈了好几分钟,但这时巴西特·奥利弗就从古城堡围墙那个门口进来了,那是我们俩不小心没有关门,门是半开着的。巴西特·奥利弗没看见我们,但我们能看到他。我们有点害怕!为什么?因为巴西特·奥利弗认识我们俩。他见过马丁好几次,在伦敦和纽约都见过,当然,他知道马丁不是真正的马斯顿·格瑞利。这下好了!我们赶快退到在旁边的灌木丛后面,我们互相看了一眼,马丁的脸像死一样白。巴西特·奥利弗继续穿过草地,没看见我们,他走进了塔楼,并且爬了上去。马丁那时对我说:'如果巴西特·奥利弗看到我,这一切就结束了。我们该怎么办?'我也因为事发突然来不及思考,还没等我开口说话,我们就看见巴西特已经站到塔顶上了,沿着塔顶上的护栏慢慢走着。突然,他消失了!"

在说到最后这一部分的几分钟里,艾迪的声音变得又低又严肃，她坐在桌子的一边，眼睛一直盯着桌上。但当克莱斯维尔爵士因为激动伸手抓住了她的胳膊时，她立刻抬起头来，克莱斯维尔爵士厉声提问的声音灌倒到她的耳朵里。

"这是真的吗？这就是真相？"

"千真万确，没有任何虚言！"她坚定地回答，眼睛直盯着他，"我虽然不是一个好人，但也不是一个十足的坏人，我告诉你的绝对是真实的真相。那就是一个纯粹的意外，他踩到了松动的护栏，一脚踏空摔了下去。马丁走到塔底查看，回来说他死了。我们俩都很茫然，我们分别离开了那个地方。他回到了庄园——我去了我父亲的住处，我们没有一起走，我是绕了个弯过去的。我们决定让事情顺其自然慢慢地发展下去。以后发生的很多事你们都知道了。但是，后来我丈夫和马丁开始把一些东西掌控在自己的手里，他们把我晾在一边，不再和我商量。直到这一刻，我不知道我的父亲是否参与了进去，如果参与了我也不知道他参与了他们多少秘密，但我知道，他们决定霸占斯卡海文的财产，你们可以说他们想把财产装进他们的腰包。马丁授权给了他兄弟，然后自己去了伦敦。他到伦敦后藏了起来，直到安德烈斯把所有的准备工作做好，把庄园的大部分财物装到派克号上。然后他偷偷回到斯卡海文去和派克号会合。但他没有登上派克号，我们没有人知道他的行踪，不知道他去了哪里也不知道他做了什么，直到今天，我才听说他的尸体在斯卡海文被发现。这说明——那晚他已经从诺斯伯勒回到了斯卡海文，他准备穿过城堡旁边的那片树林，走捷径回到庄园，在他走上悬崖上的那几级窄小的台阶以后不小心从悬崖边坠落下去。也就是在那天晚上，你、威克斯先生、科普尔斯通先生和格瑞利小姐，差一点就阻止了这一切。如果安德烈斯和查特菲尔德没有把你们带走的话，也就不会继续实施他们的计划，所有事情就会落空。好了，你们都知道在那之后发生了什么。"

"但是，"威克斯此时迅速插话说道，"在最后的这些环节和事态发展你都没有参与吗？"

"我能参与的就是看着这些事情的结束，如果我想要保护他们所有的人，我最好阻止他们继续行动，"艾迪带着一个冷峻的微笑，"我告诉你们，我不知道他们一直在忙什么，直到今天我才明白。我就在英格兰，别问我在哪里，想打听他们正在做什么。昨天我收到了我丈夫的密码电报信息。当他把我父亲从你们身边带走后，他强迫他说出金子藏在哪儿，然后他用无线电报跟我联系，就在昨天晚上他给我完整的指示，让我当晚取出那些黄金。我做了……请别问我是通过什么样的方式完成，也别管我是找谁来帮的忙，我拿到了这些黄金。我很仔细、很小心地把它放在我认为是安全的地方。然后，今天早上我去斯卡维尔航道见他们俩。那时我就有了控制权！因为黄金在我手里。我带他们从那个阁楼安全撤离，我让我的丈夫给派克号上的负责人发电报讯息，告诉他立即返回到斯卡海文，又让我的父亲写了一张字条给埃尔金先生所在的银行，告诉埃尔金先生请他把这些钱存进格瑞利地产信贷账户。当我做完所有的这一切——我把他们带走——让他们走了！"

在她冗长的解释中,威克斯的目光一直盯着她,一刻也没有离开过。当艾迪说完后他给了她一个古怪的微笑。

"安全地?"他问。

"不管怎样,我都不会让警察找到他们的,"艾迪回答说,"我做事从不半途而废。我说过,他们走了!但我在这里。好了吧,现在,我已经把一切和盘托出,这件事应该结束了,彻底结束了。没有什么能阻止格瑞利小姐来主张她自己的权利,我可以证明发生的事情,我的父亲可以作证。那么,这位老先生想要做的事情还有什么用吗?你们都可以看出他想要干什么——他很想把我交给警察。"

克莱斯维尔·奥利弗爵士站起身来,看了一眼奥德丽和她的母亲,好像是与她们进行了一次心灵沟通,他呈现了他那指挥者的姿态。

"今晚不行,我认为,佩瑟顿,"他威严地说。"不行,当然,不只是今晚,以后也不能让警察碰她!"

*****

几个月后,奥德丽·格瑞利已经成为斯卡海文庄园的女主人,她和科普尔斯通在她母亲家后面的那个小教堂举行了婚礼。她和她的丈夫早就有到乡村度假的打算,所以,他们去了一个既浪漫又僻静的地方。这天他们走进了一座非常漂亮的村庄,漫步来到一处十分美丽的院落前。他们不由自主地停下了脚步,透过修剪整齐的树篱向里窥视。他们看见了修葺平整的草坪，草坪上的一把古老的、极为舒适的椅子里坐着一位老人，手里拿着报纸，嘴里叼着雪茄，身旁放着一只玻璃杯，他的周围是盛开的玫瑰花。他们认出了这个老人正是查特菲尔德。他们默默地注视着他，好长时间没有说话，然后转过头彼此目光相对，会意地相视而笑，如同孩子们看到了一幅令人愉悦的照片时的心情。没有言语，奥德丽和科普尔斯通转身默默地离去。他们走出村子以后，科普尔斯通给了妻子一个心照不宣的诡秘眼色，诙谐地说出了一句精辟的妙语。

"查特菲尔德！"他若有所思地说，"查特菲尔德并没有躲藏到达特穆尔高原①，而是在这里逍遥啊。"

---

① 英格兰西南部的岩石高原。